La vendetta française

Sophie Coignard

La vendetta française

Albin Michel

© Éditions Albin Michel S.A., 2003
22, rue Huyghens, 75014 Paris
www.albin-michel.fr
ISBN 2-226-14193-6

Introduction

De l'omertà à la vendetta

La destination habituelle, ce sont les oubliettes. Pas d'audience, pas de plaidoirie, pas de sentence officielle. Le jugement est collectif et tacite. La condamnation à perpétuité se remarque à peine et peut être aisément démentie. Elle ne nécessite pas d'enfermement mais peut au contraire s'exercer en milieu ouvert. Seul l'intéressé voit se dérouler le cordon sanitaire qui dessine sa mise en quarantaine. Plus il proteste, plus il dénonce les barreaux invisibles qui le coupent de la vie d'avant, plus il confirme les soupçons. Encore un peu d'agitation et les sables mouvants du discrédit l'auront définitivement englouti.

Pour que l'ordre règne au pays de l'omertà, pour que les audacieux évitent de protester, pour que les lecteurs de Montesquieu renoncent à dénoncer, pour que réseaux, gangs et clans continuent leur ballet de connivence, il faut organiser un immense travail de prévention. Cela s'appelle la dissuasion. Et pour ceux qui ne comprennent pas, organiser la vendetta, pour l'exemple. Normalement, je devrais moi aussi moisir au fond d'une oubliette.

Je me souviendrai longtemps de la mine de circonstance d'un de mes confrères, après la sortie de *L'Omertà française* en 1999 : « Explique-moi pourquoi tu as programmé ton suicide professionnel... » Atterré, il me regardait déjà comme une morte vivante. Ce constat de décès, un peu hâtif, m'évoquait les conditions qu'avaient posées beaucoup de nos interlocuteurs pour accepter de nous parler dans le cadre de notre enquête sur la loi du silence. Magistrats, journalistes, élus ou hauts fonctionnaires, ils rappelaient, comme une évidence, les règles du jeu : 1. Je vous parle mais vous me protégez. 2. Si on me reconnaît, je suis grillé. 3. Dans ce cas, je me souviendrai de vous.

À l'époque, cette manière de faire nous avait presque amusés : ces types-là avaient certes le courage de nous recevoir, de nous parler, mais n'en rajoutaient-ils pas un peu dans le folklore, ne se gonflaient-ils pas d'importance à bon compte ?

Après une longue enquête sur les menaces, les méthodes de dissuasion, les représailles en tout genre, j'ai moins envie de rire. Certes, je m'en tire bien. Je ne dois pas ma survie à la clémence des étouffeurs, mais plutôt à leur lâcheté. Parce que les lecteurs ont été très nombreux au rendez-vous, l'exécution devenait plus compliquée, car plus visible. Le microcosme n'est pas seulement impitoyable, il est aussi terriblement conformiste. Un best-seller ne vaut pas tout à fait la Légion d'honneur, mais rend fréquentable son auteur qui serait, sans le succès, devenu un pestiféré.

Quelques esprits courageux ou indépendants, ou les deux, ont grandement contribué aussi à faire reculer la perspective des oubliettes. Bernard Pivot fut pendant des années celui qui pointait un doigt magique sur une poignée de livres auxquels, chaque semaine, il offrait leur chance. Et il nous a invités, Alexandre Wickham et moi, sur son plateau pour parler de *L'Omertà française*. Rien d'héroïque, diront ceux qui n'ont pas bien assimilé les règles de l'omertà. Sauf que nous convier à son émission était parfaitement facultatif. Dans la hiérarchie de

France 2, une bonne fée lui a fait comprendre que notre livre était un tissu de contre-vérités. « Contre-vérités » : un terme qui désigne dans la langue de bois du microcosme des faits parfaitement justes, mais dérangeants. Et puis, dans l'après-midi précédant l'émission, un huissier s'est présenté à l'accueil de la chaîne. Il apportait une mise en garde officielle. Signée Jack Lang. Le message, en substance : s'il était mis en cause sur le plateau, l'ancien ministre de la Culture, l'ami des dissidents et des victimes de fatwas, attaquerait France 2. Et Bernard Pivot. Par égard pour nos hôtes, nous n'avons pas été assez facétieux pour mentionner son nom. On ne saura jamais si le créateur du musée de la magie aurait mis ses menaces à exécution.

La vendetta s'annonçait aussi judiciaire. Parmi toutes les menaces de procès que l'on nous promettait, il n'y en eut que trois finalement. Ce qui montre que peu de « victimes injustement mises en cause » ont bien voulu se présenter au guichet des dommages et intérêts. Nous avons gagné deux de ces procédures, contre le journaliste Charles Villeneuve et le professeur de droit constitutionnel Guy Carcassonne. Nous avons obtenu gain de cause en première instance mais perdu en appel contre Jack Lang. Il réclamait, pour prix de son honneur, 90 000 euros (500 000 francs). La cour d'appel lui a accordé un euro.

En première instance, nous devons en partie notre relaxe au témoignage de trois personnes : l'homme d'affaires Jean-Jacques Walter, les journalistes Philippe Alexandre et Daniel Carton. Leur courage a contribué à démontrer que l'on pouvait évoquer des sujets interdits touchant à des personnalités procédurières sans risquer fatalement la boucherie judiciaire.

D'autres, dont le soutien ne fut pas moins grand, n'éprouveraient que du déplaisir à se trouver cités dans ces pages. Ils savent que nous leur devons beaucoup.

Pourquoi raconter ainsi l'échec d'une exécution annoncée ? Tous ses épisodes, parfois angoissants, parfois risibles, ont nourri mes premières interrogations et réflexions sur les mécanismes de représailles qui se déploient dans la société française.

L'omertà repose sur deux piliers : la connivence et la violence. La première permet de sauver les apparences riantes d'un État de droit, civilisé, sophistiqué même, d'une démocratie post-moderne où les élites savent ce qui est bon, où la « France d'en bas » est écoutée, consultée, protégée. L'omniprésence des réseaux – francs-maçons ou homosexuels, régionaux ou culturels – permet généralement d'assurer le maintien de l'ordre en douceur : la brebis qui s'égare est vite reprise en main par les amis. Dans la connivence à la française, les « amis » tiennent le premier rôle. Ils conseillent, surveillent, rappellent à l'ordre. Souvent avec les meilleures intentions du monde. Car chacun a, peu ou prou, intériorisé les règles du jeu. Comme disait la marionnette d'Antoine Waechter dans les *Guignols de l'Info*, celui qui s'en écarte « se place de lui-même en dehors du mouvement ». Cette phrase, censée caricaturer un certain sectarisme vert, s'applique en fait à l'ensemble de la société dans laquelle nous vivons.

Refuser la toute-puissance des réseaux d'influence, dénoncer le « concubinage » entre journalistes et puissants, entre magistrats et politiques, entre corrupteurs et corrompus, c'est s'exposer aux ennuis. Car – et c'est là l'une de mes principales découvertes après trois ans d'enquête – la connivence ne survivrait pas longtemps sans la violence. Pas celle des passages à tabac, des pistolets braqués sur la tempe, non. Une forme de dissuasion bien plus raffinée, qui instille à chacun la peur pour sa tranquillité, pour sa carrière, pour son image, pour sa situation fiscale, et, parfois, pour son intégrité mentale.

La loi du silence a besoin, pour se faire respecter,

d'un maintien de l'ordre discret, efficace et dissuasif. Cette omertà française n'existerait donc pas sans sa compagne inavouable, la vendetta. Et celle-ci ne pourrait s'exercer en toute impunité si, en retour, une chape de plomb bien scellée ne la mettait à l'abri des projecteurs.

Dans ce contexte, il n'est pas évident de raconter à visage découvert les mille et un tracas que l'on a subis pour avoir refusé de couvrir une bavure policière, pour avoir enquêté jusqu'au bout sur une affaire de corruption malgré les consignes, pour s'être opposé à un petit féodal local qui voulait mettre sa ville en coupe réglée. Comme en Corse, où les cours d'assises ne peuvent pas toujours siéger faute de jurés, témoigner, c'est se signaler et risquer de nouvelles représailles en retour.

Cet aspect de la question n'a pas facilité l'enquête. Il était pourtant indispensable de donner des noms aux acteurs de cette névrose très particulière qui déchire des secteurs entiers de la société française, de la médecine au ministère des Finances, des médias à l'Éducation nationale, de la justice à l'intellocratie. Vendetta ne signifie pas mafia ? Non en effet. Elle n'est pas pour autant un signe de bonne santé du pays. Elle paralyse souvent toute réforme, toute initiative et s'accommode mal de la critique. D'ailleurs, le refus de certains interlocuteurs, victimes de représailles, de figurer nommément dans ce livre confirme en même temps la force du système.

Une fois les témoignages recueillis, les histoires vérifiées, il restait à résoudre une contradiction apparente : comment un État de droit, dont la puissance, la centralisation et l'obsession régalienne ont fait l'objet de tant d'analyses, comment cet État ombrageux, donc, peut-il tolérer que la trilogie dissuasion-menace-représailles serve de code de conduite dans tous les domaines qu'il est censé régenter ? Pourquoi favorise-t-il, pour une fois, l'initiative individuelle dans ce qu'elle a de moins recommandable ? Car des sommets de la République jusqu'au plus obscur conseil général, les luttes de clans ont remplacé le débat public. Depuis plus de trente ans, Bercy couvre les vendettas fiscales qui s'exercent contre ceux qui agacent le président, déplaisent au ministre ou indisposent un apparatchik influent. Aujourd'hui, cette menace est devenue routinière. Elle s'abat sur les briseurs de silence et de tabous, sur les adversaires politiques et aussi sur les amis, quand ils deviennent encombrants. Elle offre par ailleurs toutes les garanties : quand elle est bien pratiquée, elle est comme l'argent liquide, elle ne laisse pas de traces.

L'une des nouveautés de cette spécialité corse transformée en exception française depuis quelques années, c'est qu'elle est devenue transpolitique. De fait, la fin des idéologies marque le remodelage des clans et des forces en présence. Aussi incroyable que cela puisse paraître, un maire important peut obtenir la mutation d'un commissaire trop fouineur même s'il n'appartient pas à la majorité du moment. Il lui suffit d'actionner les bons réseaux et de manier, à l'égard de hauts fonctionnaires réfugiés dans une prétendue neutralité, l'intimidation sur le thème : « Le vent tourne ; vous verrez quand je serai ministre. »

Emportés par le concours de cynisme dans lequel ils sont lancés depuis quelques années, nombre d'excellents commentateurs lèveront les yeux au ciel, sur l'air de : « C'est la nature humaine que vous découvrez là ; bien sûr que cela se passe ainsi, mais tout le monde y participe. Regardez dans d'autres pays, c'est pareil ! »

Eh bien justement, non ! ce n'est pas pareil. À bien y regarder, on ne voit guère de démocratie digne de ce nom où le couple infernal omertà-vendetta soit si confortablement installé. Du navet au thriller haletant, le cinéma anglo-saxon regorge de films dont l'intrigue se noue autour d'une vengeance d'État. En France, même par le biais de la fiction, personne n'ose raconter de telles histoires. Peur de choquer l'opinion ? De ne pas trouver les financements ? Ou crainte des représailles ?

La vendetta française, en vérité, n'est réprimée ni socialement ni pénalement. Ses méthodes musclées sont tacitement reconnues comme un mode de régulation, puisqu'elles ne sont ni dénoncées ni poursuivies en justice. D'ailleurs, la plupart des citoyens admettent tranquillement cet étrange système. Lors de mes rencontres avec des lecteurs, une série de questions revient régulièrement : « Comment faites-vous avec les menaces ? » « Et vous n'avez jamais eu de contrôle fiscal ? » La plupart ne trouvent certes pas cela normal ni souhaitable. Mais comme beaucoup de Français, ils associent cet état de fait à une fatalité, au même titre que la grêle ou les inondations, et semblent malheureusement résignés.

Ils se trompent d'ailleurs sur un point essentiel. La vendetta française évoque parfois un univers à la Coppola. Mais sans les brutalités et les tueurs à gages. En ce sens, la France n'est pas encore tout à fait la Corse. Sur le continent, pas de « nuits bleues », ces opérations d'intimidation ou de représailles où les nationalistes font sauter simultanément plusieurs bâtiments, mais des lynchages sournois, des menaces en coulisse, des mises à l'index discrètes. Entre Paris et Ajaccio, toutefois, ce qu'il y a de commun, c'est l'allégeance comme mode de survie. Être affilié à un réseau, un groupe, tient de la nécessité pour qui veut réussir et être protégé en cas de besoin.

En France, l'intellectuel qui veut une assurance vie

doit être affilié, souscrire un contrat auprès d'une des petites bandes qui règne sur la presse, l'édition et une partie de la télévision. Pour que le réseau se mobilise, en cas de besoin. La liberté a bien du mal à se frayer un chemin entre ces féodalités.

Il est difficile, à vrai dire, de trouver un seul pan de la société française qui soit épargné par cette maladie. La médecine, voilà un milieu qui devrait s'abstraire de toute vendetta pour se consacrer à sa noble mission. Hippocrate serait pourtant bien étonné d'observer des mandarins sexagénaires continuer à manier le pistolet à bouchons, avec l'aide ponctuelle de quelques ministres, pour agrandir leur territoire ou piétiner celui du voisin.

Pour décrire cet univers à la fois burlesque et complexe, les analogies abondent. La Corse, bien sûr, vient tout de suite à l'esprit. Dès le XIXe siècle, le terme de vendetta apparaît dans la littérature. Sous la plume de Mérimée, mais aussi sous celle de Maupassant et de Balzac. Le premier, dans *Une vendetta*[1], raconte la vengeance d'une vieille femme contre celui qui a tué son fils. Dressant patiemment son chien, elle l'amènera à égorger le meurtrier. Quant à Balzac, dans *La Vendetta*[2], il décrit comment une famille bourgeoise corse préfère laisser mourir de faim sa fille qui a épousé l'héritier d'un clan adverse plutôt que de lui venir en aide. Il met d'ailleurs en scène Napoléon, qui déclare : « Le préjugé de la vendetta empêchera longtemps le règne des lois en Corse. Il faut cependant le détruire à tout prix. » Les vœux de l'Empereur n'ont pas été exaucés. Non seule-

---

1. Guy de Maupassant, « Une vendetta », in *Les Contes du jour et de la nuit*, 1885.
2. Honoré de Balzac, *La Vendetta*, Le Livre de Poche.

ment la vendetta continue de ravager l'île de Beauté, mais elle a depuis longtemps gagné le continent.

La manière dont fonctionne le pouvoir, en France, sous tous les gouvernements, est là pour en témoigner. À quoi servent les grandes orientations politiques ? Quels résultats en attendent ceux qui nous gouvernent ? Les objectifs sont-ils jamais atteints ? Et cela a-t-il, finalement, la moindre incidence sur la réélection d'un président ou la chute d'un ministre ? Claude Allègre a-t-il démérité plus que François Bayrou au ministère de l'Éducation nationale ? Évidemment non. Pour reprendre l'image d'un expert qui a bien connu les cabinets des deux ministres, Bayrou conduisait doucement, sans à-coups, mais il ne savait pas où il allait et faisait sans cesse le tour du même sens giratoire. Allègre, lui, avait fixé très précisément le cap. Mais ses embardées faisaient que dans le véhicule, tout le monde était malade. Le premier n'avait pas d'objectif politique clair mais avait fait allégeance aux syndicats maison. Le second pas. Il a fallu le sacrifier. Même si les syndicalistes de l'Éducation nationale ne tiennent pas encore de conférences de presse avec des cagoules sur le visage, comme les nationalistes corses à Tralonca du temps où Jean-Louis Debré était ministre de l'Intérieur, les gages donnés aux clans et réseaux font tourner en boucle la machinerie politique du microcosme. Simplement, pour qu'elle ne s'arrête pas, que son fonctionnement délirant ne soit pas dévoilé aux Français auxquels il reste encore quelques illusions, il est bon d'opérer à intervalles réguliers de petits sacrifices rituels. Juste pour l'exemple. Les méthodes, souvent originales, ne manquent pas.

Au fil de ce livre, on croisera quelques rescapés de ces opérations inqualifiables. Mais derrière ceux qui ont su résister, combien ont été détruits par ce genre de procédé ?

Il faut avouer que jamais, au début de cette enquête,

je n'aurais imaginé l'étendue de la vendetta française, ni le degré de sophistication et de perversité qu'elle peut atteindre. Le plus choquant, finalement, c'est qu'elle se déroule en toute impunité. Parfois même en toute légitimité. Elle n'est pas le fait d'un monarque sanguinaire ou d'une bureaucratie totalitaire. Sa force de frappe réside justement dans son émiettement, dans son ubiquité. Elle peut frapper n'importe qui, n'importe quand...

Première partie

TOUS LES MOYENS SONT BONS

Chapitre 1

Opérations « psychiatrisation »

Son nom n'est pas resté dans les annales. Son histoire, si. Il fut le premier « repenti » de la mafia italienne à collaborer avec la justice, avant même qu'une loi existe pour organiser cet échange d'une clémence et d'une protection judiciaires contre des informations sur « la pieuvre ». Il n'a pas fini sa vie en prison, non. Il est mort dans un hôpital psychiatrique. Ses anciens amis l'avaient rendu fou. Fou de terreur. Du même coup, ils l'avaient discrédité, ainsi que ses précieuses confidences.

La méthode ne fonctionne pas que pour les criminels repentis. Elle fait également merveille envers ceux qui sont chargés d'enquêter sur eux et de les traduire en justice. Le 2 avril 1985, un magistrat sicilien, Carlo Palermo, fut blessé par un attentat qui le visait personnellement mais qui provoqua la mort d'une passante et de ses deux jeunes enfants. C'était du temps où Bettino Craxi, que tous les chefs d'État et de gouvernement des autres nations traitaient comme un homme fréquentable, était président du Conseil. C'était avant que ce personnage ne soit obligé d'émigrer en Tunisie pour échapper à la justice de son pays. Bref, c'était un temps, déjà, où le statut de magistrat anti-mafia n'était pas sans risques. Carlo Palermo fut très choqué par le spectacle de cet attentat. Le pouvoir considéra qu'il n'était plus en possession de toutes ses facultés et tenta de l'écarter de la magistrature afin qu'il puisse « se reposer ». Carlo Palermo choisira de s'engager en politique aux côtés de l'ancien maire de Palerme Leoluca Orlando, l'un des chefs de file du mouvement anti-mafia.

Dix ans plus tard, en Italie toujours, le juge Di Pietro, initiateur de l'opération « Mains propres », devenait bien gênant. Parmi les rumeurs multiples qui coururent sur son compte, il y eut celle qui mettait en cause son équilibre psychologique.

Mafieux et politiciens corrompus, en Italie, n'ont rien fait d'autre que s'inspirer de l'exemple soviétique. Une opposition au régime ? Des écrits désagréables ? Un début de contestation au bureau, à l'usine, dans la cellule du parti ? Direction l'asile psychiatrique, le temps de se refaire une petite santé...

L'Italie et la France, au contraire de l'ex-URSS, sont des terres de liberté. Avec Constitution, droits de l'homme et du citoyen, lois et décrets, codes en tous genres. C'est justement pour échapper au contrôle démocratique que les pouvoirs, à Rome ou à Paris, utilisent parfois l'argument psychiatrique. Sanctionner un récalcitrant, casser sa carrière, l'exiler à Cayenne exige des procédures officielles. Avec recours, possibilités de contestation, dangers de médiatisation... Fabriquer des malades mentaux en cas de besoin évite ces pesanteurs administratives et les risques qu'elles entraînent. Car se défendre devient alors un exercice à la fois éprouvant et dangereux : comment démontrer qu'on n'est ni fou, ni dépressif, ni paranoïaque, quand l'institution a décidé de vous faire passer pour tel ? Le combat se déroule dans les sables mouvants : plus on se débat, plus on risque d'avoir l'air exalté... C'est toute la subtilité de cette vendetta médicalisée.

Il est magistrat depuis quinze ans. Dans la région gangrenée par la mafia où il opère comme substitut du procureur, il est chargé des « atteintes aux biens ». Un registre large. En fait, il est devenu spécialiste du grand banditisme et de ses liens avec le monde politique. Une compétence dont on se passerait bien dans son tribunal.

D'autant que cet homme prend son travail au sérieux. En septembre 1993, il alerte sa hiérarchie. Une femme députée, qui mène localement un combat à visage découvert contre la corruption, serait l'objet de lourdes menaces : au mois de janvier précédent, sa permanence a été l'objet d'un attentat ; en mars, des violences avec armes se sont produites sur le lieu d'un de ses meetings ; quatre mois plus tard, des écoutes concernant une société de viande en gros mettent en évidence les liens entre un élu local et la pègre. Cet élu dit clairement qu'il souhaite voir cette gêneuse « éliminée ». Le substitut obtient de haute lutte, en octobre 1993, l'ouverture d'une information judiciaire contre X pour « complicité de voies de fait avec arme et préméditation ; dégradations volontaires de biens immobiliers et objets mobiliers par l'effet d'une substance explosive ».

Le 25 février 1994, la députée menacée est assassinée. Le substitut découvre à cette occasion que l'instruction ouverte quatre mois plus tôt sur sa demande insistante est toujours au point mort : aucune enquête, aucun acte d'instruction. Rien.

Quatre ans plus tard, les assassins de l'élue sont condamnés. Un patron de bar et quelques demi-sels. On est loin de la piste qu'avait commencé d'éclairer le substitut. D'ailleurs, celui-ci vient témoigner au procès. Oui, il pense que l'hypothèse politique n'a pas été assez explorée. Oui, il a eu connaissance d'un marché entre le Milieu et le pouvoir pour trouver des coupables qui conviennent à tout le monde. Oui, l'un des parrains locaux accueillait parfois un ancien ministre de l'Intérieur sur le tarmac de l'aéroport lorsque celui-ci venait en visite dans la région. Le magistrat s'étonne de la « magie judiciaire » qui a permis d'effacer du dossier l'élu local qui apparaissait dans plusieurs procédures comme lié à la pègre et qui avait fait part de son souhait de voir la députée « éliminée ».

Tandis qu'il témoigne à la barre de la cour d'assises, l'homme ne peut imaginer que la machine à broyer s'est mise en marche. Pas contre les assassins et les mafieux. Non. Contre lui. Au fil des mois, il va découvrir de quoi le système est capable pour le neutraliser. Pour l'éliminer, on ne le tuera pas. On le harcèlera. On tentera de lui faire endosser le costume du fou. Pour le faire craquer. Et s'en débarrasser tout doucement, sans faire de bruit.

L'opération ne réussira pas. Certes, la carrière de cet homme courageux est depuis des années, et pour longtemps peut-être, mise entre parenthèses. Certes, il a une vision pessimiste, incroyablement noire, du monde et de son univers professionnel. Mais sa santé mentale est intacte, malgré des tentatives de déstabilisation d'une incroyable violence. Ceux qui ont voulu le faire taire ont au contraire encouragé sa liberté de parole. Cet homme traqué, qui a résisté à tout, n'a plus rien à perdre.

Son histoire ne commence pas à Palerme mais à Toulon. Albert Lévy, ancien avocat, est un magistrat républicain. Il l'a prouvé, par exemple, en décembre 1991. Ce jour-là, un employé de la banque Paribas de Toulon est pris en otage par un évadé de Clairvaux, à la suite d'une tentative de braquage. Le substitut, parvenu sur les lieux, noue le dialogue avec le malfaiteur et offre de prendre la place de l'otage. Une fois aux mains du malfaiteur, il obtient sa reddition sans condition. Tous ceux qui tenteront de le détruire, quelques années plus tard, lui envoient un message de félicitations pour son courage et son sens du devoir. Maurice Arreckx, président du

conseil général du Var, lui adresse ses « vives félicitations » pour son « acte courageux » et son « sens civique
exemplaire », avant de l'assurer de sa « très haute considération ».

Cet homme que Maurice Arreckx dit tant admirer va
vite devenir son cauchemar et celui de tous ses complices. Car il découvre avec stupéfaction au fil des années
les liens qu'entretiennent plusieurs partis politiques avec
le Milieu du Var, une grande famille. Chargé, au parquet
de Toulon, du banditisme, il devient vite un expert de
la pègre. Et met en garde sa hiérarchie : on veut assassiner Yann Piat ; cette députée UDF passée par le Front
national commence à gâcher l'ambiance sur le littoral
par son combat contre les affairistes qui veulent transformer son département en petite Californie en concluant
des marchés truqués.

Dès 1993, le substitut met en lumière l'animosité de
Joseph Sercia à l'égard de Yann Piat. Ce personnage tru-
culent qu'on dirait sorti de la série *Les Soprano*[1], accessoirement vice-président du conseil général du Var,
supporte mal qu'elle lui ait soufflé le fauteuil de député
dont il rêvait. Le substitut dispose pour cela d'écoutes
téléphoniques, de procès-verbaux où il est notamment
question des petites mains que « Jo », longtemps soutenu
par le notable de la région, François Léotard, aujour-
d'hui inspecteur général des Finances, emploie pour coller ses affiches et encadrer ses réunions électorales. Il se
trouve que certaines d'entre elles fréquentent de près le
Milieu toulonnais, qui fut dominé pendant des années
par Jean-Louis Fargette, le « parrain » réfugié en Italie
et assassiné la veille du deuxième attentat visant Yann
Piat[2], en mars 1993. Mais Albert Lévy a dû rêver. Mis en

---

1. Ce feuilleton très populaire raconte avec drôlerie la vie quotidienne d'une famille de la mafia italienne à New York.
2. Il s'agissait des locaux d'Espace 3000, où la députée tenait un
meeting.

examen pour trafic d'influence dans l'affaire du Basket Club de Hyères, où il était suspecté d'avoir détourné de l'argent, Jo Sercia a effectué une transaction avec le parquet : il a remboursé la dette contre l'arrêt des poursuites. Suspecté dans l'affaire des violences avec armes à Espace 3000, où se tenait une réunion de Yann Piat en mars 1993, il a été inculpé puis blanchi. On se demande pourquoi un homme à qui la justice n'a finalement rien trouvé à reprocher s'est ainsi retiré prématurément de la vie politique. Peut-être y a-t-il vu trop de vilenies...

La vie d'Albert Lévy bascule donc le 25 février 1994, quand des tireurs à moto abattent la députée Yann Piat. Celle-ci luttait alors contre l'extension de l'aéroport de Hyères, dont les caciques locaux, à commencer par le président UDF du conseil général Maurice Arreckx, qui se surnommait lui-même le « parrain du Var », voulaient faire une plate-forme internationale de trafic aérien. Elle multipliait les mises en garde, les rendez-vous à Paris pour mettre en échec ce qu'elle considérait comme le comble de l'affairisme. La suite des combats d'Albert Lévy découle, de près ou de loin, de ce drame qu'il avait annoncé.

Parce que tout le monde sait, à Toulon, qu'il ne croit guère à la thèse de seconds couteaux prenant seuls l'initiative de supprimer un député de la République, le magistrat reçoit de nombreuses visites. On vient l'informer, l'alerter. En toute objectivité, bien sûr.

Le 13 juillet 1995, c'est Robert Fargette, le frère du défunt Jean-Louis, qui vient bavarder avec lui. Faisant une allusion transparente à l'endroit où a eu lieu l'assassinat de l'élue, il lui dit : « Nous étions observateurs sur le Mont-des-Oiseaux, mais pas de la façon que vous pensez. » Les truands ont ceci de commun avec Nostradamus : ils s'expriment souvent de manière énigmatique. En janvier 1996, lors du procès d'un des prétendants à la succession de Jean-Louis Fargette, apparaît parmi le fan club du prévenu un motard adipeux, habillé d'un blouson rouge. Le genre de personnage qui attire l'attention. Dans l'enceinte du tribunal, Albert Lévy sursaute. Cet élégant l'a suivi en moto quelques jours auparavant, se hissant à la hauteur de sa voiture à chaque feu rouge en mimant un geste de tir. Le parquet attendra plusieurs semaines avant d'ouvrir une information pour intimidation à magistrat. Mais le gros motard rutilant ne sera jamais interpellé.

Un mois plus tard, c'est Max Perletto qui aborde Albert Lévy dans la salle des pas perdus du palais de justice. Ce modeste gardien d'un gymnase municipal est aussi l'une des figures connues du Milieu (c'est du moins ainsi que le présentent la presse et la police locale). Enfin, soyons plus précis : une personne honorable présumée innocente mais sur laquelle planent de nombreux soupçons, sûrement infondés. On le disait proche du fameux Francis Le Belge, parrain marseillais assassiné en 2000. Il veut aider le substitut ; comme c'est obligeant. Alors, il l'informe qu'il court un grave danger, que le sang a déjà suffisamment coulé comme cela. Pour tout dire, il lui offre la protection de sa famille.

À la suite de cette conversation stupéfiante, Albert Lévy adresse au procureur Viangalli, son supérieur hiérarchique, un rapport synthétique et explosif qui mérite ample citation :

« Je fais suite à nos entretiens du 29 février dernier par lesquels je vous informais que Max Perletto, malfaiteur notoire et proche de Francis dit "Le Belge", tenait à m'assurer ce jour-là pour lui et ses deux fils Franck et Pascal de sa protection compte tenu du danger qui pesait sur moi à Toulon.

« En cas d'urgence, il m'appartenait de faire appel à ses services – puisque je refusais de lui fournir mon adresse – directement ou par l'intermédiaire de M. Pasotti actuellement chargé de la direction du SRPJ de Bastia... ou de M. Marchiani, préfet du Var. [...] » On imagine la stupéfaction du magistrat quand un parrain local vient non seulement lui offrir une « protection », mais propose comme go-between le préfet du département !

« On ne peut analyser cette situation sans faire le rapprochement avec un événement qui avait été porté à ma connaissance en juin 1994, lors de l'arrestation des assassins présumés de Mme Yann Piat, députée du Var, poursuit le magistrat toulonnais. En effet, en mars 1994, suite à l'assassinat, une opération de police d'envergure avait permis l'arrestation de plusieurs malfaiteurs notoires dont les auditions, diligentées à l'hôtel de police de Marseille, devaient permettre d'éclairer les enquêteurs ; parmi eux se trouvaient "les Perletto". »

Il faut remarquer qu'à cette date Albert Lévy est le seul magistrat à souligner le danger que représente cette famille. Depuis, on a appris à la connaître grâce à l'évasion rocambolesque d'un des fils, Franck, de la prison de Luynes, alors qu'il devait passer en justice pour trafic international de stupéfiants, et grâce au procès qui a eu lieu quelques semaines plus tard, au printemps 2003, à la cour d'assises spéciale d'Aix-en-Provence, où le rôle du clan, à travers la comparution et la condamnation de Pascal, le frère de Franck, a commencé, bien timidement, à apparaître au grand jour.

En 1996, le substitut Albert Lévy a donc déjà appris à bien connaître cette famille de modestes fonctionnaires municipaux :

« Franck Perletto, continue la note, était concomitamment impliqué dans une affaire criminelle incidente concernant le vol avec arme commis au préjudice de fourgons blindés Securipost (à l'aide d'un bazooka). "Les Perletto" révélaient savoir l'identité des assassins de Mme Piat mais souhaitaient s'exprimer exclusivement devant M. Charles Pasqua, ministre de l'Intérieur. »

Que se serait-il alors passé, dans le pays des droits de l'homme, selon le substitut du procureur ?

« Ils auraient dès lors été relâchés sur instructions du sous-directeur des affaires criminelles au ministère de l'Intérieur [...] et du chef de la brigade criminelle au SRPJ de Marseille [...] », répond sobrement l'auteur de ce document jamais révélé à ce jour. Les deux policiers, quant à eux, démentent avec la dernière vigueur avoir joué un tel rôle.

La note d'Albert Lévy ne s'arrête pas là. Il raconte ensuite comment des intermédiaires ont organisé une rencontre en mars ou avril 1994 dans un restaurant de l'aéroport d'Orly à laquelle assistaient des représentants du ministère de l'Intérieur. Les Perletto auraient « donné » la bande du Macama, du nom de ce bar toulonnais autour duquel grouillait toute une faune dont quelques petits malfrats. Ce sont ses membres qui seront condamnés pour l'assassinat de Yann Piat, malgré la faiblesse du mobile : un litige sur l'heure de fermeture des bars, notamment ! En contrepartie, Franck Perletto devait sortir de prison, où il était incarcéré pour l'attaque au bazooka. Il le sera d'ailleurs dans des conditions surréalistes mais parfaitement légales, par un arrêt de la chambre d'accusation d'Aix-en-Provence.

Albert Lévy termine son mémo par plusieurs questions qui n'ont pas dû faire plaisir à sa hiérarchie :

« Dans quelles conditions les Perletto ont eu à connaître de l'identité des assassins de Mme Piat ? [...]

Pourquoi la haute hiérarchie policière ainsi que celle du ministère de l'Intérieur se seraient prêtées à cette négociation ?

Quels types de rapports sont susceptibles d'entretenir des malfaiteurs comme "les Perletto" avec ces personnalités administratives ou politiques ?

La hiérarchie judiciaire [...] et le juge d'instruction en

charge de l'information sur l'assassinat de Mme Piat ont-ils été informés de ces événements ?

Dans l'affirmative, pour quelles raisons n'y a-t-il eu aucune volonté de recherche susceptible de donner à l'assassinat un éclairage quelque peu différent ? »

Ce rapport signe l'arrêt de mort professionnel d'Albert Lévy, qui évoque par écrit des choses qu'on doit taire : les tractations entre les représentants du pouvoir à son plus haut niveau et des truands notoires. Et puis, le substitut cite le nom de Jean-Charles Marchiani, qui a quitté les services secrets pour remplir quelques missions très confidentielles, dont la libération des otages français au Liban. Cet enfant gâté du système Pasqua, aujourd'hui député européen mis en examen à plusieurs reprises, en particulier dans le cadre de l'affaire de ventes d'armes illégales à l'Angola, et dont les comptes bancaires – notamment en Suisse – ont reçu des sommes considérables (près de 1,5 million d'euros) dont l'origine, soyons prudents, n'est pas très claire, Jean-Charles Marchiani, donc, avait été nommé préfet du Var par son protecteur Charles Pasqua. Oui, préfet. Avec le costume, la casquette et les gants blancs.

Ce représentant de l'État dans le département le plus corrompu de France n'apprécie pas beaucoup les magistrats. Sauf lorsqu'il s'agit de faire appel à eux pour condamner en diffamation ceux qui s'intéressent de trop près à ses affaires. « Je suis, assure-t-il d'emblée lorsqu'on le rencontre, le recordman de France des dommages et intérêts. »

Mais ce qu'Albert Lévy n'avait tout de même pas prévu, c'est que ce préfet pour le moins atypique aurait son rapport confidentiel sous les yeux le lendemain même de sa rédaction. Un document qui le met en cause personnellement et lui déplaît beaucoup : « J'ai interrogé Perletto sur cet épisode supposé, raconte Jean-Charles Marchiani. Il m'a répondu qu'il ne se souvenait de rien parce qu'il était ivre ce jour-là. Alors, c'était la parole d'un alcoolo contre celle d'un psychopathe. » Le psychopathe, dans l'esprit du préfet, c'est Albert Lévy, dont il dit qu'il travaillait au tribunal « entre deux stages en maison psychiatrique ». En réalité, Albert Lévy n'a pris qu'un arrêt-maladie de deux semaines. C'était en 1993, avant l'arrivée de Jean-Charles Marchiani, et ce document n'était pas signé par un psychiatre. Le magistrat qui gêne tant se voit en tout cas refuser une protection policière. Pour le préfet, les menaces dont Albert Lévy se dit l'objet sont imaginaires. « Je ne pouvais tout de même pas mobiliser 10 % des effectifs de police pour le protéger en permanence », remarque-t-il. En revanche, Jean-Charles Marchiani demande au procureur de Toulon d'obtenir la mutation du magistrat « dans son propre intérêt » et parce qu'il « trouble l'ordre public ». Rien de moins. D'ailleurs, André Viangalli, le procureur de Toulon, écrit à son supérieur, le procureur général d'Aix-en-Provence Pierre Mérand, pour répercuter la demande du préfet. Pierre Mérand, quelque temps plus tard, rend visite au substitut, pour lui proposer une belle promotion à Paris. Une démarche tout à fait inhabituelle. Jamais un magistrat de si haut rang ne se déplace dans le bureau d'un collègue d'une caste bien inférieure. Normalement, il le convoque...

Après avoir décliné la proposition, au grand courroux de son visiteur, Albert Lévy collectionne les ennemis dans son entourage proche. Le préfet du Var, mais aussi son chef direct, le procureur André Viangalli, qui le traite avec une ironie un peu pesante, sur le thème : « Vous menez une vie dangereuse, monsieur Lévy. » Sans oublier le juge vedette de Toulon, Thierry Rolland, chargé de l'instruction sur l'assassinat de Yann Piat. Explorant la « piste du Macama », il supporte mal le zèle de son collègue et l'idée que pourrait exister une piste politique. En public, il nie certes éprouver la moindre hostilité envers Albert Lévy mais les tensions entre eux sont de notoriété publique au tribunal. Le procès d'assises pour le meurtre de Yann Piat doit se tenir en mai 1998. Le substitut qui dérange, le jour où il témoigne, ignore que le traquenard est déjà en marche.

Le prétexte ? Oh ! Il est minuscule en apparence. Le 16 avril 1998, *VSD* publie le procès-verbal d'audition d'un certain Sauveur Catalano, qui accuse des membres du Front national de toucher des pots-de-vin sur la gestion des cantines scolaires de Toulon. Fait pour le moins exceptionnel, une information pour violation du secret de l'instruction est ouverte au tribunal de Toulon dès le lendemain de la publication. Si tous les parquets de France réagissaient aussi vite et aussi vivement à toutes les publications de pièces d'instruction, la justice serait bien plus engorgée encore !

À qui est confié le dossier ? À Thierry Rolland. La justice française est bien faite : c'est justement le juge qui a instruit l'affaire Piat en écartant la piste politique et qu'Albert Lévy ne s'est pas privé de critiquer. L'auteur de l'article incriminé, signé sous pseudonyme, se nomme Claude Ardid. Journaliste à *Var Matin*, il est connu à Toulon pour trois choses : sa bonne connaissance de l'affaire Piat, sur laquelle il vient de publier, avec Jacques-Marie Bourget, de *Paris Match*, un livre[1] qui défend la thèse d'un crime politique et souligne, documents à l'appui, les failles de l'instruction menée par Thierry Rolland ; son combat notoire contre l'extrême droite ; ses bonnes relations avec Albert Lévy.

Le juge Thierry Rolland se jette dans l'instruction du dossier *VSD* avec une énergie peu commune, de nature à faire pâlir d'angoisse tous les truands toulonnais. Il fait placer Claude Ardid sur écoutes, charge les gendarmes

---

1. Claude Ardid, Jacques-Marie Bourget, *Yann Piat, l'histoire secrète d'un assassinat*, Plon, 1998.

maritimes de le prendre en filature, d'enregistrer ses conversations dans les bars et dans les restaurants grâce à des micros directionnels, de brancher sur écoutes les cabines téléphoniques que le journaliste utilise parfois, d'intercepter ses fax et de surveiller son domicile. On n'en ferait pas tant pour Al Capone en personne.

D'ailleurs c'est bien le problème. On s'est vite aperçu au tribunal de Toulon qu'une simple violation du secret de l'instruction, passible d'un an de prison maximum, ne peut justifier légalement un tel dispositif. Impossible, au pays des droits de l'homme, de placer un citoyen sur écoutes pour si peu. Qu'à cela ne tienne. Le 27 avril 1998, le parquet de Toulon, dirigé par le procureur Viangalli, dont Albert Lévy est un des adjoints, délivre à Thierry Rolland un « réquisitoire supplétif » qui ajoute à la violation du secret de l'instruction le « vol de documents et recel ». Ce délit-là, qui peut entraîner jusqu'à cinq ans d'emprisonnement, est suffisamment grave pour autoriser des écoutes téléphoniques.

Rappelons, à ce stade, que tous ces moyens sont destinés, officiellement, à tout connaître de l'origine d'une pièce d'instruction sur un sujet mineur publiée dans l'hebdomadaire *VSD*. Que, toutes proportions gardées, on en a moins fait lorsqu'il s'est agi de retracer l'itinéraire de la cassette enregistrée par Jean-Claude Méry dont le contenu fut publié par *Le Monde* en septembre 2000.

Albert Lévy est alors vaguement au courant de l'ouverture d'une information, mais pas des moyens qui lui sont consacrés. Pourtant, le 27 avril 1998, le jour même où Thierry Rolland reçoit son réquisitoire supplétif pour vol de documents et recel, les gendarmes maritimes demandent à France Telecom de leur communiquer le listing des numéros appelés par le substitut depuis son domicile et son téléphone mobile. Mais cela, le principal intéressé l'ignore évidemment. Il est d'autant moins inquiet qu'interrogé par un gendarme, fin avril, Claude Ardid fournit le nom de l'avocat qui lui a donné le fameux procès-verbal Catalano. Las ! Cet honorable membre du barreau ne sera même pas convoqué pour être interrogé sur ce point. Alors, les écoutes et les filatures continuent. Le témoin spectaculaire et gênant du procès des assassins de Yann Piat ignore que dans les bureaux qui jouxtent le sien, une petite ruche s'active à ses dépens.

Il se réveille brutalement le dimanche 6 septembre 1998. Ce matin-là, alors que la famille s'apprête à aller pique-niquer au bord de l'eau, Marie-Paule Moracchini, juge d'instruction au tribunal de Paris, fait irruption à son domicile de La Seyne-sur-Mer. Ce que raconte Albert Lévy est violent. « Vous êtes un magistrat indigne, j'ai un dossier comme ça sur vous », lui lance cette sympathique collègue devant ses deux enfants de six et trois ans.

Marie-Paule Moracchini est une magistrate susceptible dont il convient de parler avec prudence et modération. Elle a accroché à son tableau de chasse la plupart des grands journaux nationaux, qu'elle attaque en diffamation dès qu'ils la contrarient tout en regrettant qu'ils ne cherchent pas à connaître sont point de vue. « Je n'accepterai jamais que l'on s'en prenne à mon honneur », répète-t-elle dans les prétoires. Comme Marie-Paule Moracchini a refusé de répondre aux questions[1] sur

---

1. Contactée le 26 juin 2003 par téléphone par l'intermédiaire de sa secrétaire, puis par fax, et enfin par courrier recommandé, elle a finalement répondu deux mois plus tard, le 28 août 2003 : « (...) Je m'étonne de la teneur de vos questions puisque comme vous le savez je suis tenue au secret de l'instruction que j'ai toujours scrupuleusement respecté (...). » Elle ajoutait : « La formulation de certaines questions me conduit à vous inviter à assister à l'audience publique du tribunal correctionnel de Paris où sera évoqué le procès que j'ai intenté contre Mme (...) » – il s'agit d'une autre magistrate – « et le journal (...) à propos d'allégations diffamatoires concernant l'affaire où Albert Lévy a été mis en examen. L'enceinte

cette affaire, il est impossible de connaître sa version des faits.

Ce que l'on sait à coup sûr, c'est que Thierry Rolland a été déchargé du dossier, après avoir employé l'artillerie lourde, afin que l'on ne puisse pas mettre en cause son impartialité. Une magistrate parisienne semblait plus à même d'instruire en toute indépendance.

On sait aussi que le samedi 5 septembre, Marie-Paule Moracchini fait une perquisition chez Claude Ardid où elle trouve des dizaines de pièces de procédures, mais pas le procès-verbal Catalano. Elle fait néanmoins placer le journaliste en garde à vue mais ne participe pas à son déroulement. Comment les gendarmes parviennent-ils alors à convaincre Claude Ardid de changer de version et de désigner Albert Lévy comme son pourvoyeur en pièces d'instruction ? Tous les acteurs de ce pitoyable scénario assurent que l'on a frôlé le chantage à la vie privée, ce qui n'est pas expressément prévu et encouragé par le Code de procédure pénale. « Les enquêteurs ont vraiment tout essayé pour arriver jusqu'à moi, raconte l'intéressé. Ils ont même proposé à Claude Ardid de monter un flagrant délit bidon où il me demanderait des pièces que je lui remettrais. »

Cette sordide tentative de manipulation rappelle le calamiteux flagrant délit organisé pour compromettre le juge Halphen, en remettant à son beau-père un sac plastique rempli de billets de 500 francs à la sortie de l'aéroport de Roissy. Mais voilà, Claude Ardid n'a pas voulu se prêter à cette lamentable mise en scène.

---

judiciaire est le seul cadre légitime à recevoir mes explications sur la conduite de cette instruction ». Cette réponse est malheureusement difficile à interpréter puisque à priori Mme Moracchini doit tout autant respecter le secret de l'instruction dans le cadre des procédures en diffamation qu'elle engage contre des tiers. On peut penser cependant qu'elle nie avoir tenu les propos qu'Albert Lévy lui prête.

Il faut donc se contenter de ses nouvelles déclarations, qui mettent en cause le substitut et justifient enfin la perquisition dominicale que celui-ci va subir. Ce n'est que le début. Albert Lévy est donc lui aussi placé en garde à vue. Et aussitôt mis en examen pour violation du secret de l'instruction et recel de documents volés. La formule magique qui justifie écoutes téléphoniques, filatures et intrusions en tout genre...

Mais le véritable objet de cette opération apparaît dès la première heure de garde à vue. Un médecin est chargé d'examiner le « prévenu ». Pas n'importe lequel. Non. On fait immédiatement appel à un spécialiste. Le docteur Germain Boukson, neuropsychiatre, expert auprès de la cour d'appel d'Aix-en-Provence, interroge le prévenu. Avec de drôles de questions, sur la façon, par exemple, dont Albert Lévy vit sa judéité. L'opinion de l'homme de l'art est faite : délire de la persécution. Le docteur Boukson considère que « son état mental est incompatible avec la poursuite de son activité professionnelle pour une durée qu'il conviendra d'apprécier ultérieurement. Il a besoin d'une prise en charge psychothérapique ». Voilà le costume du fou taillé dès le début de la garde à vue : jusqu'à une date indéterminée, le patient n'est pas en état de se rendre sur son lieu de travail et doit se faire soigner. Cela fait beaucoup.

Comment le médecin justifie-t-il ce diagnostic particulièrement sévère ? Par un examen approfondi, une argumentation précise et détaillée ? La description clinique des troubles du magistrat tient en quelques lignes manuscrites. « M. Lévy présente un état de tension nerveuse extrême, une fatigue consécutive à un sentiment de frustration. » La fatigue n'est donc pas due à des années de bagarre pour pouvoir traiter correctement les dossiers de la pègre quand elle flirte avec la politique, ni au fait qu'un parrain local lui a offert sa protection parce qu'il était en « grand danger », encore moins à la volonté du préfet de l'éloigner de Toulon. Quant à la tension, elle ne provient pas de cette garde à vue dominicale particulièrement éprouvante pour un magistrat qui découvre que depuis des mois, une partie du tribunal où il travaille multiplie les intrusions dans sa vie personnelle pour nourrir son dossier judiciaire. Le psychiatre, laconique, ajoute : « Il se perçoit défenseur des principes républicains dans un environnement corrompu. » Là, on croit vraiment rêver. L'homme est en effet un magistrat républicain, et Toulon – la suite de l'histoire le montrera – un environnement passablement corrompu. Mais cela devient subitement une maladie mentale !

L'opération est menée tambour battant. Le substitut ressort libre, mais astreint à un contrôle judiciaire humiliant : il lui est interdit de se rendre au tribunal de Toulon, son lieu de travail, et son état mental présumé exige qu'il se fasse soigner. S'il ne s'exécute pas, il risque la révocation de son contrôle judiciaire, donc la prison. Marie-Paule Moracchini tient à le signaler, de manière personnalisée, en téléphonant à l'épouse d'Albert Lévy, elle aussi magistrate. « Votre mari doit se faire soigner, dit-elle en substance. Si vous ne prenez pas vos responsabilités, je prendrai les miennes. »

Commence alors pour lui une quête qui pourrait être cocasse, si elle ne montrait les niveaux effrayants atteints par la peur de la vendetta et la manière dont les ennuis à venir sont intériorisés par les acteurs. Albert Lévy cherche un psychiatre. Pour se soigner, comme Mme Moracchini l'a exigé de lui. Et, accessoirement, pour avoir un « deuxième avis », comme on dit en médecine. Il se fait éconduire par plusieurs spécialistes de la région. Tous courageux. À l'évidence, personne ne veut de lui comme patient. Et aspire encore moins à rédiger un certificat qui le déclare sain d'esprit. Mais personne non plus ne souhaite pousser l'indignité professionnelle jusqu'à rédiger un faux pour faire plaisir à tout le monde.

Le docteur Jean-Marie Abgrall, psychiatre, exerce à Toulon. Les pressions, les menaces, les rumeurs destinées à vous discréditer, il sait ce que c'est. Car il est un spécialiste des manipulations mentales opérées par les sectes, et un de leurs plus anciens pourfendeurs. Quand le magistrat l'appelle, il hésite dans un premier temps : « Je vis à Toulon. Je vais être grillé. Il faut que je réfléchisse... » Une heure plus tard, il rappelle : « Si je ne vous reçois pas, je n'oserai plus me regarder dans la glace. » Ce médecin plus courageux que les autres rédige un certificat de cinq pages assurant que le substitut ne souffre d'aucune pathologie : « L'examen d'Albert Lévy, écrit-il, n'a pas permis de mettre en évidence de trouble intellectuel ou du jugement, ni de trouble de la personnalité justifiant une prise en charge ou mesure d'astreinte de soins. » Il faut souligner la bravoure nécessaire pour écrire et signer ce genre de document.

Le certificat du docteur Abgrall devient presque un talisman pour le magistrat mis en examen. Quelques jours plus tard, il est convoqué à l'hôpital psychiatrique Sainte-Marguerite, à Marseille, pour une nouvelle expertise, menée par le docteur Boukson – toujours lui – qui s'est assuré cette fois du concours d'un confrère, le docteur Glezer. Quand il découvre qu'on l'attend à l'étage des cas les plus graves, où certains patients sont carrément allongés par terre, inertes, il sort téléphoner à sa femme : « Peut-être qu'ils ne vont pas me laisser ressortir. » Il respire profondément, monte à l'étage et doit une nouvelle fois répondre à d'étranges questions sur « son seuil de tolérance à l'antisémitisme (!) ». Jusqu'au moment où il apprend aux deux experts qu'il détient un certificat médical le déclarant sain d'esprit. « Qui l'a signé ? » demandent aussitôt les psychiatres. Albert Lévy ne le leur dit pas. Il comprend alors qu'il vient de compliquer sérieusement l'opération envisagée. Les deux experts ne rendront d'ailleurs jamais de rapport après ce second examen. Quelques jours plus tard, la chambre d'accusation de la cour d'appel de Paris annule l'ensemble du contrôle judiciaire auquel il était astreint[1]. Puis, il obtient sa mutation pour le tribunal de Lyon. Quand il vient dire adieu à son procureur et évoque le harcèlement dont il a été l'objet, celui-ci lui répond simplement : « Il aurait pu vous arriver pire, monsieur Lévy. Bien pire... »

En mars 2003, l'homme qui fait si peur à la Chancellerie a été renvoyé devant le tribunal correctionnel de Paris pour « violation du secret de l'instruction ». Curieusement, l'incrimination pour « vol et recel de documents », celle-là même qui avait permis les écoutes téléphoniques et les filatures – bien inutiles au demeurant –, a disparu en cours de route. Ce renvoi est le dernier acte que le juge Marie-Paule Moracchini a rédigé avant de changer d'affectation.

Albert Lévy compte bien tout dire à son procès. Il n'a plus de raisons d'avoir peur car il n'a plus rien à perdre. Il n'a pas sombré dans la folie officielle dans laquelle on a voulu l'enfermer. Mais il est mal considéré – euphémisme – par une certaine hiérarchie judiciaire dix ans après les faits. La Chancellerie, quels que soient les gouvernements, n'aime pas ceux qui brisent la loi du silence. Il est donc aujourd'hui substitut à Lyon. À l'automne 2002, quand il prend rendez-vous avec la direction du personnel de la Chancellerie pour évoquer son avancement, on lui rétorque que son sort doit se régler directement au cabinet du ministre. Pour un simple substitut ! Cet aveu éclatant de la bureaucratie ministérielle est suivi d'effets. Albert Lévy, au printemps 2003, est rayé de la liste de promotion. Sans préavis, sans explications. Lorsque des représentants du Syndicat de la magistra-

---

1. Le dossier de la revue *Justice*, n° 158, de novembre 1998, offre une vision détaillée de la procédure qui a frappé Albert Lévy.

ture, auquel il appartient, demandent quelques explications, Martine Ceccaldi, directrice adjointe du cabinet de Dominique Perben, garde des Sceaux, répond qu'il est impossible de promouvoir un magistrat mis en examen. La boucle est bouclée.

Ce qu'il y a de commode avec cette méthode musclée destinée à neutraliser les gêneurs, c'est qu'elle évite aux étouffeurs de s'embarrasser de procédures écrites qui peuvent être contestées devant les tribunaux. Sanctionner un gendarme, un policier, un juge pour un comportement qui contrevient aux règles de l'omertà risque d'attirer l'attention sur une situation que l'on cherche justement à cacher. La victime peut s'agiter, entamer des recours devant les tribunaux, alerter la presse... Tandis qu'un dépressif, un paranoïaque, un délirant n'intéresseront personne : pas de commission disciplinaire, pas d'arbitrage de la justice, pas d'audience auprès des journalistes. Le traitement psychiatrique des récalcitrants offre toutes les garanties d'une procédure informelle. Un petit certificat, et l'affaire est réglée.

C'est ce qu'a dû penser la hiérarchie policière lorsqu'elle s'est attaquée au cas de Jean-François Danesi, gardien de la paix à Nice. Il n'a pas découvert de liens mafieux dignes de l'Italie de MM. Craxi et Andreotti. Il a simplement tenu tête, à propos d'une bavure ordinaire, à la police municipale la plus puissante de France, celle de la ville de Nice. En septembre 1998, un jeune beur et quelques amis sèment le trouble dans une soirée organisée par une agence de mannequins. Il est contrôlé par trois membres de la police municipale qui font état d'outrages, d'insultes et d'état d'ébriété. Ils coffrent ce citoyen récalcitrant, le menottent et le conduisent au commissariat le plus proche, où le jeune homme apparaît en triste état et assure qu'il a été molesté par les trois représentants de l'ordre municipal. Le policier qui entend sa déposition s'appelle Jean-François Danesi. Connu dans son commissariat comme un antiraciste, il n'y est pas spécialement apprécié de ses supérieurs. Au matin de la garde à vue, Jean-François Danesi, embarrassé, appelle le substitut de permanence au parquet, Philippe Dorcet. Devant ses propos embrouillés, le magistrat flaire la bavure. Il ordonne au gardien de la paix d'entendre le suspect comme victime et d'identifier les policiers en cause. Un médecin constate des plaies à la tête et au bas-ventre, tandis que des témoins présents confirment le passage à tabac...

Le commissaire Bernard Orengo, qui deviendra un très fidèle colistier du maire Jacques Peyrat, va alors gérer cette délicate affaire à sa manière.

Le supplice du policier ne fait que commencer. Sa hiérarchie tente de le convaincre de revenir sur ses premières impressions. Il en va de la bonne entente entre les deux polices, celle de la ville, mise en cause, et celle de l'État à laquelle il appartient et qui se passerait bien de ce petit sketch antiraciste. La coordination des forces de l'ordre n'est-elle pas une priorité en ces temps d'insécurité ? « Je tiens à préciser que j'ai fait l'objet de pressions de la part de ma hiérarchie, dira le gardien de la paix interrogé dans le cadre d'une enquête disciplinaire par l'Inspection générale de la Police nationale (IGPN). Le jour de la confrontation (avec les policiers municipaux) une douzaine de personnes est venue faire pression [...]. Par la suite, j'ai fait l'objet de pressions de la part de M. Orengo, commissaire central de Nice, qui m'a même dit sur un ton menaçant : "Vous m'avez bien compris, monsieur Danesi, les policiers municipaux sont innocents, l'enculé d'Arabe est coupable." »

Danesi persiste malgré tout. Et ses supérieurs entament à son encontre une procédure disciplinaire. Il lui est reproché de n'avoir pas obéi à son chef de service, Bernard Orengo. Un reproche absurde, puisque, chargé d'une enquête de police judiciaire, ce fonctionnaire était placé sous l'autorité du procureur de la République. Entre-temps, la vie de Jean-François Danesi au travail est devenue intenable. En septembre 1998 toujours, il a fait une démarche officielle pour protester contre certaines pratiques en vigueur dans son commissariat. « J'ai demandé, explique-t-il aux enquêteurs de l'IGPN, sur procès-verbal du 26 janvier 2000, de faire effacer les inscriptions "boîtes à melons", "boîtes à bougnoules" et "boîtes à crouilles" des casiers des affaires personnelles des gardés à vue. » L'IGPN, après enquête, conclura que les accusations contre Bernard Orengo sont « peu vraisemblables [1] ». « De même, écrit Jean-Louis Contal, chef de la délégation régionale de l'IGPN à sa hiérarchie parisienne le 28 juillet 2000, le gardien Danesi dénonçait des inscriptions à caractère raciste sur les boîtes servant à conserver les fouilles des détenus dans le service des écrous et des gardes à vue. Une vérification effectuée par nos soins le 3 février 2000 n'a pas confirmé ces nouvelles allégations. » Ils sont forts à l'IGPN. Ils arrivent dans un commissariat niçois, ils ne trouvent pas, un an et demi après les faits présumés, de traces d'inscriptions racistes et ils sont satisfaits : cela signifie qu'il n'y en a jamais eu. On préfère ne jamais avoir affaire, en cas d'ennuis graves, à des investigateurs de cette trempe !

Le sort de Jean-François Danesi n'attend pas le résultat de toutes ces minutieuses enquêtes et reconstitutions pour être tranché. Après l'histoire des « boîtes à crouilles », le gardien de la paix est muté d'autorité dans un

---

1. Contacté par fax le 26 juin 2003, l'ancien commissaire Bernard Orengo n'a pas donné suite.

autre poste de police. Il doit renoncer à être promu brigadier. Sa notation est baissée.

Ébranlé par la mise en cause de son honneur professionnel, le gardien de la paix est placé en congé maladie. Une fenêtre de tir idéale pour une opération sur mesure. En août 2002, il est soumis à un examen psychiatrique. Le compte rendu brille par son esprit de synthèse. Vingt lignes, pas plus, pour décréter son incapacité à reprendre ses fonctions. Le certificat express sur le gardien de la paix Danesi conclut en effet à l'existence d'« un contexte pathologique évoquant une personnalité paranoïaque ». « Ses propos, poursuit le compte rendu sibyllin, traduisent un investissement idéaliste, son désir de combattre l'injustice et le dysfonctionnement de son administration, celui de la justice et du monde politique. »

Même Alfred Jarry n'aurait pas osé. Pour être considéré comme paranoïaque dans la police, pour ne pas parler de la justice, il suffit donc d'avoir un idéal, de combattre l'injustice et de ne pas se montrer indifférent aux bavures, étouffements et autres « dysfonctionnements ». Voici dressé, a contrario, le portrait-robot du policier modèle : cynique, doux avec les forts, dur avec les faibles, et confortablement assis sur les turpitudes du monde qui l'entoure. Le psychiatre qui a rédigé ce texte était manifestement tenaillé par ce que ses confrères appellent le « retour du refoulé ». À Nice, l'idéalisme, le désir de combattre l'injustice trahissent chez un policier l'existence d'une pathologie, tout comme le fait de se percevoir comme un « magistrat républicain dans un environnement corrompu » relève du dérèglement mental à Toulon.

Le sort professionnel de Jean-François Danesi n'est toujours pas tranché. Le conseil de discipline, deux ans après s'être réuni, n'a pas encore réussi à rendre une décision. Le gardien de la paix, placé en congé maladie pour une durée indéterminée, présenterait, à en croire le diagnostic psychiatrique, un « contexte pathologique évoquant une personnalité paranoïaque ». Sauf rebondissement miraculeux, son dossier portera, à vie, les traces indélébiles de son « insubordination » et de sa fragilité psychologique.

L'exemple de ce gardien de la paix est moins isolé qu'on pourrait le penser. Simplement, pour que la manœuvre réussisse, dans ces situations extrêmes, il faut s'adresser au « bon » spécialiste. Tous ne jouent pas le jeu avec la même docilité. Il est indispensable, à ce stade, de rendre hommage à un médecin dont il vaut mieux, pour sa propre tranquillité, préserver l'anonymat. Un homme dont la carrière se trouvait particulièrement menacée puisqu'il est militaire en même temps que médecin.

Dans l'affaire de l'Arsenal militaire de Toulon, mêlant gabegie, connivences maçonniques et corruption dans des proportions consternantes, deux gendarmes avaient commencé au cours d'une enquête méthodique à démêler tous les fils d'un réseau complexe et bien protégé. Jusqu'au jour où la hiérarchie militaire les a punis pour avoir accompli avec conscience professionnelle leur métier et surtout pour avoir mis en cause d'autres militaires. Ces deux hommes ont été harcelés pour avoir servi la justice avec loyauté et compétence [1]. Très affecté par les sanctions disciplinaires à répétition dont il est l'objet, l'un d'eux, fin 1998, est en congé maladie. On dépêche un médecin militaire à son chevet. Pas pour l'aider à se remettre des brimades dont il est la victime. Non. Pour se prononcer, par la négative bien sûr, sur son aptitude à exercer dans la gendarmerie. Le praticien chargé de cette mission s'est honoré en refusant de signer, comme il lui était fortement suggéré, l'arrêt de mort professionnel du patient qu'on lui avait envoyé.

1. Voir le chapitre 3, « Métiers à haut risque ».

La phrase est presque toujours la même : « Vous le trouvez en forme, X ? Moi, je le trouve très fatigué, très nerveux. J'ai peur qu'il fasse des bêtises. » Quand elle est prononcée, X doit s'estimer heureux s'il est informé rapidement des propos que l'on tient sur lui. Et il doit savoir que la confection de sa petite camisole a commencé, sans qu'il en soit averti.

Alain Labro n'a pas fréquenté, lui, la Côte d'Azur, mais l'outre-mer. Cet inspecteur de police qui a passé des années à la prestigieuse brigade criminelle décide un jour de voir du pays. Il est envoyé en Bolivie, comme officier de liaison chargé de la lutte anti-drogue. Puis au Gabon, comme conseiller du chef d'état-major de la police judiciaire. Mais cette deuxième mission prend fin au bout de neuf mois. Rapatriement d'urgence, procédure disciplinaire. Et ses collègues expatriés au Gabon comme lui entendent tous, de la bouche de leur hiérarchie, cette même petite phrase : « Vous le trouvez bien, Labro ? Moi je le trouve fatigué... »

Ses voyages ont en tout cas ouvert les yeux au policier sur une certaine laideur du monde. En Bolivie, il arrête un trafiquant français qui a aussi participé à une escroquerie de grande ampleur au Crédit mutuel d'Angoulême, la ville de Jean-Michel Boucheron, l'ancien député-maire qui aura l'occasion de fréquenter le « quartier VIP » de la prison de la Santé. Mais cette capture de choix ne lui vaut pas que des félicitations. Car le délinquant n'a pas escroqué 100 millions de francs (15 millions d'euros) pour sa seule consommation personnelle. Une partie de l'argent aurait servi à acheter des armes lourdes destinées à un pays africain et réexpédiées à Cuba. Cette salade à laquelle se mêlent les services secrets français dépasse de loin l'inspecteur Labro, ainsi que les magistrats d'Angoulême chargés d'instruire le dossier. Avec cette élégance dans les propos propre au monde de la police et du renseignement, son chef

43

d'état-major d'alors lui dit d'ailleurs : « Labro, vous avez foutu les pieds dans la merde. » L'escroc-trafiquant sera finalement condamné en catimini à cinq ans de prison au terme d'un procès plus foisonnant de questions que de réponses. Quant à la lettre de félicitations que le juge d'instruction envoie à Alain Labro, elle disparaîtra de son dossier quand les ennuis se préciseront, selon une opération magique qui se reproduit régulièrement dans ce genre d'affaire.

En novembre 1998, Alain Labro oublie l'Amérique du Sud pour rejoindre le Gabon, comme conseiller du chef d'état-major de la police judiciaire. Il découvre alors que la France cautionne un système où les apprentis policiers que l'on forme le matin utilisent leur uniforme tout neuf pour faire des braquages dans la soirée. Un jour, une filiale de la Sofremi – une magnifique petite excroissance commerciale du ministère de l'Intérieur, bien connue des initiés, qui est chargée d'exporter le matériel et le savoir-faire policiers bleu-blanc-rouge dans toutes les dictatures – veut vendre des menottes à la police. Montant du marché : 300 000 francs (46 000 euros). Alain Labro s'étonne : des menottes de ce type, on en a déjà acheté l'an dernier. On lui fait comprendre qu'il est vraiment « lourd » : qu'est-ce que ça peut lui faire qu'on rachète des menottes ? C'est avec son argent ?

Son supérieur hiérarchique, le commissaire Gérard Justin, le prend en grippe : « Vous n'êtes pas en Bolivie, ici. Vous êtes en Afrique. Je vous ai à l'œil. Je vous aurai prévenu. » Les incidents se multiplient. Labro se fait traiter de « saint-bernard de la police » parce qu'il vient au secours d'une Européenne qui a « pété les plombs » après avoir vu détourner l'argent destiné à équiper cent quarante dispensaires gabonais.

L'ambiance n'est pas au beau fixe. Elle se gâte carrément quand l'inspecteur est saisi d'un différend entre deux Européens à propos d'une compagnie d'assurances.

44

Un ancien cadre de cette entreprise a porté plainte auprès du procureur de Libreville contre un de ses dirigeants pour une sombre histoire de vol de fichiers clients. Le fils du président Bongo en personne intervient en faveur du dirigeant interpellé.

Là, les représailles vont vraiment commencer. Alain Labro se fait pilonner. Contre l'évidence, on lui reproche d'avoir encouragé des investigations judiciaires là où il n'y avait qu'un litige entre deux parties ; en fait, deux associés dans une étrange société d'assurances qui ont des comptes à régler. Officiellement, la police française n'a de toute façon pas le droit d'intervenir dans les affaires gabonaises. Elle est là pour conseiller. Cette fiction est bien entendu démentie chaque jour sur le terrain. Mais à cet instant, tous ceux que l'inspecteur Labro commence à fatiguer tiennent un motif en or. L'ambassadeur de France le convoque : le Gabon, c'est terminé pour lui. Et il va passer devant une commission disciplinaire du ministère des Affaires étrangères, à la disposition duquel il a été placé pour ses missions hors de France. Non seulement cette commission blanchit à l'unanimité le policier mais elle dénonce le « redoutable amalgame » opéré par ses accusateurs. Alain Labro ne peut plus prétendre à des missions à l'étranger, mais il est recasé honorablement à la « protection des personnalités ». Son histoire n'est pas terminée, parce que le policier a alors porté plainte pour dénonciation calomnieuse. La juge d'instruction Chantal Perdrix a d'ailleurs mis en examen le commissaire Gérard Justin[1] qui obtiendra plus tard d'un autre juge un non-lieu.

Cette procédure de dénonciation calomnieuse, relativement banale en apparence, a suscité un intérêt et des

---

1. Contacté par fax le 26 juin 2003, l'avocat de Gérard Justin n'a pas souhaité répondre aux questions de l'auteur ni livrer sa version de l'affaire.

pressions démesurés. Ainsi l'un des témoins convoqués à Paris, un ancien collègue et ami de Labro au Gabon, s'est vu interdire par sa hiérarchie de se rendre dans le cabinet du juge. Régulièrement, des voix plus ou moins officielles conseillent à Alain Labro de tourner la page. Il ne veut pas. Il est victime d'une étrange fuite de gaz dans son appartement en janvier 2001. Cet événement ne peut être selon lui d'origine accidentelle, comme il l'explique à son avocat, Mᵉ Thibault de Montbrial, dans un courrier daté du 19 janvier 2001 : « Je m'interroge sur les mobiles de cet acte de malveillance », écrit-il avant d'émettre l'hypothèse d'« une manœuvre d'intimidation dans l'affaire que vous connaissez ». Aux différents moments clés qui ont marqué ce dossier complexe Thibault de Montbrial a lui aussi reçu des menaces, au point qu'il s'en est ouvert à son bâtonnier, Mᵉ Francis Teitgen. À tous les deux, des « amis » ont fait savoir qu'il fallait arrêter de s'agiter et, en tout cas, ne pas parler à la presse. Ils ont donc pris soin de constituer des dossiers bien nourris et mis en lieu sûr. Pour prévenir toute nouvelle fuite de gaz.

En vérité, ce que les étouffeurs trouvent formidable avec la psychiatrisation, c'est qu'elle ne rate jamais tout à fait. Celui qui en est l'objet se vit, à juste titre, comme une victime. Il affiche une tendance naturelle à la méfiance, tente de relier entre eux des éléments qui lui permettent de comprendre l'objet de la vendetta ainsi que ses auteurs et les intérêts qu'ils défendent. Plus il agit ainsi, plus il semble atteint par une forme de délire de la persécution. Et il en reste souvent – toujours ? – quelque chose. Un soupçon d'exaltation, l'idée que l'intéressé s'est marginalisé, qu'il en a trop fait, qu'il a le chic pour se mettre dans l'embarras. Qu'il manque de sens tactique ou politique. Ce qui, au demeurant, est fréquemment le cas. Et alors ?

À une autre échelle, et sans que des praticiens mandatés interviennent pour rédiger des certificats, ce genre de procédé s'utilise aussi dans la vie politique au plus haut niveau. Là, c'est la rumeur, la petite phrase malfaisante, l'article dévastateur qui est censé faire son travail de sape.

Michel Rocard en fut la victime à plusieurs reprises. La garde mitterrandienne a usé et abusé de fines saillies sur la prétendue fragilité psychologique du personnage. C'était une manière subliminale de dévaloriser le « parler vrai » cher au tenant d'une gauche différente et « morale ». S'il « parle vrai », devait traduire le public, c'est qu'il ne contrôle pas ses propos. La calomnie psychiatrisante a cette qualité essentielle de ne jamais s'user, au contraire. Plus elle est ressassée, plus sa victime devient un candidat naturel à la camisole. En novembre 1998, alors qu'on peut raisonnablement penser qu'il a renoncé à tout grand destin national, Michel Rocard ose déclarer, dans un entretien publié par la *Revue de droit public*, qu'il a accepté le poste de Premier ministre sans illusion, pour contrôler les rapports complexes du président et de ses amis avec l'argent, et que, pour tout dire, François Mitterrand n'était pas « un honnête homme ». La contre-attaque est d'une rare violence. C'est un membre de sa famille politique, Jack Lang, qui va la mener, apparemment sans déplaisir : « Michel Rocard a manifestement pété les plombs, déclare l'ami des arts et des lettres à AFP. J'ai de la peine pour lui [...]. Quelques jours de repos lui permettront sans doute de retrouver le chemin de la sérénité. » Tout y est : le « pétage de plombs » et le « besoin de repos ». Jack n'attend plus que les messieurs en blanc pour régler définitivement le sort de Michel, même si ça lui fait de la peine...

Et Jospin ? Il souffre d'hyperthyroïdie, comme nombre

de citoyens ordinaires que cela n'empêche ni de vivre, ni de travailler, ni de penser. Mais voilà que cette particularité devient soudain bien intéressante à la veille de l'élection présidentielle. Un article du *Sunday Times*, intitulé « La presse française cache la maladie de Jospin », est relayé par *Le Figaro*[1]. Il rapporte que « des proches de Jospin » (allez savoir qui ? Des « proches » qu'il côtoie surtout le mercredi matin à l'Élysée, peut-être ?), des proches de Jospin, donc, expliquent par « cette hyperactivité de la glande thyroïde du Premier ministre ses changements de personnalité à la Dr Jekyll et Mr Hyde ». Très rassurant, là encore, pour les électeurs que de porter au pouvoir un type cyclothymique qui risque de changer d'humeur sans raison au moment de déclencher le feu nucléaire ! La discrétion de la presse française sera toutefois au rendez-vous pour ne pas populariser outre mesure cette manœuvre « cousue main ».

Même le très intelligent et très ombrageux Valéry Giscard d'Estaing n'y a pas complètement échappé. Parce qu'il a tenté, après sa défaite électorale de mai 1981, une psychanalyse, ses amis chiraquiens, qui ont fait montre dans la détestation de l'ancien président d'une constance plus grande que dans toutes leurs convictions politiques réunies, le faisaient remarquer à tous leurs interlocuteurs : « Une psychanalyse ! Cet homme-là, décidément, n'est pas très équilibré ! »

Ces petites guérillas, cruelles et dégradantes, ont cours au sommet de l'État mais elles traversent en réalité toute la société. Or quand la classe politique perd ses nerfs, ce sont tous les Français et pas seulement quelques figures en vue dans les affaires qui deviennent des cibles potentielles.

---

1. *Le Figaro*, 26 mars 2002.

Chapitre 2

La guérilla fiscale

Installé depuis peu dans ses nouvelles fonctions, le ministre du Budget[1] reçoit ce jour-là la visite d'un fonctionnaire de la Direction générale des Impôts (DGI). Son visiteur, un obscur inconnu, a un dossier sous le bras.

Le ministre lève les yeux, lui demande qui il est et ce qui l'amène. Sourire faussement gêné et sincèrement satisfait de l'émissaire sorti des entrailles de l'administration : « C'est-à-dire, monsieur le Ministre, qu'il est d'usage de vérifier, par principe, le dossier fiscal du nouveau ministre de tutelle. Alors, voilà ce qu'on a trouvé... »

C'est ce qui s'appelle présenter sa carte de visite. Ou plutôt celle de sa caste, celle des toutes-puissantes brigades fiscales. Il faut lui faire comprendre qu'il est désormais sous surveillance, que les fonctionnaires des Impôts, petits ou grands, sont prêts à lui obéir, mais qu'ils ont eux aussi le moyen de se faire respecter. Et pas n'importe lequel : son dossier fiscal.

Car la vendetta n'est pas réservée à quelques fortes

_____

1. Le portefeuille du Budget a été attribué tantôt à un ministre, tantôt à un secrétaire d'État. Par commodité, on emploiera pour tous le terme de « ministre » au cours de ce chapitre.

têtes qui refusent de courber l'échine. La « psychiatrisa-tion » forcée ne peut être utilisée – hélas pour certains ! – que dans des conditions exceptionnelles. Dans la vie courante, pour les cas ordinaires si l'on peut dire, l'arme fiscale est donc bien plus commode à dégainer. Discrète, d'un déclenchement plus aisé, elle peut toucher indifféremment les soutiens d'un rival, le candidat à une obscure élection dans un canton auquel le pouvoir est très attaché, mais aussi les briseurs de silence et tous ceux qui gênent, à un moment ou à un autre, un pouvoir ou un lobby puissant.

Les méthodes utilisées, à l'origine, pour liquider un concurrent dans la course à l'Élysée sont devenues d'un usage plus courant et peuvent aujourd'hui s'abattre sur n'importe quel citoyen. C'est sans doute une forme de démocratisation mais il est pour autant difficile d'y voir un progrès !

« Lorsqu'un ministre arrive, on lui dit s'il y a quelque chose sur lui », confirme un ancien directeur général des Impôts, qui a accepté de nous aider à démêler le vrai du faux, la réalité du fantasme dans cette matière explosive. L'instrumentalisation du contrôle fiscal présente en effet, pour ceux qui ont le privilège de pouvoir en user, un avantage considérable : non seulement elle ne laisse pas de trace du donneur d'ordre, mais elle paraît difficile à critiquer de prime abord. Quoi de plus normal, en théorie, que de vérifier que chaque citoyen respecte la loi ? N'est-ce pas une menace à laquelle chacun est exposé aujourd'hui (c'était moins vrai autrefois) ? Peut-on imaginer démarche plus égalitaire que celle des six mille vérificateurs qui effectuent chaque année quarante-cinq mille contrôles sur des entreprises, quatre mille « examens de la situation fiscale personnelle » et trois millions de contrôles « sur pièces », effectués dans les bureaux, à partir des trente-quatre millions de déclarations fiscales ? C'est, dans l'immense majorité des cas, pour traquer le fraudeur, punir l'intrigant qui tente de se soustraire à son devoir envers la collectivité.

En pratique, dans un pays qui a su imaginer un Code des Impôts de plusieurs milliers de pages, certains sont plus égaux que d'autres. Ou moins. Parce qu'ils ont droit à un traitement particulier. De faveur ? Si l'on veut. Mais comment, dans cette immensité, prouver de manière certaine qu'un contrôle, qu'une « descente » de l'administration des impôts relève de l'intimidation ou de représailles ? Impossible. C'est toute la beauté de la démarche : la victime d'une vendetta fiscale qui proteste peut passer à la fois pour un paranoïaque et pour un mauvais citoyen.

Jean-Édern Hallier n'était pas très rigoureux, c'est le moins que l'on puisse dire, dans ses déclarations fiscales. Mais le célèbre écrivain a payé le prix fort et même un peu plus. Poursuivi, saisi comme un contribuable malhonnête, il ne faisait pleurer personne. La suite de l'histoire a montré que d'écoutes téléphoniques illégales montées par la cellule de l'Élysée en contrôles fiscaux à répétition ordonnés, comme c'est bizarre, par la gauche au pouvoir stimulée par la vindicte du président, l'auteur de *L'Honneur perdu de François Mitterrand*[1] était bel et bien persécuté pour s'acharner à vouloir sortir prématurément la jeune Mazarine Pingeot de l'anonymat. Il écrivait, à l'époque, au milieu des années quatre-vingt, des livres que tous les éditeurs ont refusé de publier. Ceux-ci redoutaient, entre autres, de subir le même sort que le polémiste et de voir les brigades du ministère des Finances s'intéresser de près à l'ensemble de leur comptabilité. Personne, bien entendu, n'était prêt à reconnaître que cette menace motivait ses refus. Jean-Édern Hallier

----

1. Les Belles Lettres, Éd. du Rocher, 1993.

était un peu fou, même beaucoup, répétait-on dans tout Paris. C'est après sa mort seulement que l'on a su que ce paranoïaque ne l'était pas, que les harcèlements qu'il avait dû subir étaient bien réels.

Johnny Hallyday, lui, a eu plus de chance. Au moment où il reçoit un avis de vérification, le chanteur s'est engagé à venir chanter lors d'une grand-messe du RPR à la gloire de Jacques Chirac, alors Premier ministre et candidat à la présidentielle de 1988, face à François Mitterrand. « Un samedi après-midi, Robert Baconnier, le patron de la DGI, a été convoqué rue de Rivoli, où se trouve encore le ministère des Finances. Par qui ? Par Édouard Balladur en personne. On en a entendu parler le lundi matin ! » s'amuse encore un pilier de la maison, toujours en activité. Le « ministre d'État » – c'était son titre, auquel il tenait beaucoup – passe un sérieux savon au haut fonctionnaire : ses collaborateurs n'ont donc rien de mieux à faire que de harceler ce sympathique rocker ? Évidemment, l'idole des chiraquiens veut bien venir chanter *Que je t'aime* (plus apprécié de ce public-là que *Les Portes du pénitencier* !), mais il serait malvenu de l'indisposer. Et voilà que les services de l'administration, ces gros lourdauds, se mettent à faire du zèle mal placé. Les maladroits s'excuseront platement auprès du célèbre contribuable offensé, et ce malentendu n'aura aucune suite. Qui dit et répète depuis toujours que le sommet du pouvoir n'intervient jamais dans ces dossiers ? Pourtant, si un ministre des Finances peut rendre la vie plus douce à un contribuable, c'est qu'il est aussi en mesure d'en rudoyer d'autres.

La quasi-totalité des hauts fonctionnaires de Bercy continue pourtant à nier en bloc : la vendetta fiscale n'existe pas. Giscard n'a jamais déclenché de contrôle fiscal contre ses compétiteurs à la présidentielle. Charasse, quand il était ministre du Budget, n'a jamais

menacé personne des foudres du fisc[1]. Et Nicolas Sarkozy, quand il occupait le même poste, en pleine idolâ-
trie balladurienne, n'a jamais orienté vers le parquet de
Paris les dossiers fiscaux qui pouvaient être embarras-
sants pour Chirac. Toutes ces considérations relèveraient
donc de la paranoïa aiguë.

Officiellement, donc, la vendetta fiscale n'existe pas.
Il n'y a que des co-ïn-ci-den-ces. Simplement, elles sont
fréquentes, c'est tout.

Arnaud Hamelin, journaliste et patron de l'agence de
presse Sunset, a été victime d'un fâcheux hasard, rien
de plus. Cet homme a sorti l'affaire qui a failli faire tré-
bucher le président sortant. Tout avait commencé en
avril 2000, deux ans avant l'élection. Après des demandes insistantes, ce journaliste avait récupéré une cassette
qu'il avait tournée quelques années plus tôt. On y voit
Jean-Claude Méry faire ses confidences sur des sujets
intéressants, qui concernent : 1. Les fausses factures.
2. L'argent liquide. 3. La mairie de Paris. 4. Jacques Chirac, dont le nom apparaît à douze reprises durant l'enregistrement. Méry, faux facturier à l'ancienne, avait
demandé que ses propos ne soient rendus publics
qu'après son décès. Il meurt, de mort naturelle.

Peu de temps après qu'Arnaud Hamelin a reçu la précieuse cassette des mains de l'avocat Allain Guilloux, qui

---

1. Michel Charasse a déjà fait des procès sur ce point, démentant
avoir jamais initié de contrôle fiscal pour des raisons politiques.
Contacté par fax le 26 juin 2003 pour donner sa version des faits
sur plusieurs affaires évoquées dans ce livre, il n'a pas souhaité
répondre à l'auteur. Puis à la suite d'un deuxième fax, renouvelant
la demande d'entretien, son assistante parlementaire a laissé à l'auteur le message suivant : « N'insistez pas. Je ne parle qu'aux gens
compétents et de bonne foi. »

avait servi d'intermédiaire pour le tournage, une inspectrice des Impôts débarque à Sunset, pour vérifier la comptabilité des années 1997, 1998 et 1999. Elle repart au bout de quelques semaines. Première coïncidence.

Arnaud Hamelin, pendant l'été, commence à montrer ces confidences d'outre-tombe à Canal+, France 2 et France 3. Personne n'est très chaud pour la passer in extenso. Le journaliste sent que la pression monte puisqu'il reçoit des appels anonymes sur le thème : « C'est dangereux de se promener avec une bombe dans sa poche. » Las des refus des uns et des atermoiements des autres dans le petit monde de l'audiovisuel, il prend contact avec *Le Monde*, auquel il donne gratuitement le contenu de la cassette, qui sera publié le 22 septembre 2000.

Sunset Press vient de recevoir, deuxième coïncidence, une notification de redressement de 1,4 million de francs (215 000 euros), pour avoir appliqué une mauvaise méthode d'amortissement. Arnaud Hamelin se montre très étonné, puisque deux entreprises du même secteur, qui utilisaient le même principe comptable, n'ont pas essuyé le moindre reproche du fisc.

C'est alors, troisième coïncidence, que l'inspectrice du fisc, qui a terminé son contrôle trois mois auparavant, réapparaît. « Vous avez oublié vos lunettes ? » ironise un des journalistes. Elle réplique qu'on lui a demandé de revenir, reste une seule journée et repart bredouille.

L'addition, elle, n'a pas bougé : elle s'élève toujours à 1,4 million de francs. Une somme vitale pour une petite société. Arnaud Hamelin et ses avocats font un recours auprès des services fiscaux de Nanterre. Sans succès. L'affaire est examinée à l'échelon supérieur par six représentants du fisc, qui reçoivent les fraudeurs présumés dans un joli bureau avec moquette. L'affaire paraît mal engagée. L'un des avocats se jette à l'eau. Il accuse sans détour le fisc de s'acharner sur Sunset à cause de la cassette Méry, souligne le traitement différent que le fisc a réservé aux autres sociétés du même secteur, rappelle que l'inspectrice est revenue sans raison apparente après l'affaire. Malaise dans la pièce.

Un des fonctionnaires se lève alors – sincèrement ? – indigné : « Vous ne pouvez pas nous accuser de cela ! » Mais, quatrième coïncidence, trois semaines après cette accusation de représailles politiques, Arnaud Hamelin reçoit un courrier du fisc : à titre exceptionnel et en raison de sa « bonne foi » (qui n'avait pas été considérée avec autant de bienveillance jusqu'alors), il est exempté de toute sanction financière. Elle n'est pas belle, la vie ?

L'agent du fisc indigné ne jouait pas forcément la comédie. « On n'est jamais au courant d'une intervention, on ne sait jamais d'où vient un dossier, raconte cet ancien vérificateur. La haute hiérarchie pense, à juste titre, que cela pourrait nuire à notre motivation. » Pour que l'entrain des agents demeure intact, mieux vaut en effet qu'ils ne sachent pas tout !

Mais tant qu'il s'agit de « coïncidences »... Leur liste est si longue... Certains scientifiques du musée de l'Homme ont pu le constater. Le président est, comme chacun devrait le savoir, passionné par les civilisations primitives, enfin disons « premières » pour ne choquer personne. Depuis des années il persécute ministres et dignitaires du monde culturel pour mettre en valeur les pièces que contiennent plusieurs musées. D'où son idée, finalement concrétisée, de créer à Paris un musée des Arts premiers (c'est son nom, choisi par le président en personne). Quelques spécialistes, sûrement moins experts que le chef de l'État, ont l'outrecuidance de protester contre ce projet qui leur semble non seulement inutilement coûteux mais aussi infondé sur le plan historique. Malheur à eux. Le résultat ne se fait pas attendre : contrôle fiscal pour ceux qui étaient le plus en vue.

Colette Neuville, la présidente de l'Adam[1], qui poursuit avec ténacité les patrons qui ne respectent pas les petits actionnaires ? Contrôlée elle aussi. Son association ne paie pas de TVA sur les cotisations, puisqu'elle n'en perçoit pas, comme le stipule la loi. Le redressement qui tombe ne veut rien savoir et on lui réclame des arriérés de TVA qui risquent de la mettre en faillite. Colette Neuville téléphone à l'entourage de Dominique Strauss-Kahn, alors ministre des Finances. Le directeur de cabinet, François Villeroy de Galhau, la reçoit. Lorsqu'elle évoque une vendetta politique, il se contente de répondre : « De toute façon, ça ne vient pas de nous... » Une phrase extraordinaire qu'il faut bien relire pour en comprendre le sens – à peine caché. Après réexamen de sa situation, l'Adam ne doit plus rien payer. Colette Neuville a pu se féliciter des bienfaits cachés de l'alternance.

Mais le président et ses amis sont, on le sait bien, des adeptes de l'État impartial. Le mauvais sort ne concerne pas que des opposants. Ils ont appris cela de leur immense professeur de cynisme, François Mitterrand. Après le départ de Michel Rocard de l'hôtel Matignon, début 1991, plusieurs membres de sa garde rapprochée voient débarquer des vérificateurs. Parmi eux, Tony Dreyfus. Comme c'est amusant. Ministre sans portefeuille particulier dans le gouvernement dirigé par son ami, cet avocat en vue a toujours eu la réputation de se charger des « finances » de Rocard. Eh bien, la direction générale des Impôts va s'intéresser aux siennes. Contrôle intégral. Avec le recul, Tony Dreyfus, devenu député-maire socialiste du Xe arrondissement de Paris, nie cependant – par prudence ? – que cette petite vérification, qui concernait les années où il avait été ministre,

---

1. Association de défense des actionnaires minoritaires.

soit autre chose que le fruit du hasard. En plus, souligne-t-il, il n'a pas eu un redressement mais un dégrèvement, c'est-à-dire que l'État a dû lui rendre de l'argent. Mais cette fin heureuse ne prouve rien. Ce n'est pas parce que l'ordonnateur du contrôle n'a rien trouvé qu'il n'a pas cherché à nuire, ou simplement à en savoir plus sur cet intime de Michel Rocard, à l'égard duquel le ressentiment et la méfiance de François Mitterrand ne se sont en réalité jamais éteints.

L'Élysée, donc, aujourd'hui comme hier, tolère – c'est un euphémisme – que certains amis politiques, pas n'importe lesquels bien sûr, soient soumis au supplice du vérificateur. Fabien Chalandon a toujours milité à droite, tendance RPR. Fils du célèbre gaulliste, il est devenu banquier. Mais voilà, cet éternel jeune homme si bien élevé ne respecte pas toutes les bonnes manières. Il est très attaché à l'intégrité et exige des hauts fonctionnaires et des politiques la même ligne de conduite. De retour en France après dix années passées à Londres, il commente l'affaire du Crédit lyonnais, multiplie les propositions audacieuses au sein d'un petit groupe de travail chiraquien, pendant la campagne de 1995. Son candidat gagne mais il devient bientôt un « déçu » du chiraquisme. Simplement, il ne se contente pas de le confier dans l'intimité des salons, il l'écrit dans les colonnes du *Figaro*. Et le voilà lui aussi confronté à une coïncidence. Même s'il n'a pas de cassette vidéo dans sa poche, il est traité comme un grand délinquant financier. Les vérificateurs qui lui demandent des comptes, en ce début 1996, ne sont pas des agents ordinaires mais des émissaires de la DNVSF (Direction nationale des vérifications de situations fiscales), qui effectue moins de deux mille contrôles par an, théoriquement tous ciblés sur des personnes physiques suspectées d'appartenir à l'univers de la grande piraterie financière.

Les envoyés spéciaux de Bercy s'intéressent aux capitaux qu'il a rapatriés de Londres. Voilà un étrange délit, alors que tant d'expatriés choisissent de garder quelques munitions financières hors de France, pour échapper à une fiscalité qu'ils considèrent comme prohibitive. D'emblée, ils appliquent l'impôt sur le revenu français à cet argent qui a pourtant déjà été ramené dans les règles, c'est-à-dire dans les dix jours ayant suivi la notification à l'administration fiscale par l'intéressé de son retour en France. Ensuite et surtout, ils s'intéressent à la manière dont il a été placé : des bons de capitalisation, vendus et rachetés fréquemment pour bénéficier d'une disposition fiscale intéressante. Cette méthode d'optimisation est-elle gérée par une banque américaine ou par une obscure officine ? Pas du tout. C'est un produit financier proposé par la Société générale. Après avoir épluché à la loupe les relevés bancaires de la famille Chalandon, la DNVSF rend son verdict le 15 octobre 1997. Les éléments qu'elle a étudiés « ne permettent pas d'écarter toute volonté de fraude », indique la notification de redressement, qui considère comme une circonstance aggravante « la profession de conseil financier exercée par M. Chalandon ». Les bons de capitalisation qui ont fait une quinzaine d'allers et retours sont donc taxés quinze fois, avec pénalités de retard et majoration de 40 % pour mauvaise foi. Au total, quelque 54 millions de francs (plus de 8 millions d'euros) à payer. Fabien Chalandon ne peut débourser une telle somme, synonyme pour lui de ruine professionnelle et personnelle. Il commence par demander à sa contrôleuse, Mme G., les raisons de cet acharnement, et de cette interprétation abusive de la loi fiscale. Réponse : « Les ordres viennent d'en haut. » Alors, le banquier remonte l'échelle hiérarchique. Le supérieur direct de Mme G. s'appelle M. T. Comme sa subordonnée, il confirme son impuissance tout en ne manifestant aucune animosité envers son « client ». Simplement, il a un chef. Le chef s'appelle

M. D. Et devant M. D. le contribuable contrôlé s'énerve :
« Je ne suis pas M. Roland Dumas. Je n'ai pas remis des
millions de francs en espèces sur mon compte en banque quand j'étais ministre. Soit vous déclenchez un
contrôle fiscal sur M. Dumas pour des raisons d'équité,
soit j'écrirai publiquement que vous ne voulez pas le faire. » Le ton ne plaît guère au haut fonctionnaire, peu
habitué à ce qu'on lui parle ainsi. Mais Fabien Chalandon monte plus haut, beaucoup plus haut, pour se faire
entendre. Il en va de sa survie financière et parfois mentale. Alors il écrit. À l'Élysée, au Sénat. Et fait valoir qu'il
va attaquer au pénal pour coalition de fonctionnaires
(art. 312.10 du Code pénal : « Tout concert de mesures
contraires aux lois... »), concussion (art. 432.10 du Code
pénal : « Le fait par une personne chargée d'une mission de service public de recevoir, d'exiger ou ordonner
de percevoir à titre de droits, contributions, impôts ou
taxes publiques, une somme qu'elle sait ne pas être due,
ou excéder ce qui est dû... »), discrimination (art. 225.1
du Code pénal : « Toute distinction opérée entre des
personnes physiques en raison de leur origine, de leur
situation de famille, de leur état de santé, de leur handicap, de leurs mœurs, de leurs opinions politiques... »).

Cette riposte calme subitement les esprits. La taxation
d'office qu'exigeait le fisc est rejetée par la commission
départementale, puis abandonnée. Le 10 mars 2000, soit
près de quatre ans après le déclenchement des hostilités
et sans qu'il ait fourni d'explications supplémentaires,
Fabien Chalandon reçoit le montant définitif de son
redressement fiscal : 28 400 francs, soit mille neuf cents
fois moins que ce qui lui était initialement réclamé. Les
frais d'avocat s'élèvent eux à quelque 200 000 francs,
sans compter les centaines d'heures passées à rechercher l'ensemble des justificatifs et à se déplacer dans les
diverses instances chargées d'examiner et de réexaminer
le dossier... « Tout cela ne fait évidemment l'objet d'au-

cune indemnisation, explique l'intéressé. J'ai beaucoup appris de cette expérience. Par exemple, les vérificateurs ne sont pas notés sur la foi des montants réels récupérés à l'issue de leur contrôle, mais en fonction du montant des redressements qu'ils ont établis. De plus, l'administration ne doit aucune pénalité au contribuable qu'elle a tourmenté indûment. C'est cela qui rend les représailles fiscales si faciles à mener. » Mais pourquoi un tel acharnement ? Le financier a son explication : « L'administration ne peut être sanctionnée pour sa mauvaise conduite, et ses agents sont d'autant mieux vus qu'ils ont "fait du chiffre", chiffre parfaitement virtuel, puisqu'il ne correspond en rien à l'impôt finalement collecté. Le scénario se déroule en trois temps : d'abord la taxation d'office sans fondement pour des montants démesurés, puis la menace dissuasive d'un long contentieux avec constitution de garanties financières impossibles à réunir, enfin, après une guerre d'usure, une transaction pour une fraction du redressement initial, tout aussi indue. Seul le droit pénal peut réprimer ces pratiques indignes, en mettant à découvert toute la hiérarchie. »

Cette victime-là avait les moyens de protester, de se faire entendre et d'obliger, après un long combat, son persécuteur anonyme à plier. Mais pour un contribuable qui raconte ses mésaventures, avoue un redressement, combien se terrent dans le silence, soucieux de ne pas passer pour d'horribles fraudeurs, pour des nantis sans scrupule ? Voilà pourquoi, officiellement, la vendetta fiscale n'existe pas.

Alain Juppé, par exemple, devait croire dans le fisc de son pays quand il est devenu ministre du Budget de Jacques Chirac, en 1986. Il ne s'est jamais ouvert publiquement de la petite mésaventure à laquelle il a été confronté peu de temps après son entrée en fonction. L'agent qui est venu lui présenter son dossier fiscal,

60

« comme il est d'usage », n'avait fait aucun commentaire désagréable. Le contribuable Juppé était blanc comme neige. Quelques semaines plus tard, alerte rouge au cabinet du ministre. Un lundi soir – moment fatidique dans les palais de la République –, *Le Canard enchaîné* demande quelques explications sur des factures douteuses saisies lors d'une perquisition fiscale dans une imprimerie. Le nom d'Alain Juppé y aurait été trouvé, parmi ceux d'autres élus. Il est urgent de fournir des précisions car *Le Canard* s'apprête à publier un article dès le surlendemain. Daniel Bouton, le directeur de cabinet (devenu, depuis, patron de la Société générale), s'agite sur le mode : « Qu'est-ce que c'est que cette histoire ? » La DGI est invitée à fouiller toutes affaires cessantes dans ses archives pour fournir quelques éclaircissements. Les services retrouvent assez vite la piste. En vertu de l'article L 16 B du Livre des procédures fiscales, les agents de l'État ont effectué une perquisition dans une imprimerie, comme ils le font environ deux cents fois par an. Avec l'autorisation d'un juge, s'il vous plaît, puisqu'il paraît que l'on est dans un État de droit. La perquisition a lieu en mars 1986, juste avant que la gauche abandonne le pouvoir, à l'issue d'élections législatives dont le résultat était couru d'avance.

Les services fiscaux avaient fait remonter un compte rendu de cette perquisition au cabinet d'Henri Emmanuelli, le ministre du Budget de l'époque. En voyant le nom de Juppé mentionné, le cabinet avait demandé à la DGI une nouvelle note, plus détaillée... Mais ces documents avaient disparu des archives laissées par l'ancienne équipe !

Le Canard enchaîné publiera comme annoncé un mélange de ces deux documents. La DGI, sommée d'enquêter par le cabinet du nouveau ministre, découvre que les seules factures douteuses saisies concernaient des hommes politiques de droite, alors que la gauche avait elle aussi bénéficié des faveurs de l'imprimeur. Les inspecteurs s'étaient-ils montrés sélectifs sur ordre ou par simple inclination politique personnelle ? L'histoire ne le dit pas.

À peine remis de ses émotions, le cabinet Juppé doit gérer un autre dossier sensible : le contrôle fiscal de Robert Hersant. Un gros morceau que cet ami de Mitterrand qui a édifié en trente ans un empire de presse où les éminences de droite trouvent volontiers gîte et couvert. Conduite sous la houlette de l'équipe Emmanuelli, cette vérification déclenchée par la gauche pour effrayer Hersant – quelle naïveté ! – ressemblait, de l'avis de plusieurs hauts fonctionnaires de la DGI, à un « massacre ». À peine la droite est-elle de retour aux affaires, en 1986, que les hommes d'Hersant reviennent à la charge auprès de la DGI... qui, prudente, considère que ce cas délicat doit être géré en direct par le cabinet. Lequel ne se prive pas d'envoyer, au nom du nouveau ministre, un courrier qui précise : « Conformément à la tradition républicaine, mon prédécesseur avait tenu à suivre personnellement ce dossier. » L'exécution fiscale annoncée de Robert Hersant se réglera finalement avec une grande humanité.

Dans le système français, le ministre est le chef de son administration. Rien d'illogique, donc, à ce qu'il lui donne des orientations, des directives, et qu'il intervienne auprès d'elle. Dans la pratique, sa marge de manœuvre est cependant un peu plus limitée. « Aucun ministre ne m'a jamais donné une liste de personnes à contrôler, raconte notre ancien directeur général des Impôts. En vérité, aucun ne m'a jamais réclamé de contrôler tel ou tel de manière nominative. » Ce serait prendre le risque de voir une requête aussi précise figurer par écrit dans les archives de la DGI qui, elles, ne disparaissent pas à chaque changement d'équipe gouvernementale. Alors, la gestion des menaces et des représailles s'effectue de manière plus feutrée.

Autour de chaque ministre, quelle que soit sa couleur politique, quatre personnes en moyenne s'occupent de fiscalité. Un conseiller officiel se charge de la politique fiscale dans la plus grande transparence. Les trois autres, des « officieux » comme on dit, prennent en main les « affaires particulières ». Derrière ce terme générique, on trouve de tout : les courriers des parlementaires qui interviennent en faveur d'un de leurs électeurs, les requêtes de quelques importants ou prétendus tels. Ces « officieux » font alors remonter les dossiers, pour réexaminer la manière dont le contrôle a été conduit. Voilà pour la partie « copinage » de leur mission. L'autre versant est plus méconnu. Son ampleur dépend de la personnalité du ministre. Il s'agit des relations « informelles » avec les rouages de la DGI. Connaître un directeur départemental dont on a favorisé la carrière permet de suggérer un contrôle en s'adressant directement au service compétent localement sans laisser de trace dans les rouages de l'administration centrale. Le travail du conseiller officieux est parfois bien ingrat, puisqu'il peut comporter un registre « menaces », dans le style « on va s'occuper de votre cas... », menaces qui ne sont d'ailleurs pas toujours mises à exécution.

Mais à Bercy, on est finalement beaucoup plus subtil qu'à Cargèse (Corse) ou à Corleone (Sicile). On se contente d'être bien informé. « Quand Michel Charasse est devenu ministre du Budget, en 1988, il a demandé à la DGI de faire remonter tous les dossiers importants des quatre dernières années, raconte ce haut fonctionnaire de la maison. Cela lui a sûrement donné des heures de lecture intéressante. Sur ses ennemis politiques, sur ses amis aussi. Quelques jours plus tard, les dossiers sont revenus à la DGI. » Il y a heureusement des photocopieuses au cabinet du ministre, ce qui n'a d'ailleurs, légalement, rien de répréhensible.

Plusieurs parlementaires gardent un souvenir ému de deux ministres du Budget, un socialiste et l'autre de droite. « Ils avaient des dossiers sur chacun d'entre nous, se souvient un député. Quand un amendement ne leur plaisait pas, ils faisaient gentiment dire à son auteur : "Dis donc, ton amendement, c'est n'importe quoi. Au fait, pour ton dossier fiscal..." »

Ce sont parfois ces ministres-là, actifs et interventionnistes, qui laissent le meilleur souvenir aux élus. Un maire de droite avait ainsi pris Juppé en grippe parce qu'il n'avait pas bougé pour arranger ses petits ennuis avec le fisc. L'affaire avait traîné jusqu'à l'arrivée de Charasse qui, lui, avait réglé le dossier.

Car il n'y a pas de meilleure manière d'être informé des faiblesses fiscales de ses contemporains que de les aider à les résoudre. S'il s'agit de contribuables du camp adverse, c'est encore meilleur : ils sont, à vie, des obligés émus de tant de largesse d'esprit et, en cas de besoin, se transforment en victimes bien vulnérables.

Pierre Botton s'en souvient lui aussi pour toujours. Mais pas tout à fait pour les mêmes raisons. En 1989, ce jeune flambeur de la politique et des affaires est au sommet de sa gloire. Gendre de Michel Noir, il est aussi son directeur de la communication. Noir n'est plus ministre, mais il vient de conquérir la mairie de Lyon, place forte réputée imprenable par le RPR. Botton est arrogant. Botton mène grand train. Botton paie les costumes et les voyages de son beau-père, invite à sa table parisienne grands patrons, stars de la politique et du show-biz réunis. Botton a de l'argent : celui que lui procurent les entreprises familiales d'agencement de pharmacies sur lesquelles il a la haute main. Mais en 1989, un gros ennui vient ternir la vie de rêve de ce nabab en herbe : un contrôle fiscal sur une de ses sociétés, appelée Vivien. « Pour moi, à cette époque, un contrôle fiscal, c'était un arrêt de mort, vu le nombre de fausses factures dont ma comptabilité était truffée, raconte Pierre Botton, qui se relance aujourd'hui dans son ancien métier avec une grande modestie. Je connais bien l'ex-femme de Coluche, mon vieux pote. » Il demande donc à Véronique Colucci d'intervenir pour lui auprès du ministre du Budget, en l'occurrence Michel Charasse, dont elle est proche. Et là, c'est magique, le contrôleur part aussitôt. Voilà un happy end comme il en arrive rarement mais qui fait aussi partie des procédures prévues par le Code des Impôts.

Les « services », qui n'ont pas tout compris – ou qui ont trop bien compris –, continuent pourtant à s'intéresser aux affaires de Pierre Botton. Celui-ci, affolé par la traque qu'il sent poindre, obtient un rendez-vous avec le ministre du Budget et, mis en confiance, lui raconte tout sur ses factures vraies, arrangées ou... fausses. Charasse lui propose alors, geste extraordinaire, d'y jeter un œil. Ce qu'il fait avec beaucoup d'attention. Pierre Botton assure même que le ministre le conseille sur les moyens d'échapper au désastre. Il faut trouver une explication, un prétexte pour chaque facture. Cela semble évidemment invraisemblable mais c'est en tout cas ce que prétend l'ancien gendre de Michel Noir. Botton invente un congrès de pharmaciens bidon pour justifier un déplacement en Falcon offert à Anne Sinclair, des rencontres santé pour donner un tour plus professionnel à un séjour de William Leymergie, de Charles Villeneuve et de quelques autres à Courchevel[1].

---

1. Charles Villeneuve avait intenté un procès en diffamation sur ce point contre Pierre Botton qui avait raconté cette anecdote dans *Mes chers amis* (Flammarion, 2000) ; il l'a perdu en 2002.

L'histoire va mal tourner un peu plus tard. Deux ans plus tard exactement, lorsque Pierre Botton entre en conflit avec Bernard Tapie. Il lui a racheté La Vie claire, une société qui distribuait des produits diététiques. La transaction a été menée à la hussarde. Tapie devait vendre cette entreprise très vite parce que sa banque, la SDBO, l'y obligeait. Cette filiale du Crédit lyonnais prête d'ailleurs à Botton l'argent nécessaire à ce rachat : pour elle, une partie de l'endettement reposait ainsi sur d'autres épaules que celles de Tapie. Celui-ci fait le grand jeu au jeune Botton : « Ouais, t'es comme moi, t'achètes à l'instinct, t'as pas besoin de regarder les bilans. » Entre toutes ses activités mondaines, l'acheteur a, il est vrai, peu de temps pour travailler sérieusement. Toutefois, Botton connaît la réputation de Tapie et prend ses précautions. Une clause du contrat de vente pénalise le vendeur au cas où il y aurait une erreur importante dans les bilans. Évidemment, il y en a une. Énorme. Plutôt que de faire annuler la vente, Botton réclame des dommages et intérêts. Énormes, eux aussi. Il réussit à faire consigner 15 millions de francs par le tribunal de commerce et se prend pour le roi du monde. Tapie est alors ministre de la Ville et c'est lui, un petit patron de province, qui lui tient tête.

L'euphorie est de courte durée. Tapie le reçoit dans son bureau ministériel pour le mettre en garde : s'il s'entête, il est mort. Botton le prend de haut mais, dit-il aujourd'hui, « il est impossible de jouer les grands seigneurs quand on n'a pas la conscience tranquille ».

Résultat de l'opération : vingt-cinq contrôles fiscaux. Vingt-cinq ! Certains ont continué pendant que Pierre Botton était en prison. Aujourd'hui, il doit encore 4 millions d'euros au fisc.

Entre sa demande d'intervention et sa chute, en 1992, Pierre Botton assure n'avoir revu Michel Charasse qu'une seule fois. C'est alors le ministre du Budget qui l'appelle : « Botton, je vous rends quelques services. Eh bien, votre copain Bouygues [Martin Bouygues et Pierre Botton étaient très amis à l'époque], ça ne va pas du tout. Je suis chargé par le président de le "tuer". » Mitterrand était furieux d'une émission que s'apprêtait à diffuser TF1 dans *Le Droit de savoir* sur les comptes de sa campagne présidentielle de 1988. Au terme de nombreuses péripéties, l'émission est diffusée sans le document qui irritait le plus Mitterrand : une image de lui avec David Azoulay, le comptable de sa campagne qui était aussi le commissaire aux comptes d'Urba, la fabrique à fausses factures du PS. Une image qui aurait pu avoir des conséquences judiciaires.

Cette petite fable illustre bien tout le bénéfice que procure une connaissance fine de la situation fiscale d'un personnage d'influence. L'opération, simple, se résume en trois phases : 1. On tire amicalement le contribuable d'une posture fâcheuse et on s'en attire une reconnaissance d'autant plus forte que ledit contribuable n'est pas un ami politique. 2. On demande à ce nouvel obligé de rendre « un petit service ». 3. Si l'obligé fait le malin, il n'est pas compliqué de l'exécuter fiscalement, puisqu'on détient toutes les informations sur ses éventuels manquements.

Il est rare que la foudre tombe sans quelques avertissements préalables. Philippe de Villiers raconte que son combat contre la corruption lui a valu certains déboires annoncés très loyalement. Alors qu'il s'acharne sur l'affaire Urba, Michel Charasse vient un jour s'asseoir à côté de lui sur les banquettes rouges de la Salle des quatre colonnes, à l'Assemblée nationale. La conversation est enjouée, car le ministre du Budget aime à employer un langage imagé. Ce qui l'intrigue ce jour-là, c'est la raison pour laquelle le député de la Vendée s'acharne sur ce dossier des fausses factures, sur Henri Nallet, trésorier de la campagne de François Mitterrand en 1988, donc finalement sur le président. Qu'est-ce qu'il peut bien avoir à y gagner ? Second centre d'intérêt, Le Puy-du-Fou, cette immense entreprise de spectacle créée par Philippe de Villiers : c'est une association ? Elle n'est donc pas soumise à l'impôt comme une société commerciale ? Comme c'est intéressant ! Quelques mois plus tard, l'association du Puy-du-Fou reçoit un courrier des services fiscaux de Vendée. Désormais, elle sera assimilée par le fisc à une entreprise comme une autre. Elle paiera l'impôt sur les sociétés, même lorsqu'elle fait des soirées à but humanitaire. Le Puy-du-Fou a survécu à cette riposte, mais il n'est pas certain, pour employer un euphémisme, que la décision des services fiscaux ait été prise pour des raisons de pure équité...

« Quand on n'utilise pas ces méthodes assez répandues et finalement admises tacitement, déplore un ancien ministre du Budget, on passe un peu pour un con auprès de son administration... » Car la Direction nationale des enquêtes fiscales (DNEF), celle qui réalise tous les contrôles sensibles ou importants, est organisée, à son sommet, en fonction d'une sorte d'équilibre de la terreur, où le camp au pouvoir doit donner quelques gages à l'adversaire. Tout comme la gauche était invitée à recevoir de grosses miettes des commissions issues des marchés truqués organisés par la droite en Île-de-France, chaque clan doit disposer d'un observateur qui puisse constater que la vendetta fiscale s'exerce bien selon le code de l'honneur. « J'ai remarqué que le patron de la DNEF et son adjoint étaient toujours de sensibilité politique opposée, explique cet ancien ministre du Budget. Ainsi, chacun a une pile de dossiers de même hauteur sur son bureau... »

Avec les rivalités entre écuries présidentielles, cet équilibre savamment programmé risque de voler en éclats. Dans un État pénétré par les clans politiques – pas toujours opposés en pratique, loin de là –, faudra-t-il bientôt prévoir un « sarkozien », un « juppéiste », un « bayrouiste », sans oublier un « hollandien » de service pour veiller à ce que menaces et représailles soient équitablement distribuées entre toutes les factions ?

L'apparition de ces méthodes siciliennes est d'ailleurs directement liée à l'éclatement de la droite, qui est devenu visible au début des années soixante-dix. Dans la mémoire collective des agents des impôts, les débuts de ces pratiques remontent de fait à la période Giscard. On ne prête qu'aux riches assurément, et la main de fer que ce jeune énarque programmé pour l'Élysée posait alors sur son administration était de nature à entretenir les soupçons. Les histoires foisonnent sur les misères endurées par ceux qui avaient eu le malheur d'agacer ce ministre des Finances ombrageux, puis ce président enclin à la dérive monarchique. Le supplice de la roue étant aboli, celui du redressement à petit feu l'a remplacé, dans le registre du sadisme à visage humain, dès la fin des années soixante.

En 1969, un film terrible sort dans les salles de cinéma. *Le Chagrin et la Pitié* raconte, en quatre heures et vingt-cinq minutes, Clermont-Ferrand et l'Auvergne à l'heure de la guerre, de la défaite, de l'occupation allemande. C'est le premier document qui donne une image juste de l'attitude des Français pendant ces heures noires et qui mette à bas le mythe du « tous résistants ». Évidemment, il faut se déplacer au cinéma pour voir ce chef-d'œuvre, censuré pendant des années par la télévision d'État. Les images d'archives y sont mêlées à de nombreux témoignages, dont celui de Pierre Mendès France. L'ancien président du Conseil raconte notamment comment, alors qu'il était en captivité après le procès de Riom, il reçut la visite d'Edmond Giscard d'Estaing, père du futur président. Celui-ci s'était indigné du sort qui lui était réservé mais l'avait assuré que le Maréchal ne devait pas être au courant...

Qui les producteurs du film, André Harris et Alain de Sédouy, voient-ils débarquer peu de temps après ? Une délégation du ministère de la Culture intéressée par leur film ? Pas exactement. Des enquêteurs de la DNEF, ce service chargé des cas sensibles, pour contrôler leurs comptes. Un grand honneur pour de modestes salariés. Ils ne sont pas seuls : le monteur du film, mais aussi un homme dont le nom figurait au générique parce qu'il avait prêté des documents sonores seront soumis eux aussi à la question fiscale. À l'époque, Giscard était ministre des Finances. Encore une coïncidence.

Les agents des Impôts croient aussi se souvenir que tous les adversaires potentiels de VGE à la présidentielle de 1974 avaient eu droit à une petite vérification préventive, histoire de faire un état des lieux avant la bataille. Les fonctionnaires du ministère disent même que si cet épisode les a tant marqués, c'est que François Mitterrand, contrôlé par un certain M. Guiraud, s'était vu délivrer un brevet de parfaite vertu... À Bercy, les plus anciens se racontent encore les folles histoires du temps jadis.

Quand Giscard était président et Raymond Barre chef du gouvernement, le ministre du Budget s'appelait Maurice Papon. À l'époque, son nom ne disait rien à personne. C'était un personnage pète-sec, pas très agréable à vivre, mais qui n'assommait pas ses services avec des interventions en tout genre. Un patron reposant, finalement. Certains journalistes avaient toutefois commencé à collecter des informations sur le passé de ce haut fonctionnaire. Sans rien publier. Le devoir de mémoire sur les années noires de la France ne taraudait pas grand monde à l'époque. Au nombre des chansons de geste qui se murmurent parmi les anciens, figure celle du contrôle fiscal du *Canard enchaîné*. Rompus à la dure loi de la vendetta fiscale, les vérificateurs y ont vu la main de l'Élysée. L'hebdomadaire satirique avait fait de l'affaire des diamants que l'empereur Bokassa aurait offerts à son « cousin Valéry » un feuilleton dévastateur. Quelques mois après le contrôle, *Le Canard enchaîné* sort son premier article sur le rôle du secrétaire général de la préfecture de Gironde Maurice Papon dans la déportation des juifs. Commentaire, désabusé, d'un ancien hiérarque de la DGI : « C'est sûrement le contrôle fiscal qui a coûté le plus cher à un ministre dans l'histoire de la République. »

Il en est un autre qui a marqué les esprits de toute une génération. La famille qui en fut la victime a longtemps préféré se réfugier dans le silence et l'oubli. Le temps a passé. Elle a accepté de raviver ses souvenirs et d'ouvrir ses archives.

Ce vieux numéro de *Paris Match*, par exemple. Il est daté du 2 octobre 1976. En couverture : Giscard, tenue décontractée, stylo à la main, écrit les dernières lignes de son livre *Démocratie française*. À l'intérieur, une double page est consacrée à un homme que le président en exercice n'aime pas. La grande photo qui couvre les deux pages est surmontée d'un gros titre : « La dernière opération du professeur Judet. » On voit un homme aux cheveux blancs et au port élégant entouré de photographes qui le mitraillent. Ce ne sont pas des journalistes, mais ses collègues étrangers « venus de tous les États d'Amérique », comme l'écrit l'hebdomadaire, pour assister à la dernière opération du maître.

Ce professeur de médecine peu connu du grand public mais mondialement réputé, inventeur en 1946 de la première prothèse de hanche, fait ses adieux au service de chirurgie orthopédique qu'il a créé à l'hôpital

Raymond-Poincaré de Garches. Des adieux pas vraiment volontaires. Condamné à un an de prison avec sursis et 20 000 francs d'amende pour fraude fiscale, comme son frère Jean, chirurgien orthopédiste lui aussi, Robert Judet est privé de ses droits civiques, donc radié de la fonction publique. Ils ont tous les deux dissimulé 3 millions de francs dans leurs déclarations de revenus de 1971 et 1972, ce qui fait beaucoup. Mais Robert Judet n'est pas seulement sanctionné par un jugement en correctionnelle – procédure d'ailleurs rare, il faut le noter, en matière fiscale. Il est aussi banni de son poste de médecin hospitalier. Et dans son sillage, ce sont tous ses proches qui « paieront » avec lui. Cela aussi fait beaucoup. Beaucoup trop.

Officiellement, le châtiment exemplaire des frères Judet s'inscrit dans la politique voulue par Valéry Giscard d'Estaing et son ministre des Finances Jean-Pierre Fourcade. « J'ai pris le parti de faire vérifier les déclarations de tous les gens connus dont l'actualité parle, déclare alors celui-ci. Car, si l'on parle d'eux, ils doivent être irréprochables[1]. » Cette foucade marxiste-léniniste à destination des « riches et célèbres » a de quoi étonner dans la bouche du grand argentier de Valéry Giscard d'Estaing. Elle a pourtant eu des conséquences on ne peut plus tangibles. Joignant les actes à la parole, le ministre a augmenté cette année-là de mille personnes les effectifs de la Direction générale des Impôts. Mille personnes qui devront notamment se charger de « la fiscalité des personnalités en vue ».

Tout un programme ! Car cette « fiscalité des personnalités en vue » est nécessairement moins neutre que la vérification systématique des boulangers ou des artisans coiffeurs. Qui décide de la liste des contribuables ciblées ? Selon quels critères ? Avec quels objectifs ?

---

1. *France-Soir*, 10 août 1976.

Avant le début de ses ennuis fiscaux, Robert Judet travaille à temps partiel à l'hôpital Raymond-Poincaré, et exerce également à la clinique privée Jouvenet, dans le XVIᵉ arrondissement. Cet établissement distingué, dont il est le propriétaire avec son frère Jean, reçoit une clientèle très sélect, notamment de nombreux sportifs de haut niveau, soucieux de se faire réparer par le meilleur chirurgien orthopédiste de l'Hexagone.

Mais Robert Judet, né en 1910, a une autre particularité qui n'a peut-être pas échappé à l'Élysée : c'est un très vieil ami de Jacques Chaban-Delmas. Leur rencontre remonte au temps du combat contre les nazis. Le professeur Judet est titulaire de la croix de guerre et de la médaille de la Résistance. Avec le temps et les ennuis de santé, il est devenu le médecin du maire de Bordeaux, qu'il a même opéré. Quand, à la mort de Georges Pompidou, Jacques Chaban-Delmas est le candidat des gaullistes à la présidence de la République, c'est tout naturellement que Robert Judet rejoint son comité de soutien. Il fait même partie, se souvient son fils Thierry, d'une « liste restreinte » de supporters intimes du candidat.

Pour la famille Judet, il ne fait nul doute, depuis toujours, que cette préférence affichée déplaisait fortement aux giscardiens qui avaient pourtant conquis le pouvoir et battu le baron gaulliste lors du scrutin présidentiel de 1974. Une vérification approfondie de la situation fiscale des frères Judet est en tout cas enclenchée dès le début du nouveau septennat.

L'adjoint de Robert Judet à l'hôpital de Garches est alors le professeur Alain Patel. Gestionnaire hors pair, ce chirurgien excelle pour faire grandir le service, obtenir de nouveaux lits, arracher des crédits supplémentaires afin de moderniser l'équipement. Alain Patel, ami proche d'Anne d'Ornano, ne se cache pas de ses excellents rapports avec la garde rapprochée giscardienne.

On raconte qu'il a à l'époque un portrait géant du président accroché au mur de son bureau. L'intéressé assure qu'il ne s'agissait que d'une simple photographie, datant d'avant l'élection présidentielle. Robert Judet, en tout cas, est très heureux de pouvoir se décharger de la gestion d'un service de deux cents lits sur ce giscardien très avisé.

L'orage fiscal s'abat sur les frères Judet le 12 mai 1976. Ce jour-là, la XIᵉ chambre correctionnelle de Paris les condamne chacun à un an de prison avec sursis et 20 000 francs d'amende, outre le paiement des impôts « omis ». La presse rend compte sobrement de cette condamnation « pour l'exemple » de membres de l'establishment, qui habitent une villa à l'aspect châtelain sur les hauteurs de Ville-d'Avray et font partie des trois mille plus gros contribuables français.

Mais pour Robert Judet, la foudre ne tombe vraiment que le 23 juillet de la même année. Valéry Giscard d'Estaing, président de la République, signe le décret qui le radie du corps des professeurs des disciplines médicales. Mesure d'une exceptionnelle gravité qui n'a rien à voir en théorie avec le contentieux fiscal. Mais le chirurgien, condamné en correctionnelle, a été transformé en délinquant. Le décret paraît au *Journal officiel* du 7 août. Au même moment, il vogue en Méditerranée avec sa famille comme il a plaisir à le faire chaque été, coupé de tout. Il ne sait rien, donc, de ce qui se trame à Paris. Il ignore que les journaux consacrent des articles à cette radiation qu'il n'a pas anticipée. Pour lui, il a été sanctionné, il a payé, il veut tourner la page.

Condamné à un an de prison avec sursis, Robert Judet ne peut plus être fonctionnaire. C'est la loi. Cela, même ses plus fidèles soutiens en conviennent. Mais un de ses collègues, le professeur Jean-Yves Neveux, essaie avec quelques autres de sauver ce qui peut encore l'être. Autrement dit, de conserver à Robert Judet son poste de chef de service à Garches. Un lieu où il opère lui-même au tarif de l'Assistance publique (AP), mettant ainsi son talent à la portée de toutes les bourses. Jean-Yves Neveux et ses amis convainquent le directeur de cabinet de Gabriel Pallez, le patron de l'Assistance publique, de conserver à Robert Judet son poste de chef de service, puisqu'il est là le salarié de l'AP et non de l'État. Le lundi, Jean-Yves Neveux reçoit un coup de fil de son correspondant à l'AP : impossible de sauver le soldat Judet, ordre de l'Élysée. On ne saura jamais si l'instruction venait de si haut ou si l'institution a anticipé ce qu'elle prenait pour un vœu divin...

Le mécanisme qui préside à l'éviction de Robert Judet hors de son service est implacable. Il a soixante-six ans. Comme professeur des universités, il a le droit d'exercer jusqu'à soixante-huit ans. Mais il n'est plus professeur des universités. Il doit donc partir à la retraite immédiatement. Pas de vendetta, pas de mesquineries, non. Le rè-gle-ment. Le même pour tous. Voilà ce qui doit régir la France giscardienne, juste et moderne.

Dans les journaux de l'époque, plusieurs voix s'élèvent pour contester cette mise à l'écart. Sylvain Gouz, dans *Le Quotidien de Paris*[1], considère que « tout serait pour le mieux si cette dernière décision ne portait pas surtout préjudice aux malades qui bénéficiaient à l'hôpital des soins de M. Judet ou des recherches qu'il effectuait dans un domaine bien précis, la chirurgie orthopédique ».

Dans l'entourage de Robert Judet, personne ne veut croire à son éviction. Il y a ce professeur Patel, avec son poster de Giscard, qui va faire quelque chose. Eh bien non ! Le professeur Patel ne fera rien. « Robert Judet ne m'a jamais demandé d'intervenir, dit-il. D'ailleurs, je l'avais mis en garde contre les conséquences que pour-

---

1. *Le Quotidien de Paris*, 11 août 1976.

rait entraîner son refus de transiger avec l'administration des impôts. Moi-même, j'ai subi peu de temps après
un contrôle fiscal malgré mes amitiés giscardiennes.
Cela prouve bien qu'il n'y avait pas, dans l'histoire des
frères Judet, de vengeance politique. » Le professeur
Judet opère à Garches pour la dernière fois le 20 septembre 1976. De longue date, il a prévu d'effectuer devant
des dizaines de confrères étrangers une opération révolutionnaire. La première pose d'une prothèse de hanche
sans colle ni ciment, dont toute la profession attend un
immense bénéfice. Impossible d'annuler en termes
d'image : décommander le gratin de la chirurgie orthopédique mondiale, pour une fois qu'un Français leur
donne des leçons ! Alors, on s'arrange : Robert Judet
ne sera plus chef de service à Garches... à compter du
1er octobre. Voilà pourquoi *Paris Match* publie la photo
souvenir de « la dernière opération du professeur
Judet ». Rectifions, donc : la France giscardienne est
juste, moderne... et flexible.

Après la vendetta, la vendetta continue. Le patriarche
a laissé dans son service quelques disciples. Marc Siguier,
son gendre et complice dans les opérations difficiles, qui
officiait en sa compagnie pour la grande première du
20 septembre. Thierry Judet, son fils, jeune chef de clinique promis à un brillant avenir. Et surtout Émile Letournel, son héritier sur le plan professionnel. Émile
Letournel, destiné à succéder à Robert Judet, est tout
sauf mondain. Il fait merveille dans les salles d'opération
plutôt que dans les salons.

Pour la succession de Robert Judet comme chef de
service à Garches, celui-ci n'est pas seul en lice et Alain
Patel, qui assure l'intérim depuis le départ de son ancien
patron, est candidat aussi. Et c'est lui qui est choisi, malgré les réticences de plusieurs membres de la commission médicale d'établissement, qui se prononce à titre
consultatif.

Puis il convient de nommer l'adjoint du tout nouveau professeur Patel. La candidature de Marc Siguier, le gendre de Robert Judet – dans l'esprit de tous, cet agrégé allait obtenir ce poste –, n'est pas retenue, en contradiction avec l'avis rendu par les commissions. Il reste encore, dans les couloirs du prestigieux service de chirurgie orthopédique de l'hôpital de Garches, un membre du clan Judet : Thierry, le fils, qui officie comme chef de clinique. Il doit encore « tenir » deux ans avant de terminer son clinicat. Mais le secrétariat a, constate-t-il, reçu ordre de ne plus lui transmettre de nouveaux rendez-vous. Inquiet que l'on puisse lui reprocher son inactivité forcée, il prend rendez-vous avec le directeur des affaires hospitalières de l'AP, le très respecté Jean de Savigny. Celui-ci le reçoit très cordialement et balaie ses doléances d'un sourire : « Vous savez, lui dit-il, il me semble que les instructions viennent de très haut pour certains hôpitaux de l'Ouest parisien. » Exit Thierry Judet.

Marc Siguier a continué d'opérer à la clinique familiale Jouvenet, avant de prendre une retraite précoce pour se consacrer à la navigation à voile en compagnie de son épouse. Depuis la récente retraite d'Alain Patel, le service de chirurgie orthopédique de l'hôpital de Garches a un nouveau patron. Il s'appelle Thierry Judet.

En 1981, le tribunal administratif de Paris contredit le jugement du tribunal correctionnel de 1976 : il n'y avait pas fraude, mais simple erreur passible d'un redressement fiscal. L'administration des Impôts consent alors des délais de paiement à la famille. Jean Judet est rétabli dans ses droits civiques et récupère sa Légion d'honneur. Pour son frère Robert, cette forme de réhabilitation arrive trop tard. Il est décédé quelques mois auparavant. Peu de temps avant sa mort, il était l'invité de Jacques Chancel à *Radioscopie*[1], sur

---

1. *Radioscopie*, diffusé le 26 décembre 1980.

France Inter. Interrogé sur ses ennuis judiciaires et fiscaux, il avait sobrement répondu : « C'est l'avenir qui dira où se trouvait la honte et où se trouvait l'honneur. »

Chapitre 3

Métiers à haut risque

On ne devrait jamais féliciter les bons éléments. Pourquoi ? Parce que l'État n'est pas là pour faire régner la justice mais pour se faire obéir. Les ordres sont manifestement illégaux ? Tant pis. Rompez. Refus d'obtempérer ? C'est grave. De lourdes sanctions s'imposent. Car si l'État admet déjà difficilement que les simples citoyens lui résistent, il le tolère encore plus mal de ceux qui le servent. Sur le papier, pas un fonctionnaire au monde n'est mieux protégé qu'en France, surtout s'il ne se distingue pas par son zèle : code de la fonction publique, règles d'avancement, commissions paritaires où les syndicats sont représentés... Pourtant, dans certains métiers de la fonction publique, ceux qui décident de faire leur travail, si possible consciencieusement, ceux-là voient tout à coup les filets de protection disparaître. Ils se retrouvent seuls. Très seuls. Ils découvrent alors qu'ils sont devenus les cibles d'une vendetta. Pour eux pas de suivi psychiatrique personnalisé, pas de lynchage fiscal, juste un engrenage infernal, d'autant plus redoutable qu'il a les apparences d'une parfaite légalité. Deux gendarmes en ont fait l'amère expérience.

Le 3 avril 1998, le maréchal des logis-chef Jean-Pierre Jodet, affecté à la gendarmerie maritime de Toulon, reçoit un « témoignage de satisfaction » du directeur général de la Gendarmerie nationale. Il s'agit là d'une forte marque d'estime, rare, réservée aux sujets d'élite, puisqu'elle récompense, en vertu de l'article 27 du règlement de discipline générale, des « actes et travaux exceptionnels », en l'espèce, comme l'écrit le directeur général, « de brillantes qualités professionnelles et une pugnacité qui font honneur à la gendarmerie nationale ».

Six mois plus tard, le 23 octobre 1998, le maréchal des logis-chef Jean-Pierre Jodet est condamné à vingt jours d'arrêts de rigueur puis muté d'office à Brest.

Ces deux événements ont la même origine : une enquête sur une affaire de corruption. Comme par hasard. Problème supplémentaire : où se déroule-t-elle ? Dans un arsenal, fleuron de la Direction des Construction navales, l'une des prestigieuses vitrines de la grande armée française. Où se situe cet arsenal ? À Toulon. Oui, Toulon. La ville où, par ailleurs, on veut passer la camisole de force aux magistrats qui n'aiment pas la corruption. Le maréchal des logis-chef Jodet, en compagnie de son équipier Henri Calliet, conduit ses investigations avec succès. Avec trop de succès. Ce qu'ils ont découvert ? Cent quarante-sept marchés illégaux sur cent quarante-huit, mille deux cents employés travaillant illégalement, des fausses factures en pagaille. Et aussi – surtout ? – que des officiers supérieurs et généraux utilisent les appelés du contingent pour effectuer toutes sortes de travaux à leur domicile.

« De juillet 1996 à juin 1998, nous avons pu travailler sans problème, assure Jean-Pierre Jodet. Nous rendions compte en temps réel au commandant de groupement, un lieutenant-colonel, en court-circuitant le capitaine, en qui nous n'avions pas confiance. C'est quand nous avons commencé à remonter les pistes en direction de la Direction générale de l'armement (DGA) que l'enfer a commencé. » Pour ne rien arranger, les deux enquêteurs de choc évoluent sans le savoir dans un cocon bien fraternel, où les francs-maçons de la GLNF[1] sont bien représentés. Le maréchal des logis-chef qui tient leur secrétariat appartient ainsi à la même loge que deux des mis en examen... Entrepreneurs, responsables politiques et fonctionnaires se retrouvent aussi au sein d'une fraternelle, le Club des Écossais.

Les ennuis commencent à l'automne 1998, lorsque leur commandant de groupement est muté à Albi, un poste qu'il convoitait depuis longtemps. À partir de ce moment l'ambiance devient lourde. L'heure des représailles a sonné. Il faut punir ces deux militaires qui ont osé mettre en cause l'un des plus prestigieux services de l'armée, l'Arsenal de Toulon, lever le voile sur le réseau de complicités qui a rendu ces dérives possibles, et surtout, suprême insolence, s'attaquer à plus gradés qu'eux. Les deux enquêteurs subissent les assauts de leur hiérarchie immédiate, qu'ils ont toujours tenue à distance de leurs recherches.

Fin septembre, Jean-Pierre Jodet se plaint par la voie hiérarchique de l'attitude de son supérieur qui met systématiquement en doute la légalité de ses actes. Le colonel qui le reçoit, un nouveau venu, ne l'écoute guère. Il lui reproche, au contraire, le manque de réserve de ses écrits. D'ailleurs, il n'a pas le temps de discuter : tous les documents sont déjà prêts. La sanction a été préparée en secret. Elle n'est pas mince. Jean-Pierre Jodet, mis aux arrêts de rigueur pour vingt jours, est muté disciplinairement. Direction Brest. Pour Henri Calliet, ce sera double ration : quarante jours d'arrêts de rigueur, plus une nouvelle affectation, à Cherbourg. Et pas question de protester. En épluchant tous les dossiers, on a découvert un « faux en écriture ». Et pas n'importe lequel : Henri Calliet a mal rempli un bordereau mensuel d'in-

---

1. Grande Loge nationale française.

demnités de déplacement, et six gendarmes ont bénéficié indûment de deux remboursements de repas sur deux journées ! Du grain à moudre pour une partie de la petite hiérarchie gendarmesque, trop heureuse de pouvoir prendre en défaut ces enquêteurs trop zélés.

Parce qu'ils travaillent depuis deux ans sur cette affaire de chantiers navals qui a donné lieu à plusieurs procédures et met en cause des dizaines de personnalités civiles et militaires, Jodet et Calliet savent bien, en cet automne 1998, qu'ils se sont rapprochés de quelques vérités dangereuses. Leurs investigations gênent à la fois les gradés et les notables, inquiets de voir leurs « amis entrepreneurs » mis en cause et parfois incarcérés par la justice. La prison pourrait rendre certains de ces spécialistes du bâtiment-travaux publics exagérément bavards.

« Qui sont ces deux emmerdeurs ? » s'indigne le patron d'une société d'Aubagne, qui sponsorise le club sportif de la Marine et voit sa générosité mal récompensée. Ces deux emmerdeurs, ce sont évidemment Jodet et Calliet. Des années d'impunité ont rendu tous ces entrepreneurs imprudents. Suspectés dans une gigantesque affaire de corruption, ils continuent de pépier au téléphone. À moins qu'ils ne le fassent exprès. On entend l'un des patrons englué dans les prêts de main-d'œuvre illégale se vanter, peu de temps avant son incarcération, d'avoir donné de l'argent à plusieurs élus de la région. À propos de l'un d'entre eux, longtemps emblématique dans la région, il précise même le montant du « don » : 500 000 francs. Par le biais des écoutes, on sait aussi qu'un colonel de gendarmerie donne régulièrement des conseils aux suspects.

Quelques mois avant ces bavardages, en janvier 1998 exactement, un autre excellent personnage est sorti des Baumettes. Il a repris ses activités normales, notamment auprès de ses frères du Club des Écossais, des francs-maçons manifestement soucieux de participer à sa réin-

82

sertion. À l'un d'entre eux, qui s'inquiète auprès de lui de la progression de l'enquête, il parle en ces termes, toujours au téléphone, des deux gêneurs : « De toute façon, on s'occupe d'eux à la gendarmerie. Ils seront mutés avant la fin de l'année. »

Ce repris de justice parle d'or. Les deux enquêteurs doivent avoir rejoint leurs nouvelles affectations au plus tard le 1er janvier 1999. Le juge Calmettes, qui instruit l'affaire de prêts de main-d'œuvre illégale à Toulon, est atterré. Il demande quatre mois de délai afin que l'enquête ait suffisamment avancé. Il en obtient seulement deux. Et encore : la hiérarchie retire son logement de fonction toulonnais à Jean-Pierre Jodet. Ce père de famille se voit donc cantonné dans une chambre de service...

Entre-temps, le nécessaire a été fait. Un rapport d'inspection daté du 17 novembre 1998 « charge » les deux sous-officiers. Il fait mention d'une sanction disciplinaire antérieure contre Jean-Pierre Jodet. Le passé de ce sous-officier officiellement félicité quelques mois auparavant ne serait donc pas sans tache...

Ceux qui en veulent tant aux deux enquêteurs les ont toutefois sous-estimés. Ces deux gendarmes ne veulent pas se laisser casser en silence. Ils bâtissent leur défense avec la même opiniâtreté que leurs investigations passées.

Pour commencer, ils saisissent le tribunal administratif de Nice, afin de faire annuler les sanctions prises contre eux. Et ils gagnent, le 8 juillet 1999. Les magistrats ont des mots particulièrement durs envers les supérieurs des deux gendarmes, dont ils fustigent l'« attitude désinvolte gravement préjudiciable à la manifestation de la vérité et aux intérêts supérieurs de la République ».

Les deux gendarmes portent également plainte avec constitution de partie civile à Marseille, pour dénonciation calomnieuse, faux et usage de faux. Il s'agit d'une plainte contre X, mais qui mentionne de « présumés militaires et supérieurs ». Elle vise le fameux rapport disciplinaire de novembre 1998. Jodet et Calliet n'ont pas eu le bonheur, à cette époque, de le lire in extenso mais savent qu'il contient des éléments, disons « inexacts ».

La sanction disciplinaire antérieure contre le premier ? Elle n'a jamais existé. C'est sa méfiance à l'égard de sa hiérarchie qui lui permettra de le prouver. « En 1996, au tout début de l'affaire, je me suis dit que je risquais gros sur cette investigation, comme militaire enquêtant sur d'autres militaires plus gradés que lui. J'étais en effet à la gendarmerie maritime et j'ai compris assez vite que des galonnés de la Marine allaient se trouver compromis, raconte-t-il. J'ai donc voulu me prémunir contre une situation a priori malsaine. J'ai eu la présence d'esprit de demander un extrait de mon dossier disciplinaire, dont j'ai renvoyé une copie sur laquelle j'avais ajouté, au bas de la première page, daté et signé, "vierge de toute observation". Sage et précieuse précaution ! »

Les « fautes » commises qui justifient, selon la hiérarchie gendarmesque, sanctions et mutation ? Le rapport rend compte de l'audition de Jean-Pierre Jodet en ces termes : « Je n'ai effectivement pas rendu compte au commandant de groupement. » Il manque un mot, juste un, qui change totalement le sens de la phrase : « Je n'ai effectivement pas rendu compte SAUF au commandant de groupement. » Ah ! les fautes d'étourderie ! En droit, cela s'appelle un faux. Un faux en écriture publique est une petite infraction qui peut conduire son auteur aux assises.

Les conditions de travail des deux enquêteurs ? Le juge d'instruction Landou, de Toulon, décrit dans une lettre du 8 janvier 1999 les « résistances, entraves et autres tentatives d'intimidation qu'ont rencontrées les enquêteurs Calliet et Jodet de la part de certains personnels civils et militaires de la DCN (Direction des Constructions navales) ».

Cette plainte aura bien du mal à être instruite. La juge d'instruction Chantal Gaudino la déclare recevable, mais le parquet de Marseille s'y oppose, au nom de l'article 698-2 du Code de procédure pénale, qui interdit aux militaires de déclencher une plainte avec constitution de partie civile. Devant la cour d'appel d'Aix-en-Provence, Jean-Pierre Jodet en appelle à la Convention européenne des droits de l'homme ; en son article 6, celle-ci indique que toute personne a droit à ce que sa cause soit entendue équitablement, publiquement et dans un délai raisonnable par un tribunal indépendant et impartial. Les magistrats aixois ne feignent pas d'ignorer les droits de l'homme, mais considèrent qu'un juge d'instruction n'est pas un magistrat de jugement, et que l'article 6 n'a donc aucune raison de s'appliquer au cas Jodet.

Débouté, le gendarme ne se décourage pas : il engage un pourvoi en cassation. La chambre criminelle de la Cour de cassation, présidée par Bruno Cotte, lui donne raison le 19 juin 2001. Recevable, la plainte est renvoyée à l'instruction.

Entre-temps, Jean-Pierre Jodet s'est adressé à une institution méconnue des Français, la Cada (Commission d'accès aux documents administratifs). Son but : se procurer la totalité du rapport qui l'a chargé de curieuse façon. La Commission obtient gain de cause auprès de la gendarmerie en mai 2000.

Le général Rivière est sûrement un comique méconnu. Faisait-il déjà la joie de ses camarades de promotion pendant ses études ? Nul ne le sait. Il se distingue pourtant, dans la lettre d'accompagnement du rapport qu'il adresse à la Cada, par un humour que l'on imagine involontaire : « Le nom des tiers et les passages susceptibles de porter atteinte au secret de leur vie privée ont été occultés de l'exemplaire ci-joint. »

Quelle délicatesse ! Le général Rivière est un vigilant, pas du genre à exposer la vie d'autrui au regard indiscret de Jean-Pierre Jodet, un procédurier à coup sûr, un indiscret sûrement.

Le général Rivière a-t-il bien lu « l'exemplaire ci-joint » ? Car il est une personne dont la vie privée est exposée dans ses détails les plus insignifiants : Jean-Pierre Jodet, bien sûr. Ses relations avec son ex-épouse, les amis qu'il fréquente, les dîners auxquels il se rend... Rien n'est épargné au lecteur. Mais la « vie privée » – en quoi l'est-elle d'ailleurs ? – de ceux qui l'ont accablé devrait donc être protégée ? D'où l'anonymat. On n'est même plus dans le déni de justice. C'est une farce. Et une farce suivie au plus haut niveau de l'État par le cabinet du ministre de la Défense, à l'époque le socialiste Alain Richard.

Tandis que les deux hommes défendent leur honneur, une partie de la hiérarchie militaire continue avec une obstination choquante à s'acharner contre eux. Il faut, à tout prix, les discréditer. De temps à autre, ils voient d'autres gendarmes débarquer chez eux pour les interroger. Une fois, sur une filature qu'ils auraient exécutée avec de fausses plaques d'immatriculation. Une autre, sur une montre disparue après une saisie effectuée longtemps auparavant à Tahiti. Dans les deux cas, les espoirs de la hiérarchie tournent court. Les gendarmes ont une explication : la plaque évitait de filer des suspects avec une immatriculation militaire ; la montre se trouve bien au chaud dans un scellé.

Changement de tactique à partir de mai 2000, c'est-à-dire au moment où les cerveaux gradés de la gendarmerie, alors dirigés par le préfet Pierre Steinmetz, qui deviendra directeur de cabinet de Jean-Pierre Raffarin à Matignon, savent que le rapport maudit est entre les mains de Jodet et Calliet. Le directeur des ressources humaines de la gendarmerie en personne propose à

Henri Calliet une sympathique transaction. On fait la paix. Il y a un malentendu. Sa carrière peut reprendre, mais oui, car l'armée est bonne fille. Donc il suggère deux mesures d'apaisement : d'abord, son passage dans le grade supérieur dès l'été 2000 ; ensuite, une affectation outre-mer ou dans le Var, à sa convenance.

L'avocat du gendarme fait valoir que de telles dispositions seraient illégales ? Il se voit répondre qu'« on va passer quand même ». Des offres équivalentes sont adressées à Jean-Pierre Jodet. Par l'intermédiaire de leur avocat, les deux hommes font savoir qu'il faut d'abord que la direction générale de la gendarmerie reconnaisse qu'il n'y avait pas lieu de les sanctionner et qu'elle annule officiellement leur mutation. Un émissaire de la direction générale, effondré, va jusqu'à interroger l'avocat : « Est-ce que c'est de l'argent qu'ils veulent ? » !

Jean-Pierre Jodet et Henri Calliet continuent de se battre pour que leur honneur soit rétabli officiellement et pour demander des comptes à ceux qui ont brisé leur carrière. Ils ont tous deux pris leur retraite de gendarme et changé de vie professionnelle. Mais ils n'ont rien oublié. Et surtout pas la victoire que les étouffeurs ont remportée. L'enquête sur la DCN de Toulon s'est trouvée ralentie pendant plus d'un an. Et deux enquêteurs hors pair marginalisés. Certes, les investigations ont finalement fait la lumière sur des pratiques séculaires et elles ont bousculé les mauvaises habitudes, ce qui n'est déjà pas rien. Il reste que les représailles dont les deux hommes ont été victimes sont remarquablement dissuasives pour ceux qui, dans les sections de recherches de la gendarmerie, seraient tentés de faire du zèle sur des dossiers délicats.

Cette affaire de l'arsenal de Toulon met en lumière toute l'ambiguïté du statut des OPJ (officiers de police judiciaire), ces enquêteurs qui sont un peu les envoyés spéciaux des juges sur le terrain. Flics ou gendarmes, ceux-ci forment en réalité le maillon faible du système judiciaire français malgré les discours triomphants sur son excellence. Les magistrats, s'ils le veulent, peuvent au moins user de leur indépendance : impossible de muter un juge d'instruction de façon aussi cavalière que le furent Henri Calliet et Jean-Pierre Jodet. Dès lors, la vendetta se tourne vers ces OPJ qui agissent par délégation d'un juge d'instruction, ce qu'on appelle en termes techniques une « commission rogatoire ». Ils travaillent donc pour la justice, mais dépendent, pour leur avancement, de leur propre hiérarchie : la police ou la gendarmerie. Une dépendance malsaine, qui contraint ceux qui sont confrontés à des pressions à un choix douloureux : le sabotage de leur mission ou le suicide professionnel.

Il serait simple d'en finir avec cette ambiguïté. Les solutions sont évidentes et ne demandent pas un centime de budget supplémentaire. L'interdiction de toute mutation d'un OPJ, fût-ce pour une promotion, en cours d'enquête, serait un premier pas indispensable, avant de créer des « unités de police judiciaire » regroupant policiers et gendarmes, dont le sort ne dépendrait plus des ministères de l'Intérieur et de la Défense, mais de celui de la Justice.

Il semble qu'Élisabeth Guigou, lorsqu'elle était garde des Sceaux, ait subi de mauvaises influences. Comment expliquer autrement la circulaire du ministère de la Justice datée du 15 mars 2000 ? Celle-ci transfère la notation des OPJ du procureur de la République au procureur général. Autrement dit, à un hiérarque nommé en Conseil des ministres[1] qui, situé à la cour

---

1. Contrairement à tous les autres magistrats, qui bénéficient d'un avis ou d'une proposition du Conseil supérieur de la magistrature.

d'appel, n'est jamais en contact avec les enquêteurs et n'a donc aucun moyen de juger de la valeur de leur travail. Ces « notations », purement formelles, sont ensuite transmises à la direction générale de la gendarmerie ou à celle de la police nationale, qui sont souvent enchantées d'en faire des cocottes en papier.

Alarmés par les entraves que subissent les OPJ les plus exposés, des magistrats, des gendarmes et des policiers ont créé en 2001 l'association PJ/PJ[1] (Police judiciaire pour la justice), qui assiste individuellement les enquêteurs soumis à des pressions et à des représailles et émet des propositions pour leur assurer, par la loi et le règlement, une indépendance accrue et une plus grande sécurité professionnelle. En vain jusqu'alors. « Rien n'a changé depuis l'affaire Gaudino », regrette le magistrat Éric Alt, qui fut président de PJ/PJ jusqu'en 2002.

L'inspecteur Antoine Gaudino ? Son nom est aujourd'hui célèbre. Ce n'était pas le cas lorsqu'il fut révoqué de la police nationale le lundi 18 mars 1991. Son crime ? Il est double : avoir découvert l'affaire Urba et sa guirlande de fausses factures destinées au Parti socialiste et à ses barons ; avoir refusé l'omertà que le pouvoir avait décidé d'appliquer à cette affaire. En 1990, Antoine Gaudino publie donc un livre, *L'Enquête impossible*[2], qui raconte ce qu'Henri Nallet, garde des Sceaux et ancien trésorier de la campagne de François Mitterrand, refuse de voir traité par la justice. Ce policier, qui s'est montré insensible aux pressions et a subi, comme Jean-Pierre Jodet et Henri Calliet, une mutation-sanction sans pour autant plier l'échine, va donc déguster. Quand il se rend à la convocation du conseil de discipline, en mars 1991, il est pourtant serein. Le conseil est en effet composé

---

1. PJ/PJ est une association loi 1901 dont les statuts ont été déposés le 13 février 2001.
2. Antoine Gaudino, *L'Enquête impossible*, Albin Michel, 1990.

d'un nombre égal (quatre) de représentants de l'administration et du personnel. Or, le 14 mars 1990, les règles des conseils de discipline ont changé dans la police : le président n'a plus de voix prépondérante en cas d'égalité des suffrages. Il faut donc que l'un des camps se montre suffisamment convaincant pour emporter une voix de l'autre. Depuis cette date, tous les conseils ont respecté cette règle. L'inspecteur voit mal les représentants du personnel le mettre à l'index alors qu'il est, dans toute cette affaire, la victime et non le coupable.

Antoine Gaudino est encore trop naïf. Conformément à ses prévisions, les quatre représentants du personnel se montrent certes inflexibles, malgré l'insistance des émissaires de la haute hiérarchie : l'inspecteur n'a pas commis de faute et ne mérite donc pas la révocation, sanction suprême et gravissime dans l'administration. Mais le directeur du personnel et de la formation de la police, M. Jean-Raphaël Alventosa, qui préside le conseil et mérite d'être cité nommément, n'hésite pas à piétiner les engagements de l'autorité qu'il représente pour complaire au pouvoir. Il récupère d'un tour de passe-passe sa voix prépondérante pour se bricoler une majorité. Voilà comment Antoine Gaudino est révoqué.

Interrogé sur le sort funeste réservé au médiatique inspecteur, François Roussely répond sans sourciller devant les caméras d'Antenne 2 : « C'est ce que le conseil de discipline a décidé majoritairement. » François Roussely est alors directeur général de la Police nationale. C'est sûrement son amour de la transparence et de la vérité qui le conduira à la présidence d'EDF, l'une des entreprises les plus opaques d'Europe.

Parmi les personnes qui viennent témoigner en faveur d'Antoine Gaudino, ce 14 mars 1991, l'inspecteur Alain Mayot, son coéquipier de toujours. Une attitude courageuse, étant donné l'animosité de tout le clan Mitterrand contre le policier. Alain Mayot en rajoute devant ce tribunal fantoche : « Je tiens à souligner, dit-il en guise d'introduction, que je suis fier d'avoir travaillé avec Antoine Gaudino [...]. S'il doit être sanctionné pour les fausses factures, je dois l'être également. » Grimace de M. Alventosa devant une telle réaction de solidarité, manifestement assez éloignée de sa pratique personnelle. Et contre-attaque :

– Monsieur Mayot, est-ce que vous seriez allé jusqu'à écrire un livre sur les enquêtes que vous avez effectuées avec M. Gaudino ?

– Non, monsieur le président[1].

Un sourire de victoire adoucit le visage de M. Alventosa, convaincu d'avoir repris les commandes des opérations. Ce moment de satisfaction est vite gâté par ce malotru de Mayot, qui n'avait pas tout à fait terminé :

– Non, monsieur le président, tout le monde n'a pas le courage d'Antoine Gaudino. Je me suis contenté d'être à ses côtés et de l'approuver. Il a su défendre les vraies valeurs de la fonction policière. C'est un honneur pour moi d'être l'un de ses amis.

Depuis ce jour, le dossier d'Alain Mayot porte-t-il une marque distinctive, propre à rappeler son insolence ? En septembre 1998, ce policier a quelques ennuis à son tour. Affecté aux Renseignements généraux à Marseille, il est inquiété par une procédure pour « violation du secret de l'instruction » qui vise aussi un magistrat, le substitut Albert Lévy de Toulon. Le monde est petit. On a retrouvé dans les papiers d'Alain Mayot des procès-verbaux extraits de dossiers d'instruction. Perquisition, interrogatoire... Le policier est mis en examen et renvoyé en correctionnelle pour recel de violation du secret de l'instruction. Il n'échappe à personne que les limiers des RG passent leur temps à avoir ce genre de docu-

---

1. Antoine Gaudino, *Le Procès impossible*, Albin Michel, 1992.

ments entre les mains. C'est, même si on peut légitime-
ment le regretter, leur raison d'être. Si l'ensemble de
ses collègues se trouvaient soumis au même contrôle de
légalité, nul doute que l'abondance de mises en examen
qui en résulterait engorgerait un peu plus la justice.

À l'automne 2002, Isabelle Prévost-Desprez, magistrate
au pôle financier du tribunal de Paris, a voulu éviter de
se trouver dans la situation de perdre le pivot d'une de
ses enquêtes. Elle a donc, initiative originale, pris les
devants. Comment ? En criant au loup, pas forcément
imaginaire en l'occurrence. La voilà qui s'indigne publiquement dans les colonnes du *Monde*[1] : un dossier
compliqué sur une affaire de blanchiment entre la
France et Israël, qu'elle est chargée d'instruire, risque
de souffrir de la mise à l'écart de Noël Robin, chef de la
brigade financière parisienne et principal enquêteur sur
cette affaire délicate, qui provoque l'ire des banques
mises en cause, comme la Société générale. Cette première vexation préludait, pour les connaisseurs, à l'éviction pure et simple de Noël Robin de la brigade
financière. La nouvelle hiérarchie reprochait sûrement à
ce policier de savoir animer des équipes et de maintenir,
malgré les pressions et les baisses d'effectifs, une
ambiance de travail stimulante parmi ses collaborateurs.
Bref, une attitude professionnelle provocante.

Le plus triste est peut-être l'onctuosité avec laquelle la
hiérarchie policière a protesté de ses bonnes intentions
à l'égard de Noël Robin. Jean-Paul Proust, le préfet de
police de Paris, répondait dès le lendemain dans *Le
Monde* que ce policier n'était « en aucun cas menacé » :
« Je lui ai d'ailleurs téléphoné pour le rassurer et lui
renouveler ma confiance », précisait utilement le préfet.
Quant à la directrice de la police judiciaire parisienne,
Martine Monteil, promue après la réélection de Jacques

---

1. *Le Monde*, 10 septembre 2002.

Chirac, elle s'en serait voulu de se séparer d'un si valeureux élément : « Pas question d'évincer M. Robin, qui est un policier très apprécié, de ce dossier de blanchiment, et encore moins de la tête de la brigade financière », assurait-elle.

C'est grave. Soit ces protestations ne sont que de pure façade, et la hiérarchie n'a momentanément fait machine arrière qu'après l'esclandre de la magistrate. Soit celle-ci et son enquêteur fétiche sont deux indécrottables paranoïaques, qui voient des mises au placard là où il n'est question que de beaux sentiments comme l'estime, la confiance et la loyauté.

Invisible du grand public, cette relation entre le juge et son OPJ est en tout cas au cœur des affaires. Curieusement, dans un système aussi normalisé que l'administration française – à moins qu'il y ait au contraire un lien de cause à effet –, les relations entre ces deux acteurs ne font l'objet d'aucune codification. L'OPJ peut donc être muté au bon vouloir de sa hiérarchie. Mais cette absence de règle se retourne parfois contre le club des étouffeurs judiciaires. Car se développent, parfois, des liens étroits, voire amicaux, entre l'un et l'autre.

Éric Halphen en a témoigné dans son best-seller[1]. Dans le métier, Georges Poirier était surnommé « Facturator ». Ce policier qui travaillait depuis des années avec le juge n'avait pas son pareil pour traquer les fausses factures, les éplucher, les faire parler. Un jour, en pleine affaire des HLM de la Ville de Paris, on lui demande, par la voie administrative, ses souhaits de carrière. Il mentionne la Dordogne, son rêve de toujours. Il n'y pense plus mais ses anges gardiens se rappellent vite à son souvenir. Le lendemain – le lendemain ! – sa demande est acceptée. Qui a dit que l'administration était une machine infernale, où les dossiers se perdent,

---

1. Éric Halphen, *Sept ans de solitude*, Denoël, 2002.

où les fonctionnaires sont tous traités comme des numéros, sans distinction pour les plus dévoués ? Le directeur des ressources humaines de la police nationale, s'il existe, mérite un témoignage d'admiration tout particulier. Il répond aux souhaits du personnel dont il a la charge avec une telle célérité que le monde de l'entreprise devrait s'arracher un tel Mozart du management des hommes. Georges Poirier a été muté en vingt-quatre heures. Mais il serait inexact d'assimiler cela à une sanction. Cette mutation correspondait à ses souhaits. Celui qui a été bien puni, c'est le juge Halphen, qui s'est retrouvé en tête à tête avec les liasses de fausses factures. Il en avait vu d'autres, et il n'avait pas fini...

L'ancien juge d'instruction ne devait pas se sentir trop seul. Car si les gendarmes ou les policiers trop compétents sont désormais en première ligne dans le viseur des étouffeurs, certains magistrats paient au prix fort leur indépendance, leur liberté d'esprit ou leur conscience professionnelle.

La plus médiatique, Éva Joly, raconte dans son dernier livre les menaces de mort, les tentatives de discrédit à répétition et la faible motivation de l'institution à protéger les juges : « Il n'est écrit nulle part dans le Code de procédure pénale, dit-elle, qu'un juge serait tenu d'être la cible de rumeurs permanentes, d'écoutes téléphoniques sauvages ou de "conseils" ouvertement mafieux[1]. » Sans toujours risquer le meurtre ou la suspicion psychiatrique, les collègues d'Éva Joly savent qu'ils sont, pour le reste de leur vie professionnelle, sous haute surveillance, que la moindre erreur de leur part sera exploitée au centuple et que leur carrière, au sens de progression dans les échelons et dans les responsabilités, est pour longtemps derrière eux.

---

1. Éva Joly, *Est-ce dans ce monde que nous voulons vivre ?*, Les arènes, 2003.

94

Perché sur les hauteurs, tranchant par son moder-
nisme carcéral avec les couleurs franches de la garrigue,
le tribunal de Grasse a de l'allure. Son implantation géo-
graphique le conduit à gérer quelques dossiers délicats :
trafic d'influence, blanchiment et franc-maçonnerie y
font souvent bon ménage. Depuis plus de dix ans, un
juge à l'air rêveur a appris à connaître ceux que l'on
nomme souvent les « frères de la Côte ». Plusieurs fois,
Jean-Pierre Murciano a approché des vérités brûlantes.
Comme les relations du conseil régional de Provence-
Alpes-Côte d'Azur avec les frères Saincené, retrouvés
« suicidés » en mai 1994 dans leur garage (le suicide en
bande, c'est plus sympathique !), juste avant la comparution en correctionnelle de l'aîné, Fernand, qui s'était
juré de ne pas rester muet durant l'audience. Juste avant
sa mort, celui-ci envoie au juge une lettre qui montre, à
tout le moins, que l'humeur d'un futur suicidé est bien
changeante : « J'ai continué à fouiller et j'ai fini par trouver ce que je cherchais. Vous allez bientôt pouvoir
constater que, pour qui vous savez, votre mise hors cir-
cuit était devenue une question de vie ou de mort[1]... »
Il ne croyait pas si bien dire. Les deux frères avaient loué
une voiture chacun parce qu'ils se sentaient suivis et
menacés, mais leurs cadavres ont été retrouvés à bord
de la même, dans leur garage, après asphyxie par gaz
d'échappement. Il y avait des traces de sang sur leur chemise. Fernand Saincené, ce farceur, était paraît-il mytho-
mane. Il aurait fait le plaisantin, juste avant d'attenter à
ses jours, en maquillant son suicide en meurtre. C'est la
version officielle, que l'on est prié de ne pas remettre
en doute.

À l'heure du « suicide », Jean-Pierre Murciano est
dans une situation délicate. Le juge d'instruction a été

---

1. Jean-Pierre Murciano, *Juge sur la Côte d'Azur*, Michel Lafon,
2001.

désavoué par sa hiérarchie quand il a justement demandé une extension de sa saisine (un « réquisitoire supplétif » en jargon judiciaire) pour enquêter plus avant sur le conseil régional de Provence-Alpes-Côte d'Azur et sur son exécutif, dirigé par Jean-Claude Gaudin. Il s'interrogeait sur des emplois fictifs présumés – dont celui de Fernand Saincené, qui avait commencé à livrer quelques confidences sur la gestion du conseil régional – et sur des mouvements d'argent liquide qu'il ne comprenait pas. Loin de lui accorder ce qu'il demandait, sa hiérarchie a au contraire sollicité l'annulation d'une partie de son instruction auprès de la chambre d'accusation de la cour d'appel d'Aix-en-Provence.

Cette cour, connue pour abriter des francs-maçons de haut rang dont on ne peut écrire les noms sous peine d'interminables et coûteux procès, ne s'est pas fait prier. Elle est même allée au-delà des désirs formulés par le parquet de Grasse puisqu'elle a carrément dessaisi Jean-Pierre Murciano de la partie sensible de son dossier pour en confier la gestion à son président, Jean-Claude Mistral. Ce haut magistrat rend une ordonnance de non-lieu en faveur de Jean-Claude Gaudin et de son directeur de cabinet Claude Bertrand, que ce mal élevé de Murciano avait cru convenable de mettre en examen.

Mais le juge Murciano a un autre « client » célèbre qui va lui valoir des soucis : Michel Mouillot. Cet ancien salarié de Pernod-Ricard avait trouvé sa plus belle tête de gondole en la personne de François Léotard, qu'il avait affublé d'un destin présidentiel que les médias, à l'époque, se firent un plaisir d'installer. En récompense, il eut la mairie de Cannes. Une consécration fugitive et malvenue puisqu'elle lui valut d'être mis en examen et incarcéré pour corruption passive, trafic d'influence et emplois fictifs. La trilogie parfaite.

Dans une des procédures visant la mairie de Cannes, Jean-Pierre Murciano recueille un jour les confidences de l'ancien président de la SDBO, filiale du Crédit lyonnais très en pointe dans beaucoup d'affaires, notamment avec Bernard Tapie. L'ex-patron, Michel Gallot, confie au juge que le Crédit lyonnais n'a en définitive, contrairement à ce qui a été écrit dans la presse, pas perdu d'argent dans l'aventure Adidas mais qu'il en a au contraire beaucoup gagné. Sur le dos de Bernard Tapie !

Imprudent mais convaincu de son devoir de témoigner, Jean-Pierre Murciano envoie au milliardaire déchu une attestation qui relate cette confession. Cette correspondance ne reste pas longtemps privée. Elle tombe entre les mains de Maurice Gozlan, l'un des mis en examen dans le dossier Mouillot, un promoteur qui espère tirer avantage de cette missive pour déstabiliser le juge. « Il présente contre moi une requête en suspicion légitime auprès de la chambre criminelle de la Cour de cassation, laquelle vient d'enrichir ses rangs par l'arrivée en son sein de l'ancien président de la chambre d'accusation d'Aix-en-Provence, M. Jean-Claude Mistral, raconte Jean-Pierre Murciano dans son livre de souvenirs [1] [...]. C'est sereinement et avec le sentiment du devoir accompli que j'attendais la décision de la cour suprême, laquelle, par un arrêt rendu le 28 mars 1998, décida au contraire de me retirer l'ensemble du dossier Mouillot-Gallot et autres, au motif que la révélation des confidences de Michel Gallot, lequel ne s'en plaignait aucunement, pouvait porter atteinte aux droits de l'homme de Maurice Gozlan. »

Dans le même temps, une magistrate du parquet financier de Paris, Sylvie d'Arvisenet, trouve une copie de ce courrier déposé par une main anonyme dans sa boîte aux lettres.

Sans se montrer très regardante sur l'origine de cette missive, Mme d'Arvisenet prépare un rapport au parquet

1. Jean-Pierre Murciano, *Juge sur la Côte d'Azur, op. cit.*

général qui souligne combien l'initiative du juge Murciano « porte atteinte à la "qualité de victime" du Crédit lyonnais ». Une expression amusante : les contribuables contraints de payer de leur poche le trou gigantesque laissé par les dirigeants de la banque ne voient pas précisément le Crédit lyonnais comme une « victime ». Sylvie d'Arvisenet n'aura malheureusement pas la possibilité de suivre le feuilleton au palais de justice. Elle rejoint, peu de temps après, en qualité de « chargée de mission », la direction de la Compagnie générale des eaux (ancêtre de Vivendi) dont le rôle exact dans les affaires cannoises semble par ailleurs problématique.

Les épisodes suivants ne manquent pourtant pas d'intérêt. À trois reprises, entre 1998 et 1999, Mireille Imbert-Quaretta, directrice adjointe du cabinet d'Élisabeth Guigou à la Chancellerie, demande à la direction des services judiciaires s'il ne serait pas opportun de poursuivre le juge Murciano. Deux directeurs successifs, Philippe Ingall-Montagnier, dit PIM, et Bernard de Gouttes répondent par la négative. La collaboratrice d'Élisabeth Guigou s'acharne. La Cour de cassation vient de dessaisir Murciano : c'est un signe, non ? Elle invite donc Bernard de Gouttes à préparer un projet de saisine pour le CSM, le Conseil supérieur de la magistrature qui fait office d'instance disciplinaire.

Jean-Pierre Murciano exige alors que sa lapidation professionnelle soit publique. Il obtient que, pour la première fois, une séance du CSM ne se tienne pas à huis clos. La lecture de l'acte d'accusation donne le ton. Peut-on nommer le magistrat qui en est l'auteur sans encourir le délit de diffamation ? Signalons simplement qu'il s'agit à nouveau de... Jean-Claude Mistral, l'ex-président de la chambre d'accusation de la cour d'appel d'Aix-en-Provence. Son évaluation des capacités de Jean-Pierre Murciano ne pèche pas par corporatisme ou par complaisance, il faut bien le dire. En effet il lui reproche

« des errements commis de façon volontaire ne permettant pas de lui accorder la confiance que l'on serait en droit d'attendre d'un magistrat », ajoutant même cette confidence impitoyable : « C'est toujours d'une main tremblante que j'ouvre ses dossiers. » Pas un mot, en revanche, de l'audition officielle de Michel Gallot par Éva Joly, en charge du dossier du Crédit lyonnais, audition durant laquelle l'ex-président de la SDBO confirme, malgré les pressions, ses déclarations à Jean-Pierre Murciano. Le juge comparaît, le 22 mars 2000, pour « manquement à l'honneur », la faute la plus grave dans l'échelle disciplinaire. Trois magistrats viennent témoigner en faveur de l'accusé : Jean de Maillard, spécialiste de la délinquance financière, Éric de Montgolfier, qui a le premier osé parler publiquement du rôle des « frères » dans les affaires, et Albert Lévy. Il est aussi question des dossiers dont Jean-Pierre Murciano a été dessaisi et du sort qu'ils ont subi : non-lieux express, retraits des commissions rogatoires, annulations pour vices de forme, sous le haut patronage de la cour d'appel d'Aix-en-Provence.

Verdict : une réprimande avec inscription au dossier, très modeste au regard du « manquement à l'honneur » initialement projeté. Mais c'est une sanction quand même ! Reste une question : pourquoi tant d'acharnement de la part du cabinet d'Élisabeth Guigou, ministre d'un gouvernement de gauche, contre un juge qui a plutôt donné des cauchemars à des personnalités politiques de droite, de Gaudin à Mouillot ? C'est là toute la beauté de la vendetta française. Elle ne s'exerce pas frontalement, clan contre clan, comme dans les westerns. Il n'y a pas les bons et les méchants. La droite et la gauche. Les rouges et les bleus. Il y a des « familles ». Ces familles sont reliées entre elles par des réseaux (francs-maçons, corses, homosexuels...). Condamnées à s'entendre, elles assurent le maintien de l'ordre sur leur territoire et dans leur parentèle. Si elles y trouvent un trublion, elles le châtient, même s'il nuit en premier lieu à une bande rivale. Il suffit que quelques élus locaux influents se soient manifestés de manière un peu vive pour que se déclenche la machine à punir.

Parmi les témoins venus soutenir l'action du juge Murciano, il en est un qui a dû, quelques années plus tard, subir une attaque particulièrement injustifiable de la part de la Chancellerie. Courant septembre 2002, quelques échos fielleux paraissent dans la presse pour signaler le contenu d'un rapport d'inspection des services judiciaires effectué au tribunal de Nice. Seuls les naïfs – mais ils existent dans les médias comme en politique – ne détectent pas immédiatement une manœuvre, pourtant conduite avec une finesse toute relative. En l'espèce, la phase décisive dans la tentative d'écarter en douceur de son poste l'homme qui inquiète la Chancellerie – encore un ! –, Éric de Montgolfier.

Le très médiatique procureur de Nice, qui s'était fait remarquer lors de ses joutes verbales avec Bernard Tapie au tribunal de Valenciennes, où il officiait précédemment, doit payer pour avoir dit la vérité, tout haut, sur les réseaux francs-maçons qui œuvrent, à l'intérieur comme à l'extérieur du tribunal de Nice, pour étouffer les affaires sensibles. Il a cru se protéger en racontant tout haut ce qui se chuchotait depuis longtemps. Il a sous-estimé la puissance de l'adversaire, qui lui fait subir des représailles au long cours. Dernier épisode en date : le jeudi 26 juin 2003, la Chancellerie, après des mois de tergiversations et de fuites, on l'espère calculées, en direction des médias, rend public le fameux rapport d'inspection. Il préconise... le départ d'Éric de Montgolfier. Ce qui n'a pu être obtenu par une guerre d'usure est enfin réclamé de manière explicite. Cela a au moins le mérite d'être plus clair. Ce que l'on fait payer au chef du parquet de Nice ? Près de quatre ans de parler vrai, avant tout.

En octobre 1999, Éric de Montgolfier est en poste à Nice depuis huit mois. Il dénonce, dans une spectaculaire interview au *Nouvel Observateur*[1], la puissance des réseaux francs-maçons. C'est la première fois qu'un magistrat, à ce niveau, met en cause les frères, leur affairisme, leur solidarité mal placée et enfin leur capacité de nuisance. Un crime de lèse-loges. Devant le Conseil supérieur de la magistrature, en mars 2000, il récidive pour défendre l'honneur du juge Murciano. La séance est présidée par Guy Canivet, premier président de la Cour de cassation. Il évoque le cas de Jean-Paul Renard, doyen des juges d'instruction à Nice et ex-membre de la Grande Loge nationale de France (GLNF), qui a instruit un dossier dans lequel son propre nom était cité. « Ce que je déteste à Nice, dit-il pour ceux qui n'auraient toujours pas compris, c'est qu'il faille se méfier de certains juges. » Le fougueux procureur doit aussi insister auprès de Guy Canivet, qui préférerait à l'évidence qu'on en reste là, pour raconter qu'un futur magistrat effectuait son stage au parquet financier de Nice alors qu'il était mis en examen, par le juge Murciano justement, comme ancien collaborateur de Michel Mouillot à la mairie de Cannes. « J'ai téléphoné immédiatement à l'école pour demander qu'il trouve un autre stage, raconte aujourd'hui Éric de Montgolfier. Et j'ai dit, pour rire : "Pour une fois que la justice mettait en place quelqu'un de compétent !" »

Entre-temps, le procureur s'est battu pour obtenir d'Élisabeth Guigou une vraie inspection du tribunal de Nice qui mette en lumière ses « dysfonctionnements »,

---

1. *Le Nouvel Observateur*, 9 octobre 1999.

comme on dit. La garde des Sceaux préfère alors se donner le beau rôle dans les journaux, où elle déclare avoir voulu envoyer à Nice « une personne déterminée à tirer les choses au clair[1] ». Mais elle négligera par la suite de lui donner les moyens de remplir sa mission. On lui refuse donc cette inspection qu'il appelle de ses vœux pour clarifier les zones d'ombre du tribunal et le rôle plus qu'ambigu de certains magistrats. Nouvelle tentative du procureur auprès de Marylise Lebranchu, auprès de laquelle il rencontre plus de succès.

L'inspection démarre alors que le tribunal de Nice fait l'actualité. Jean-Paul Renard, le doyen des juges d'instruction sur lequel beaucoup de soupçons se portent quant à l'enterrement de certains dossiers, est mis en examen pour faux, usage de faux et violation du secret professionnel pour avoir abusé de ses fonctions en consultant des fichiers confidentiels du casier judiciaire afin d'en transmettre des informations à la GLNF à laquelle il a longtemps appartenu.

À l'intérieur du tribunal, divisé entre « pro » et « anti » Montgolfier, certains sentent, dès le printemps 2002, que l'inspection est en fait conduite à charge contre le procureur. Ils sont auditionnés avec une certaine brutalité, et on leur demande des preuves des agissements occultes de Jean-Paul Renard et de ses amis. « Je suis passé en l'espace de quelques minutes du statut de témoin à charge à celui de suspect », raconte l'un d'entre eux.

Distillé de manière partielle, le rapport de l'Inspection générale des services judiciaires (IGSJ) désavoue le chef du parquet de Nice, estimant que « les mises en cause [de frères-magistrats-étouffeurs] reposent soit sur des fondements contestables et en tout cas non établis, soit sur des interprétations hâtives ou des erreurs d'ap-

---

1. *Le Monde*, 15 décembre 1999.

préciation, voire sur de simples ragots ». Oui, ragots. Telle une vieille mégère, Éric de Montgolfier cancanerait sur les uns et les autres au gré de ses humeurs. Pour les rapporteurs, « le tribunal de Nice ne dispose plus du socle de confiance indispensable à une justice sereine », parce que « le climat de travail, l'ensemble des rapports professionnels ont progressivement été érodés par une dégradation qui paraît irréversible ». La faute à qui ? « Manifestement atteint par des clivages internes, le parquet de Nice fonctionne de manière cloisonnée, chacun œuvrant dans son propre domaine, sans pratiquement aucune concertation entre les services. » Le parquet de Nice qui est dirigé, comme chacun sait, par un certain Éric de Montgolfier.

Celui-ci explique avant tout ce désaveu comme une vengeance corporatiste et maçonnique. Beaucoup de magistrats étant affiliés à une loge, surtout sur la Côte d'Azur, les deux motifs peuvent aisément se confondre. La piste des représailles fraternelles est d'autant plus crédible que l'Inspection générale des services judiciaires elle-même compte jusqu'au plus haut niveau de nombreux francs-maçons dans ses rangs... Mais la fermeté d'Éric de Montgolfier a fini par payer : le garde des Sceaux lui-même, Dominique Perben, a dû se résoudre à confirmer le procureur dans ses fonctions.

Une fois terminée sa virée niçoise, l'équipe d'inspection ira ensuite à Grasse, où officie... Jean-Pierre Murciano. Elle s'intéresse exclusivement à ses travaux et à ceux d'un autre juge qui s'occupe également d'affaires sensibles. Le premier a été interrogé deux fois dix heures, le second deux fois sept heures, dans des conditions parfois proches de la garde à vue. Que leur reprochait-on pour les traiter ainsi ? La vitesse insuffisante avec laquelle ils éclusent les dossiers dont ils ont la charge, ou encore le fait que certains doubles n'étaient pas toujours en état. Bref, des peccadilles.

« Quand on veut cartonner un juge d'instruction, il n'est pas toujours nécessaire de le psychiatriser, résume Dominique Brault, juge chargé des affaires financières à Lyon et secrétaire général du Syndicat de la magistrature. Il suffit de le noyer sous les dossiers, puis de lui dépêcher une inspection : on trouvera fatalement qu'il ne travaille pas assez et qu'il a commis quelques erreurs. N'oublions pas que depuis trente ans, il y a plus d'une réforme pénale ou de procédure pénale par an. Résultat : tout le monde est vulnérable. » Mais les inspections et les sanctions, elles, semblent curieusement ciblées, quel que soit le garde des Sceaux en poste, d'ailleurs. Les pressions viennent aussi des notables locaux. Éric de Montgolfier, par exemple, ne peut ignorer que Jacques Peyrat, maire RPR de Nice venu du Front national, n'a même pas attendu la victoire de son camp aux élections législatives de 2002 pour faire le siège du gouvernement, et spécialement du garde des Sceaux Dominique Perben, afin d'être débarrassé de ce gêneur de procureur. Déjà exposé à des menaces de mort qu'il traite avec une grande placidité, Éric de Montgolfier est un homme qui doit quelquefois se sentir bien seul.

Capable de sermonner un magistrat pour des broutilles, la hiérarchie judiciaire accepte en revanche sans broncher que se profèrent dans le plus haut cénacle, le Conseil supérieur de la magistrature (CSM), des propos dignes d'un film de Coppola plutôt que de juges républicains. Le 13 décembre 2001 se tient en effet au CSM l'audience disciplinaire de Jean-Paul Renard, qui doit répondre de l'abus de fonction qu'il a commis en consultant des B1 (bulletins de casier judiciaire) qui ne peuvent l'être que par un magistrat, pour en délivrer le contenu à la Grande Loge nationale de France. Jean-Paul Renard a souhaité le huis clos. Il ne l'a pas obtenu. C'est dommage pour lui, et surtout pour les hauts magistrats chargés de l'écouter.

La séance commence par un interrogatoire mou, mené par André Gariazzo, directeur des services judiciaires.

– Ce procès n'est pas celui de la franc-maçonnerie, mais pour éviter l'ambiguïté, les interférences, pourquoi n'avoir pas rompu avec la franc-maçonnerie ?

– Des circonstances douloureuses m'ont amené à chercher un dérivatif que j'ai trouvé dans la franc-maçonnerie [...]. J'y ai trouvé une ambiance plus qu'amicale, de l'affection. Après la famille et ma profession, c'est le troisième cercle.

– Mais vous aviez conscience de faire des faux pour obtenir ces B1 ?

– Oui, j'en avais conscience et c'était un déchirement. Mais je ne veux pas que l'on dise que la franc-maçonnerie est une association de malfaiteurs. J'y ai rencontré des gens formidables. Et puis demander des B1, c'est banal. Il faut comprendre que dans ma sous-section[1] qui comprenait environ trente personnes, je connaissais les gens, je pouvais faire attention. Mais lorsque je fréquentais une autre section, par exemple Menton, on donne son nom à l'entrée et on signe. Si je voyais le nom d'une personne qui avait un casier, je n'entrais pas.

Il est intéressant de noter que Jean-Paul Renard était « déchiré » par les faux qu'il commettait, mais qu'il considérait qu'ils concernaient des actes « banals ». Il se bat pour que la GLNF, à laquelle il a appartenu avant de devoir s'en éloigner quand il a dû traiter l'affaire Mouillot, passée de Grasse à Nice après le dessaisissement du juge Murciano, il se bat, donc, pour que son obédience ne soit pas considérée comme une « association de malfaiteurs ».

Le président Guy Canivet poursuit lors de l'audience :

----

1. Lieu de réunion maçonnique.

« Quels étaient les thèmes de discussion lors des réunions maçonniques ? »

Très calme, Jean-Paul Renard répond : « Il y a toujours le risque que certains se servent de la franc-maçonnerie comme d'un carnet d'adresses. Par exemple, Untel peut toujours dire : "J'ai mangé avec le juge Lernoux." »

Le juge Lernoux, présent puisqu'il fait partie de la formation de jugement du CSM, manifeste une vive surprise. Ses collègues aussi : s'agirait-il d'un message codé ?

Jean-Paul Renard réserve le meilleur pour la fin. Le meilleur est destiné à Éric de Montgolfier, grand ordonnateur de la garde à vue du juge Renard : « J'ai un dossier contre lui. J'aurais pu faire la même chose [que ce qu'il m'a fait subir] », expose placidement le doyen des juges d'instruction de Nice.

Cette petite phrase est si énorme qu'il convient de la relire et surtout de la resituer dans son contexte. Un juge qui comparaît devant le CSM pour des motifs disciplinaires déclare tranquillement qu'il a un dossier contre le procureur de la République du tribunal dans lequel il officie. Il ose. Quel dossier ? Sur quoi ? On ne le saura évidemment jamais.

Cet étrange juge a finalement raison. Car aucun des magistrats chargés de l'interroger ne manifeste la moindre réaction devant l'énormité de ses propos.

Guy Canivet, le plus haut magistrat du pays, a donc entendu avec le plus grand calme un juge dont il doit apprécier les manquements professionnels expliquer qu'il confectionne des dossiers contre un autre magistrat, en l'espèce procureur de la République d'un tribunal particulièrement exposé aux opérations de déstabilisation mafieuses. A-t-il posé une question, une seule, au juge Renard ce 13 décembre 2001 ? Non. Il ne sourcille pas plus quand, en toute fin d'audience, Jean-Paul Renard ricane sur Éric de Montgolfier et le qualifie d'« arroseur arrosé ». La fréquentation des loges développe aussi les talents de divination ?

Qu'est-il arrivé à ce fameux juge Renard dont le nom est apparu de façon surprenante dans tant d'affaires ? A-t-il été révoqué, comme Antoine Gaudino ? Non. Fait l'objet d'une mesure d'arrêts de rigueur comme Jean-Pierre Jodet ? Non plus. Été sanctionné au moins d'une « réprimande avec inscription au dossier » ? Rien de tout cela : ces mesures sont réservées aux fonctionnaires qui se montrent insolents en faisant ce qu'ils estiment être leur devoir. Non, ce juge qui ne semble pas toujours à sa place dans la magistrature a été frappé d'une mesure exemplaire, en un sens : il a été déplacé, passant du tribunal de Nice à celui d'Antibes, quelques kilomètres de corniche et de plage plus à l'ouest. Elle n'est pas belle, la justice française ?

Il serait exagéré et partial d'imaginer que la Côte d'Azur détient le monopole des exécutions sommaires de magistrats trop indépendants. Dans le Nord aussi, le port du tablier entache celui de la robe. Pour avoir dénoncé les collusions entre prévenus et enquêteurs, tous frères, un magistrat a ainsi vu sa carrière mise entre parenthèses. Dans la région lilloise, qui ne se souvient de Roger la Banane, ce franc-maçon qui tapait dans le dos de tous les notables de la ville ? Un juge, Benoît Wargniez, ex-doyen des juges d'instruction de Lille, poste stratégique, puis conseiller à la cour d'appel de Douai, est mis en examen pour corruption et trafic d'influence. Il a touché des chèques de Roger la Banane. Des chèques ! C'est dire si le magistrat travaillait en confiance avec son ami Roger, fils d'un petit entrepreneur du bâtiment qui s'est essayé à de nombreuses activités. Le patron du service régional de police judiciaire (SRPJ), un haut fonctionnaire de la mairie et quelques entrepreneurs aimaient à partager les mêmes agapes. Mais les premiers sanctionnés dans cette affaire ne sont ni le juge Wargniez ni le chef de la police. Une jeune commissaire de police, qui veut aller au bout de l'enquête, quitte à froisser quelques vedettes locales, est mutée sans préavis à Limoges pour apprendre à mieux déchiffrer le code non écrit de la fonction publique.

Elle ne sera pas la seule à payer au prix fort son audace. Le procureur adjoint chargé des affaires financières, Alain Lallemand, ne sera pas mieux traité. C'est lui qui a découvert la piste maçonnique grâce à l'ancienne maîtresse de Roger la Banane. Le fait que les confessions de cette excellente personne sur les francs-maçons de sa connaissance soient consignées sur procès-verbal a beaucoup déplu au procureur général de Douai, Roger Tachot, lequel se déplace en personne pour aller voir Alain Lallemand. Que se disent les deux hommes ? Le procureur adjoint entend des reproches là où le procureur général de Douai ne fait à ses yeux qu'analyser le dossier et le commenter. Difficile donc de trancher. Ce qui est sûr cependant, c'est qu'Alain Lallemand est las, las de voir se déployer autour de lui le talent des étouffeurs et des lâches qui restent sourds et aveugles à des collusions que tout le monde connaît en ville. Alors il va transgresser la loi du silence lors du procès d'un entrepreneur nommé Schilliro, lui aussi membre du club. À l'audience, où Schilliro se présente comme un simple artisan maçon, le procureur adjoint l'apostrophe : « Un simple maçon n'aurait pas les relations que vous avez, notamment avec Claude Brillaud. » Deux secondes de pur bonheur qui seront cher payées. Car Claude Brillaud, alors patron du SRPJ de Lille – qui se défendra vivement d'être un proche de Schilliro –, n'est pas n'importe qui et il n'est pas habitué à être traité ainsi. Le lundi suivant, Alain Lallemand est convoqué chez le procureur général, qui déclenche une enquête administrative et une inspection des services judiciaires.

Même ses meilleurs soutiens dans la police lilloise le lâchent. Un jour de lassitude, Alain Lallemand avait demandé à être déchargé des affaires financières. Dès le mardi, c'est chose faite, comme le policier Poirier opérant sous les ordres du juge Halphen. Alain Lallemand est ensuite resté à Lille, mais chargé des affaires civiles. Une affectation, disons, plus neutre. Il a finalement rejoint, à l'automne 2003, la cour d'appel de Rouen en qualité de conseiller. La période de purgatoire est terminée, mais les traces qui resteront sur son dossier sont, elles, indélébiles.

Démêler les collusions entre notables, se battre contre la corruption, dénoncer les collègues magistrats qui profitent de leur position pour enfreindre la loi : c'est, imaginerait un vain peuple, le devoir de tout juge qui se respecte. Il faut croire que non. À Toulouse, un magistrat instructeur s'interroge en 1997 sur les agissements d'un de ses collègues du parquet, chargé des affaires financières et représentant à ce titre le ministère public au tribunal de commerce. Il se heurte à une chape de plomb. Celui qu'il aurait souhaité traiter comme un citoyen ordinaire se nomme Marc Bourragué. Quatre ans plus tard, ce magistrat est le premier à être mis en cause publiquement dans l'affaire Alègre. Après avoir nié toute relation, il finit par reconnaître avoir pris l'apéritif, chez lui, avec le tueur en série, mais sans savoir, paraît-il, qui il était.

Aujourd'hui, Laurent Nion, le juge d'instruction qui émettait auprès de sa hiérarchie des réserves sur le comportement de Marc Bourragué, est de nouveau écouté par ses collègues. En juin 2003, Serge Lemoine, chargé de l'information judiciaire sur d'éventuels nouveaux assassinats commis par Patrice Alègre, l'a entendu « en off », un concept qui existe aussi dans la magistrature pour indiquer une conversation informelle qui ne sera pas mentionnée dans le dossier d'instruction. Mais pendant cinq ans, son sens aigu de la probité ne lui a pas valu, loin s'en faut, une accélération de carrière. Comme Éric de Montgolfier ou Jean-Pierre Murciano, Laurent Nion voit débarquer les fameux inspecteurs du ministère de la Justice. Et ces envoyés spéciaux ne se montrent pas tendres envers lui : comme le procureur de Nice, il est accusé de faire prospérer des ragots et montré du doigt pour avoir de « mauvaises statistiques ». Traduction : il ne traite pas assez vite les dossiers qui lui sont confiés. Rien d'anormal pourtant pour un homme chargé de démêler des affaires en général plus complexes qu'un vol à la tire.

Déçue par ce magistrat qu'elle aurait rêvé plus docile, sa hiérarchie lui propose d'aller prendre l'air dans un poste plus tranquille. Il refuse. Alors, on crée un deuxième poste de juge d'instruction chargé des affaires financières à Toulouse, pour gérer les affaires sensibles. Laurent Nion, lui, devient plutôt préposé aux vols de cagettes de tomates. Il reste ? Deux ans après la première, il est l'objet d'une seconde inspection. Seul Jean-Pierre Murciano a eu droit à un traitement équivalent !

Laurent Nion finit par céder. Il devient juge aux affaires familiales. « Il est entré dans la magistrature en 1992. Il a déjà pris trois ans de retard sur une carrière normale », note un de ses camarades de promotion. Dommage qu'il n'existe pas à l'ENM – l'École nationale de la magistrature – de cours pour expliquer comment faire son métier correctement tout en bénéficiant d'une carrière normale !

Car la Chancellerie, sous tous les régimes, préfère des magistrats qui ne voient rien, n'entendent rien, et surtout ne disent rien. C'est en quelque sorte la morale de l'histoire.

Et les autres ? Pour eux plus de carrière, plus d'avancement, la confiance du ministère a disparu et il en reste des traces dans leurs dossiers administratifs. Ces incontrôlables doivent être neutralisés au plus vite. Il fut un temps où les truands assassinaient les juges trop fouineurs. L'époque a doublement changé. Aujourd'hui, c'est l'État qui s'en charge. Mais la bonne nouvelle c'est que ce n'est plus la peine de faire couler le sang. Si l'on ne supprime plus physiquement les juges, c'est parce que ce n'est plus nécessaire. Mario Vaudano, l'un des magistrats qui a participé, à Turin, à l'opération « Mains propres », résume bien la situation, qui s'applique aussi bien à la France qu'à l'Italie dans la phase actuelle : « La mafia aujourd'hui ne cherche plus à assassiner un juge embarrassant : elle préfère le discréditer. »

Chapitre 4

« Couper les ailes » du rival

La vendetta ne se déroule pas toujours dans les murs de l'État mais, parfois, à ses frontières. Elle se révèle alors un luxe coûteux, ce qui ne la met pas à portée de tous. Parce qu'ils ont des egos souvent surdimensionnés, que leur pouvoir et leur visibilité n'ont cessé de croître depuis vingt ans, qu'ils peuvent déployer des moyens financiers hors de portée du commun des mortels, les grands patrons sont donc devenus, eux aussi, des spécialistes de la lutte des clans.

Longue, tenace et sans pitié, cette forme de guerre emploie avec faste toutes les armes classiques : psychiatrisation, dénonciation fiscale, élimination professionnelle. Elle sait aussi convoquer les médias pour organiser le discrédit public du rival honni. Les caïds des conseils d'administration sont plus fantasques que ne le laissent penser leurs fastidieuses interviews où il est question de responsabilité sociale et d'entreprise citoyenne. Ils emploient des détectives privés, font appel aux services secrets, s'espionnent et s'intoxiquent, se rabibochent faussement tout en se soupçonnant mutuellement, parfois, d'aller jusqu'aux menaces de mort. Ils n'ont pas réussi par hasard : nos grands patrons ont l'instinct de conservation surdéveloppé, le goût du complot et surtout, surtout, la mémoire longue.

Rares sont ceux qui s'essaient à mettre en cause la santé mentale de leurs adversaires, mais cela arrive parfois. Martin et Jean-Marie par exemple ne s'aimaient pas. L'héritier et le grand commis, l'autodidacte et le surdoué, le père tranquille et le flamboyant : tout semblait les opposer, sans même parler de la concurrence frontale entre leurs deux filiales de téléphonie mobile, Bouygues Telecom et SFR, ou leurs deux chaînes de télévision, TF1 et Canal+. Fin 2001, furieux que Martin Bouygues ait eu le beau rôle dans un article du *Nouvel Observateur* sur les licences UMTS, Jean-Marie Messier calme sa rage en lui envoyant un fax manuscrit où il s'attribue le seul rôle qui lui convienne : le premier. C'est chez lui presque une habitude. Tous ceux qui ont voulu lui résister, ou exister à côté de lui, ont reçu un jour un fax manuscrit et rageur... Martin Bouygues, bien élevé, tient pour sa part à accuser réception. En deux phrases : « Votre lettre me confirme dans mon opinion. Vous devriez consulter un psychiatre. » Assez curieusement, cette réponse parvient aux oreilles des journalistes, notamment de Martine Orange qui, dans les colonnes du *Monde,* se fait un plaisir de raconter par le menu cet échange de correspondances [1].

Entre François Pinault et Bernard Arnault, les deux icônes du capitalisme à la française, on ne sait plus dater avec précision les origines de la détestation. Impossible, toutefois, de ne pas remarquer, au fil des ans, une surenchère qui rappelle l'ambiance des cours de récréation. Pinault annonce qu'il va financer un musée sur l'ancien site de Renault, à Boulogne ? Arnault, lui, fera de même dans les bâtiments de la Samaritaine, au centre de Paris.

---

1. *Le Monde,* 21 novembre 2001.

Pinault rachète la maison de vente aux enchères Christie's ? Trois ans plus tard, Arnault se paie Phillips, une de ses principales concurrentes. Pinault sponsorise à Beaubourg une exposition consacrée à Picasso ? Arnault finance l'événement Matisse-Picasso au Grand Palais. Arnault veut racheter Gucci, la célèbre marque de luxe italienne ? Pinault mise plus gros et l'emporte. De rivalités narcissiques en mauvais coups sur le terrain des affaires, aucun des deux n'a encore trouvé le moyen de faire interner l'autre, mais le cœur y est.

En revanche les deux patrons ont déjà réussi à se porter de rudes coups dans un autre domaine. Car dans les entourages respectifs, on en est depuis longtemps à suspecter le camp adverse de faire pleuvoir les représailles fiscales. En 2001, Pinault a quelques soucis concernant son holding. Un dossier anonyme expédié à des syndicalistes du groupe semble démontrer que FPI (Forest Products International), qui détient le quart de ce holding, serait aussi la propriété de François Pinault et de sa famille, ce que ce dernier dément avec la dernière vigueur. Cette belle histoire se retrouve dans les colonnes de *The Economist* et du *Parisien*. Et une copie du dossier est adressée par des mains anonymes à la Direction générale des Impôts (DGI). Aussitôt, tous les regards convergent vers le groupe bâti par Bernard Arnault, LVMH. Lequel reçoit, quelques semaines plus tard, la visite de vérificateurs venus des Impôts. Quand le contrôle tourne mal, que le redressement se profile pour provisions audacieuses, les proches d'Arnault le font comprendre à demi-mot à certains journalistes : c'est évidemment un coup du clan Pinault ! Preuve que les grands patrons nourrissent peu d'illusion sur l'impartialité de l'État, et la manière dont il exerce ses missions régaliennes.

Être patron, c'est donc aussi un métier à haut risque. Moins que gendarme, juge ou flic, bien sûr. Et avec, à la clé, stock options et parachutes en or. Mais tout de même. Jean-Marie Messier a « tué », au cours de sa carrière, plusieurs baronnets qu'il avait trouvés dans les filiales de Vivendi et qui ne le servaient pas assez bien à son goût. Ceux qui se trouvaient bannis devenaient des intouchables. Pas question d'entretenir une quelconque relation avec eux. Le patron d'une filiale a ainsi été convoqué un jour au siège de Vivendi pour avoir été vu en train de prendre un verre avec Pierre Dauzier, l'ancien P-DG d'Havas. C'est un ami de vingt ans ? Qu'il a rencontré par hasard dans la rue ? L'imprudent sauve sa tête mais on le prévient : Jean-Marie veut bien passer l'éponge pour cette fois, mais que cela ne se reproduise plus.

Ces mœurs dignes du Moyen Âge ont fini par rattraper le président de Vivendi Universal. Sa mise à mort professionnelle, à l'été 2002, ressemblait à la disgrâce d'un chef de clan : personne n'était assez courageux pour l'affronter directement, mais presque tous ses anciens amis, banquiers ou membres de son conseil d'administration lui ont fait savoir par personne interposée qu'il ferait mieux d'accepter la sentence sans faire de scandale...

André Rousselet attendait ce dénouement depuis près de dix ans. Lui qui avait créé Canal+, une chaîne à laquelle personne ne croyait, n'a jamais digéré de s'être fait débarquer par Edouard Balladur et ses sbires. En guise d'adieu, il avait signé dans *Le Monde*, au moment de son éviction, un article au titre provocateur et inspiré du meurtre énigmatique de Ghislaine Marchal : « Edouard m'a tuer ». Depuis, il attendait. Quand, en 2000, l'ancien protégé de son exécuteur de Matignon, Jean-Marie Messier, a mis la main sur le petit trésor qu'il avait bâti, sur ce Canal+ dont il était si fier, pour l'aspirer, le banaliser, il hurle à la « trahison des abonnés » et prend date. C'est son poulain et successeur, Pierre Lescure, qui est commis d'office pour lui donner une réplique cinglante, sur le thème « Canal+ a beaucoup changé ». Traduire : papy n'est plus dans la course et il ne sait pas de quoi il parle. André Rousselet encaisse. Il n'a pas à attendre très longtemps. En avril 2002, à l'issue d'un psychodrame grotesque, Pierre Lescure est remercié par Messier qui veut sauver sa position devenue délicate. Ce sacrifice humain ne suffira pas. Moins de trois mois plus tard, c'est Messier qui saute. Papy est content.

Les mésaventures de Jean-Marie Messier, malgré leur outrance et leurs extravagances, ne sont pourtant rien comparées à la plus extraordinaire opération de vendetta jamais imaginée dans le monde des affaires. Une machination où les armes classiques, telles la psychiatrisation ou les représailles fiscales, tiennent leur rôle mais où le ressort dramatique repose sur l'organisation du discrédit public d'une grande entreprise et de son patron. Le plan de bataille pour les abattre, les contre-offensives pour déjouer celui-ci font intervenir tous les rouages de la société française : les médias, mais aussi la justice et même les services secrets. Ternir l'image publique d'un grand patron ou d'une entreprise peut contribuer à les pénaliser, sinon à les tuer professionnellement. C'est sur ce constat simple que fut montée, dans les années quatre-vingt-dix, une opération d'une grande sophistication. Son nom de code ? « Couper les ailes de l'oiseau ».

Devant les juges, ces deux vedettes de l'industrie française n'ont eu de cesse de le répéter. Jean-Luc Lagardère, décédé début 2003, capitaine mythique de Matra et constructeur du groupe européen EADS, d'un côté, et Alain Gomez, qui présida pendant quatorze ans aux destinées de Thomson, n'avaient pas de contentieux, pas d'animosité personnelle, pas de vieille rancœur l'un envers l'autre. Oh ! bien sûr, Alain Gomez a laissé échapper, un jour, le terme de « gangsters » pour parler des dirigeants de Matra. Mais il s'est vite repris : il voulait dire « méthodes de gangsters » et ne pensait pas seulement à ce groupe, qui était son concurrent dans le domaine de l'armement. Et Jean-Luc Lagardère ? Il n'a pas tiqué lorsque Thomson a voulu racheter, en 1987, une société américaine spécialisée dans les missiles, ce qui revenait à concurrencer Matra sur son propre terrain ? Non, vraiment, Jean-Luc ne se méfiait pas d'Alain. Avec le recul, il tombe de haut en apprenant tout ce que lui aurait fait endurer cet inspecteur des Finances, voisin de conseil d'administration. On ne peut donc se fier à personne ?

Les chamailleries cachées entre les deux patrons ont tourné tellement mal qu'elles se règlent désormais devant la justice pénale, qui a mis Alain Gomez en examen. Au-delà de ces petites saynètes que les responsables présumés de la machination réservent aux magistrats pour montrer leur parfaite candeur, les deux groupes sont, de fait, en rivalité permanente depuis longtemps. Impossible de comprendre comment ils en sont arrivés aux pires extrémités sans connaître le contexte de ce métier pas comme les autres : le commerce des armes.

Au début des années quatre-vingt-dix, Thomson force l'accès au marché de Taïwan, très prometteur en matière d'armement mais jusqu'alors monopolisé par les Américains. Ce succès est le résultat d'une longue « chasse à l'éléphant », selon le jargon qu'utilisent Alain Gomez et ses collaborateurs. Autrement dit, un travail d'exploration méticuleux et difficile mais qui peut déboucher sur un très important contrat. Le premier « gros coup », c'est en 1991 la désormais célèbre affaire des frégates popularisée, notamment, par Christine Deviers-Joncour : seize bateaux vendus par Thomson pour 26,5 milliards de francs (4 milliards d'euros).

117

En 1992, un deuxième contrat porte sur des Mirage, ce qui intéresse Dassault, mais aussi Thomson et Matra pour la fourniture d'armements. Dans ce cadre, Matra vend 1 200 missiles Mica air-air pour un montant de 14 milliards de francs (un peu plus de 2 milliards d'euros). C'est le double du nombre prévu car Taïwan anticipe l'embargo qui va s'abattre sur lui pour complaire aux Chinois. Chez Thomson, certains trouvent peut-être que c'est trop. D'autant que le groupe est destiné à être privatisé, et souhaiterait échapper aux appétits de Matra.

1992 est l'année de tous les dangers pour Jean-Luc Lagardère. En avril, il liquide la Cinq et tire ainsi un trait sur ses ambitions dans la télévision hertzienne. Trois milliards de francs de pertes en un an, c'est plus que son groupe ne peut supporter. Cette faillite fragilise Matra au point que le P-DG de Havas, Pierre Dauzier, rachète secrètement des actions Hachette sur lequel il prépare un raid, finalement avorté. Après cette alerte, Lagardère décide de fusionner Matra et Hachette afin de constituer un groupe plus gros, donc moins facile à acquérir par un prédateur. La fusion a lieu en décembre 1992, un mois après la signature du contrat taïwanais. C'est elle qui va servir de support à la vendetta.

Dès 1993, le groupe Lagardère est l'objet de violentes attaques : les actionnaires minoritaires de Matra auraient été lésés au cours de la fusion, car la valeur de leurs actions aurait été volontairement sous-estimée. Le calcul retenu, qui considère qu'une action Matra vaut 2,6 actions Hachette, n'aurait pas tenu compte de la signature du magnifique contrat de missiles Mica passé avec Taïwan en novembre 1992. Une accusation à laquelle Lagardère rétorquera que le contrat n'étant pas réalisé, il ne pouvait apparaître en comptabilité, d'une part, et que d'autre part cette vente était couverte par le secret défense. Dans un premier temps, ces arguments ne sont pas entendus.

C'est un homme inconnu du grand public qui accuse, monte les plaintes contre Matra, recrute les actionnaires mécontents. William Lee, avocat américain d'origine chinoise, connaît bien Taïwan où il exerce son influence au profit, notamment, du groupe Thomson. Mais cela, les dirigeants de Matra l'apprendront bien tard. Car Lee, qui a aussi travaillé pour le département d'État américain et pour le cabinet de détectives internationaux Kroll, se présente comme le représentant d'un gestionnaire de fonds de pension américains, GPSC, et du plus gros de ces fonds, Calpers, qui gère les futures retraites des fonctionnaires de l'État de Californie. En leur nom, il saisit la Commission des opérations de Bourse (COB) de l'irrégularité supposée de la fusion Matra-Hachette.

Il cherche aussi de petits actionnaires individuels qui seraient prêts, tous frais payés, à intenter une action devant le tribunal de commerce de Paris. Pour cela, Lee passe des petites annonces dans des journaux économiques comme *The Wall Street Journal* ou *Les Échos*. Les premiers articles de presse sortent début 1993. Ils inquiètent Jean-Luc Lagardère et son entourage. Ce n'est que le début de l'opération « Couper les ailes de l'oiseau ». Elle dure de 1993 à 1997 et vise à déstabiliser, voire à détruire le groupe Matra-Hachette par la seule force de la rumeur perfide.

Pour William Lee, hélas, tout ne fonctionne pas exactement comme prévu. Le 28 mai 1993, la COB le déboute de son action et considère que la fusion Matra-Hachette est régulière. Le conformisme de cet organisme est certes si grand que les brevets de vertu qu'il délivre ne pèsent pas bien lourd. Mais cette décision suffit pour que Calpers, source de la crédibilité de William Lee, se retire du jeu. L'offensive des quelques actionnaires recrutés par petites annonces ne rencontre pas plus de succès devant le tribunal de commerce, qui rejette leur action le 13 juin 1994. William Lee va néanmoins poursuivre sa proie pendant des années avec une rare obstination.

Près de cinq ans plus tard, en juillet 1997, Jean-Luc Lagardère dépose une plainte avec constitution de partie civile pour tentative d'extorsion de fonds. Celle-ci sera étendue à des faits d'abus de biens sociaux et recel, faux et usage de faux. L'information judiciaire, toujours en cours, aboutit aux mises en examen successives de Jean-Pierre Malen, le principal représentant des petits actionnaires recrutés par Lee, de William Lee lui-même, de plusieurs avocats qui ont conseillé, ouvertement ou en sous-main, les minoritaires, mais aussi d'Alain Gomez, de son ex-numéro deux Pierre Cabanes, et de l'ancien directeur juridique de Thomson Olivier Lambert. Toutes ces personnes sont, bien entendu, présumées innocentes. Le groupe Matra, lui, est devenu la cheville ouvrière du groupe européen EADS après avoir absorbé, en 1999, l'Aérospatiale.

Ce retournement de situation, qui voit l'ancien accusé, dans une santé financière éblouissante, prendre le rôle de la victime précipite médias, justice et services secrets dans une guerre dont ils ont bien du mal à comprendre tous les ressorts.

Car les investigations menées par la gendarmerie dans le cadre de l'information ouverte pour extorsion de fonds aboutissent à des conclusions ahurissantes. Au cœur d'une guerre économique franco-française (Thomson/Matra) pour la prédominance dans le domaine de l'équipement de défense militaire, des plaintes en rafale contre le groupe Lagardère ainsi que des campagnes de presse en France, aux États-Unis et à Taïwan, orchestrées par William Lee, se sont étalées de 1992 à 1997. « Le véritable but à atteindre, notent les enquêteurs, était la déstabilisation voire l'annihilation commerciale du groupe Lagardère. Pour ce faire, l'intéressé a élaboré une stratégie de combat dont le détail est donné dans le projet au libellé de "Projet l'oiseau" et "Couper les ailes de l'oiseau". Au sein de cette nébuleuse, un système de sociétés écrans semble avoir été créé pour dissimuler les relations commerciales et financières entre Thomson et Lee William (...) ».

On croit rêver mais il s'agit pourtant d'une réalité française contemporaine. Un grand groupe alors nationalisé, Thomson, a payé, via des sociétés écrans montées pour la circonstance, un avocat international afin de déstabiliser son principal concurrent. L'opération, étalée sur cinq ans, porte ce nom évocateur de « Couper les ailes de l'oiseau », traduction d'un idéogramme chinois retrouvé en page de garde d'un dossier de William Lee. Celui-ci assurera que cette mise en scène avec nom de code romanesque et idéogramme ne vient pas de lui, qu'une partie de ses dossiers a été subtilisée par une avocate au profit de Matra, qui y aurait rajouté des pièces afin de le confondre, puis que les dossiers auraient été remis dans ses archives...

On se retrouve alors dans un mauvais James Bond. William Lee prend le pseudonyme de Laurent quand il traite du dossier et rebaptise un de ses correspondants chez Thomson, le responsable des affaires juridiques Olivier Lambert, qui devient « Poirier ». Alain Gomez, quant à lui, est « M. G. ».

Selon les éléments de l'enquête judiciaire en cours, une véritable petite ruche est payée par Thomson, via des sociétés écrans, pour décortiquer et critiquer l'évaluation de la parité des actions Matra et Hachette lors de la fusion de 1992, mettre en lumière les faiblesses juridiques de cette fusion et rédiger « clé en main » les plaintes des petits actionnaires.

Début 1994, après l'échec de la tentative auprès du

tribunal de commerce, la stratégie anti-Matra change un peu. William Lee propose alors une transaction en forme de piège : l'armistice moyennant le versement par Matra de 144 731 176 francs (22 millions d'euros), destinés selon lui à dédommager les petits actionnaires et à payer les frais engagés dans les diverses actions judiciaires. Sinon ? Sinon les hostilités iront crescendo. William Lee « conseillera » aux petits actionnaires recrutés par voie de presse – ils sont moins d'une dizaine – de porter plainte au pénal contre Matra, ce qui porterait un coup sérieux à la réputation de l'entreprise. Il se chargera aussi de dénoncer certaines pratiques du groupe Lagardère, en alertant les autorités en France et à Taïwan, sans compter l'accompagnement par une campagne de presse adéquate.

Pour donner un petit avant-goût de cette capacité de nuisance médiatique, le service de communication de Matra reçoit au printemps 1994 un questionnaire très agressif d'un journaliste de Taïwan, qui publiera un article défavorable à Matra quelques semaines plus tard. Les questions font l'amalgame entre trois sujets sans rapports entre eux, et qui n'impliquent pas tous Matra. D'abord, l'affaire de la vente de frégates par la France à Taïwan dans laquelle Matra n'avait joué aucun rôle. Mais il se trouve qu'un officier de marine taïwanais enquêtant à ce sujet est mort dans des conditions mystérieuses, avec lesquelles Matra n'a à priori rien à voir mais qui ont suscité beaucoup d'émotions. Ensuite, la contestation de la parité de fusion Matra-Hachette en France. Et enfin, la fiabilité de Matra comme fournisseur de missiles d'avion à Taïwan dans le cadre d'un contrat de 1992. L'article qui paraît insinue que Matra, une société dont l'existence est menacée, est impliquée dans des affaires douteuses et livre des produits trop chers ou inadéquats. Cela s'appelle, en bon français, une campagne de dénigrement.

Le 22 juin 1994, William Lee choisit l'avocat pénaliste Thierry Lévy pour faire parvenir un mémo de « proposition de règlement » à l'un des avocats de Matra, Me Paul Lombard. Faute d'un accord d'ici le 15 septembre 1994, toutes ces menaces seraient mises à exécution. Lagardère refuse cette transaction, dans un contexte qu'il exposera plus tard à la justice, comme partie civile : « La menace n'était pas seulement psychologique, elle était bien réelle et cette affaire aurait pu réellement nous mettre à terre définitivement. Le groupe repose sur ma propre personne en grande partie, ne serait-ce que par la forme de commandite[1]. Si nous perdions sur le procès du problème de la parité de fusion ou si même nous acceptions de transiger pour acheter la paix, toute la place, tous les actionnaires sauraient que nous reconnaissions avoir triché et là, nous n'avions plus aucun avenir. »

En tout cas, les menaces sont mises à exécution en temps et en heure : le 16 septembre 1994, une lettre signée Jean-Pierre Malen, un des petits actionnaires recrutés par Lee, est envoyée au président de Taïwan, avec copie à François Léotard, alors ministre de la Défense. Une lettre terrible qui dénonce des pratiques supposées de corruption en faveur des partis politiques français, et la surfacturation des matériels livrés par Matra qui en résulterait.

Un double de cette lettre parvient évidemment à l'état-major de Matra, qui est horrifié : non seulement cette mauvaise farce risque de leur faire perdre des marchés à Taïwan, mais elle met en cause l'honorabilité de

---

1. Dans une société en commandite, le commandité, qui dirige l'entreprise, est responsable devant les commanditaires (les actionnaires) mais aussi les tiers. C'est une forme juridique qui personnalise beaucoup le pouvoir.

la maison, une lettre de crédit irremplaçable dans ce petit monde.

L'entourage de Jean-Luc Lagardère veut d'abord savoir qui est ce Jean-Pierre Malen, et qui se cache derrière lui. C'est Pierre Leroy, le secrétaire général du groupe, qui se charge de lui téléphoner le 28 septembre :

Jean-Pierre Malen : – Allô ?

Pierre Leroy : – Monsieur Jean-Pierre Malen ?

— Oui, c'est lui-même...

— Bonjour monsieur. Je suis Pierre Leroy, secrétaire général du groupe Lagardère-Matra-Hachette.

— Oui...

— Est-ce que vous avez quelques minutes à m'accorder ?

— Oui, bien sûr !

— Bon, je me présente d'abord un peu (...). Je connais votre nom, bien sûr, puisque vous faites partie des huit actionnaires qui nous ont assignés en justice pour faire annuler la fusion Matra-Hachette de fin 1992...

— Oui et... et... dont on a... dont... enfin... jugement dont on a été déboutés...

— Dont vous avez été déboutés, et dont vous avez fait appel il y a quelques semaines, je crois.

— Oui.

— Il se trouve que, comme la presse s'en est fait l'écho il y a quelques jours, nous avons été l'objet d'une tentative de chantage qui a cherché à monnayer l'arrêt de la procédure en cours ou d'éventuelles procédures à venir...

— Hum, hum...

— ... dont on nous a plus ou moins menacés.

— Oui...

— Il se trouve qu'en même temps nous avions

124

connaissance de l'existence d'un projet de lettre, qui était en préparation aux États-Unis, dans le but de nous porter atteinte d'une manière grave au regard de notre client taïwanais, et du contrat de missiles...

— Oui...

— Et puis enfin, nous venons d'avoir connaissance de la lettre elle-même (...) dont nous avons appris qu'elle avait été adressée à tout un ensemble d'autorités taïwanaises ainsi qu'au ministre français de la Défense...

— Hum, hum...

— Et à notre grande surprise... cette lettre est signée par vous !

— Oui, oui.

— C'est une lettre de cinq pages en anglais. Que vous connaissez ?

— Oui, oui, oui, parfaitement.

— Cette lettre évidemment nous étonne – le mot est faible —, elle nous stupéfie.

— Hé, hé.

— Elle nous stupéfie par son contenu qui est très grave...

— Hé, hé.

— ... qui comporte des choses inadmissibles pour nous...

— Hum,...

— ... accusations de corruption, appel aux dirigeants chinois pour aider à poursuivre pénalement M. Lagardère, etc.

— Ah...

— ... et elle nous stupéfie aussi parce que cette lettre, qui émane d'un actionnaire, vise à causer un préjudice très important à l'ensemble des 150 000 actionnaires du groupe...

— Hum, hum...

— Il nous surprend énormément qu'elle puisse venir de vous, à tel point que nous ne le croyons pas...

— Oui. Hum, hum...

— Alors ma démarche auprès de vous maintenant, c'est de penser que vous n'avez pas toute l'information, ni l'éclairage...

— Ah non, ça, voilà !

— ... qui conviendrait autour de cela pour que vous puissiez réagir.

— Voilà, voilà, voilà... (...).

L'entretien se poursuit ainsi plusieurs minutes : Leroy veut rencontrer Malen qui élude maladroitement. Pas besoin d'avoir fait de longues études de psychologie pour comprendre que l'auteur de la lettre dévastatrice ne l'a pas écrite tout seul... Évidemment, derrière Malen, il y a Lee. Mais derrière Lee ? C'est ce que Lagardère veut découvrir. Mais pour cela, il faut gagner du temps, et tenter de calmer l'avocat sino-américain qui commence à faire beaucoup de casse. Celui-ci assure encore aujourd'hui qu'il a agi de son propre chef dans ses actions contre Lagardère, et non en association avec Thomson.

Lors d'une réunion des industriels de l'aéronautique et de l'armement, puis de la remise de la Légion d'honneur à Noël Forgeard, le patron d'Airbus, par Jacques Chirac, Alain Gomez entreprend plusieurs proches de Lagardère : un de ses consultants, William Lee, aurait engagé des hostilités regrettables contre Matra ; s'il peut être d'une aide quelconque pour tout arranger, il en serait ravi.

Jean-Louis Gergorin, aujourd'hui vice-président d'EADS, alors directeur de la stratégie de Matra, conseiller d'État et fin diplomate, prend rendez-vous avec Alain Gomez, qui dit employer William Lee pour promouvoir l'image de Thomson à Taïwan. Il lui fait porter la fameuse lettre du 16 septembre. Alain Gomez assure son interlocuteur qu'il tentera de ramener Lee à la raison, mais il lui dit aussi : « Vous devriez faire attention, je ne crois pas qu'il travaille pour la CIA (...). C'est un maître chanteur à mon avis ; si j'étais vous, je le paierais... » Voilà comment on peut reconstituer la scène selon les dépositions de ses deux protagonistes devant la justice.

Chez Matra, l'ambiance est à la gestion de crise. On tente de susciter des articles de presse qui présentent le groupe comme une victime. Mais des intermédiaires, que l'on voit aussi apparaître dans l'affaire Elf, apportent à certains journalistes le dossier qui accablerait Matra, en relançant les actions initiales venues des fonds de pension américains. Chez Matra, on est bien renseigné : le lendemain d'une interview téléphonique avec un avocat américain allié de Lee, un journaliste apprend que le directeur de la communication de Matra a appelé sa rédaction en chef pour protester...

Les responsables de la communication du groupe ont donc l'oreille très fine pour connaître ainsi en temps réel une conversation entre un journaliste et un membre du clan ennemi ! À cette époque, le groupe Lagardère vient de nouer, il est vrai, des relations d'un style assez particulier avec la DST (Direction de la sécurité du Territoire, chargée du contre-espionnage). Comme le rapportent plusieurs notes internes de la DST longtemps classées « confidentiel défense » et déclassifiées en mai 2003 à la demande de la justice, deux jours après avoir rencontré Alain Gomez, Jean-Louis Gergorin est dans le bureau de Raymond Nart. C'est ce sous-directeur de la DST qui a pris l'initiative de contacter le directeur de la stratégie de Matra. La veille, un « informateur » l'a prévenu qu'une opération de déstabilisation allait s'engager contre Jean-Luc Lagardère et son groupe. Il peut avoir d'excellentes informations sur William Lee mais moyennant un investissement assez lourd...

L'arrangement qui est trouvé montre à quel point l'État, en France, même dans ses missions les plus régaliennes, et celles de la DST en font partie, comment l'État, donc, a abdiqué toute dignité. Car c'est Matra qui va subventionner le service public pour cette opération : « Notre agent et ses interlocuteurs sont convenus de la première mise de fonds à engager pour l'opération dite d'accès en temps réel soit 300 000 F, précise une note datée du 14 octobre 1994 et adressée au directeur de la DST en personne. Cette somme a été remise le jour même à 13 h 30 en liquide, M. Gergorin souhaitant qu'aucune trace de contrat n'apparaisse. »

L'agent de la DST coûte cher mais c'est un rapide. Deux jours plus tard, il ramène ses premières informations sur la stratégie de William Lee et les plaintes qu'il compte déposer. Rien n'est laissé au hasard : les déplacements de l'avocat, les hôtels où il descend à Londres, les personnes avec lesquelles il déjeune... Mais, se désole la note en conclusion, les responsables de Matra sont un peu déçus et « attendent du sensationnel ».

Du sensationnel, ils vont en avoir, mais un peu plus tard. L'année 1995 est en effet chargée. Tout va toujours pour le mieux, en apparence, entre Alain Gomez et Jean-Luc Lagardère. Les deux hommes se rencontrent fortuitement, en janvier, alors qu'ils skient à Courchevel. Ils dînent même ensemble, en présence de tiers. Gomez tente de parler de l'affaire, mais Jean-Luc Lagardère coupe court : il n'est pas là pour parler affaires. Puis, menacé de mort, Lee doit fuir la France précipitamment. Mais la « trêve » continue. Des réunions ont lieu à Londres, en présence d'une avocate amie des deux parties. Jean-Louis Gergorin, l'envoyé spécial permanent de Lagardère pour les missions à haut risque, assurera qu'il n'a jamais eu l'intention de transiger mais qu'il voulait gagner du temps et calmer Lee. En avril, en marge d'une réunion londonienne, William Lee en dit un peu plus sur ses « clients cachés ». Il cite Olivier Lambert, le directeur juridique de Thomson qui a monté un cabinet d'avocats dont le client quasi exclusif est son ancien employeur.

Au même moment, la DST, sponsorisée par Matra, désigne elle aussi Olivier Lambert[1] comme un rouage essentiel de cette opération très secrète qu'est « Couper les ailes de l'oiseau ». Une note interne du 23 juin 1995 adressée au directeur du contre-espionnage décrit le système de factures à fausses imputations qui a permis à Thomson de payer Lee et Lambert via des comptes suisses. Elle souligne aussi combien le choix de William Lee comme agitateur a permis au groupe d'armement public d'égarer les soupçons : « Les mandataires d'Olivier Lambert ont cherché avant tout à brouiller les cartes. S'agissant d'une agression contre un industriel français, spécialisé entre autres choses dans le domaine de l'armement, ils ne pouvaient ignorer que les services de renseignement français seraient saisis pour enquête. En portant leur choix sur un juriste sino-américain (...), ils désignaient à la sagacité des services français deux adversaires potentiels, les États-Unis et leur complexe militaro-industriel mais aussi la Chine, particulièrement agacée par les contrats assurant à Taïwan la maîtrise aérienne en cas de conflit. » Avec cette affaire, « les services français allaient être confrontés à une vaste manipulation orchestrée autour d'une vaste machination », ajoute le rédacteur de cette note avec une certaine emphase.

Mais pendant les révélations, les négociations continuent. Secrètement. Jean-Louis Gergorin voit William Lee à l'insu de son patron, qui lui aurait dit en évoquant cette tentative de chantage : « On ne discute pas avec

---

1. Contacté par fax le 28 août 2003 par l'intermédiaire de son avocat, Olivier Lambert n'a pas souhaité répondre aux questions de l'auteur.

ces gens-là ». Il veut néanmoins comprendre et confondre les conjurés, comme il le revendiquera tout au long de l'enquête. Tout se bouscule en décembre 1995.

Le 13, à l'issue d'un conseil d'administration du Crédit lyonnais, dont ils sont tous deux administrateurs, Alain Gomez et Jean-Luc Lagardère font une promenade à pied dans Paris, des grands boulevards à l'Étoile. Voilà comment le second résumait, en février 2003, peu de temps avant sa mort, son état d'esprit de l'époque : « Le 13 décembre nous avons eu une longue marche avec M. Gomez dans les rues de Paris, où ce dernier me dit que Lee est très dangereux pour tout le monde et qu'il faudrait faire tout ce que l'on peut pour le calmer. Je lui ai dit que nous ne lui donnerions évidemment pas d'argent, mais l'ego peut se calmer avec de la considération et j'ai dit en effet à M. Gergorin qu'il pouvait voir M. Lee mais que j'avais peu d'espoir (...). Je peux dire que je n'ai jamais imaginé une guerre contre M. Gomez et je le crois quand il me dit au mois de décembre qu'il a vu dans les journaux le problème de Matra concernant les parités. Ce qui m'a personnellement touché, c'est qu'il avait apparemment lui-même organisé la chasse au Matra. »

Quelques jours plus tard, le 21 décembre, une entrevue de la dernière chance réunit Lee et Gergorin, qui gardent un souvenir différent de cette rencontre. Le premier assure que le second lui aurait offert 10 millions de dollars pour livrer Alain Gomez à la justice française. Une allégation que Jean-Louis Gergorin a toujours réfutée devant les juges, assurant au contraire que Lee se montrait de plus en plus pressant. En tout cas, le 29 décembre 1995, une nouvelle plainte est déposée par les petits actionnaires téléguidés par William Lee. Elle vise Lagardère, pour escroquerie, usage abusif de pouvoir et de voix...

Ce n'est que des mois plus tard que Lagardère porte plainte à son tour, pour extorsion de fonds. L'information qui est ouverte tend à démontrer, au fil de l'enquête, une très forte implication personnelle d'Alain Gomez dans cette vendetta industrielle. Parce que les appétits supposés de Matra lors de la privatisation de Thomson, qui s'annonçait, le contrariaient fortement ? Alain Gomez nie toute implication, et explique au contraire qu'il est la victime d'une manipulation : « La vérité est que Matra a retourné cette fausse tentative de déstabilisation contre eux en véritable entreprise de déstabilisation contre Lee et moi-même. »

L'élément qui accuse cruellement Alain Gomez prête à sourire, car il nous fait passer de l'univers des comités stratégiques peuplés d'austères hauts fonctionnaires à celui d'un James Bond au rabais. La secrétaire de William Lee confirme aux juges d'instruction, en octobre 2002, qu'elle a été amenée à rencontrer le patron de Thomson dans des circonstances, disons, furtives : « Lee m'avait dit de me rendre à la réception de l'hôtel Nikko à Paris habillée en noir avec à la main le *Financial Times* de couleur rose pour chercher quelque chose que quelqu'un me remettrait. J'ai compris qu'il s'agissait d'une somme d'argent mais j'ignorais qui j'allais rencontrer ; à ma grande surprise il s'agissait d'Alain Gomez lui-même (...). Il m'a donné rendez-vous immédiatement à l'entrée du RER en face du musée d'Orsay. J'y suis allée, je l'y ai vu, il avait un sac noir. Il m'a dit d'attendre quelques instants puis de descendre l'escalator. Lui-même est descendu devant moi et il a pris l'escalator, pendant que j'étais sur celui qui descendait il m'a lancé le sac. Gomez est parti aussitôt. Le sac contenait de l'argent : 1 500 000 francs, en liasses de 10 000 je crois. »

On imagine la scène : l'inspecteur des Finances, sur l'escalier roulant, lance un sac rempli de billets à sa mystérieuse correspondante avant de s'évanouir dans les brumes de la Seine ! C'est hallucinant et pourtant, Alain Gomez lui-même confirme cette petite scène. Évidemment, il a son explication : il a donné cet argent à William Lee à titre amical, parce que son ancien consultant n'était plus que l'ombre de lui-même ; il a pris toutes ces précautions pour échapper à un piège éventuel ; il ne peut pas dire d'où vient l'argent car ce serait compromettre un tiers. Les juges lui demandent tout de même si ces liasses de billets ne seraient pas le prix du silence qu'exige William Lee. « Silence sur quoi ? répond Alain Gomez aux juges. Je n'ai rien à me reprocher. » On imagine l'ambiance, le 5 février 2003, lors de la confrontation entre les deux patrons, l'un partie civile, l'autre mis en examen. À la sortie du cabinet du juge, Jean-Luc Lagardère, qui a gardé son calme jusqu'alors, empoigne Alain Gomez sur le thème : « Pourquoi m'as-tu fait ça ? »

Cette incroyable vendetta est allée très loin. Elle a même entraîné des menaces de mort et des violences physiques, comme l'évoque la note de la DST de juin 1995 : « Michael Stevens, homme d'affaires britannique associé jusqu'au mois d'août 1994 avec William Lee, a fait l'objet de menaces de mort alors qu'il s'apprêtait à faire des révélations à un représentant du service en février dernier (...). L'épouse de Michael Stevens a fait l'objet, au mois d'avril 1995, de violences physiques de la part d'un individu qu'elle avait eu la mauvaise idée d'inviter chez elle. Son agresseur lui réclamait les dossiers de M. Stevens sur l'affaire Lagardère Groupe. Ce dernier a déconseillé à son ex-femme de déposer plainte en craignant pour sa vie et pour la sienne (...). Mark Hubbard, homme d'affaires britannique, en relation avec Olivier Lambert, a fait lui aussi l'objet de menaces sur son intégrité physique s'il se montrait trop bavard avec les autorités françaises (...). William Lee s'est envolé précipitamment de France le 11 avril 1995

étant informé qu'un contrat avait été passé visant à le supprimer. L'avocat tenait cette information de l'ambassade
américaine à Paris. »

Et que dire de l'épidémie d'accidents domestiques qui
a frappé certains proches de ce dossier ? Thierry Imbot,
ancien de la DGSE et fils d'un ex-patron des services
secrets, s'était reconverti dans les dossiers sensibles liés
à l'Asie et était intervenu dans les relations entre Thomson et Taïwan. Il est tombé de la fenêtre de son appartement parisien en fermant ses persiennes le 10 octobre
2000. Quelques mois plus tard, un cadre de Thomson
chargé des relations avec Taïwan tombe à son tour de la
fenêtre de son appartement. On manque d'équilibre
dans ce secteur d'activité...

Ces morts pour le moins atypiques (combien de personnes, en France, tombent chaque année accidentelle-
ment de leur fenêtre et en meurent ?) ont de quoi
rendre un peu suspicieux les héros de cette tragédie
managériale. Au point que certains, dans l'entourage de
Jean-Luc Lagardère, s'interrogent sérieusement sur les
causes réelles de son décès : infection nosocomiale
contractée lors d'une opération de la hanche ? Virus
contracté lors d'un séjour au Maroc ? Ou assassinat à la
John Le Carré ? Le parquet de Paris a ouvert, à la
demande de la famille, une enquête pour rechercher les
causes de la mort.

Le recours à des solutions aussi extrêmes n'a pas
empêché d'employer aussi, à l'occasion, les armes classiques de la vendetta. La psychiatrisation, d'abord, lors
d'une tentative qui n'avait pas échappé à la DST : « Jean-
Louis Gergorin, écrivait le service en 1995, est la cible
depuis quelques semaines d'une campagne d'intoxication visant à le faire passer *pour un fou*[1] auprès des

---

1. Souligné dans le texte initial de la note.

milieux industriels mais aussi du président de Lagardère Groupe. Cette campagne serait orchestrée par Pierre Lethier[1] et relayée par Thierry Imbot. »

William Lee de son côté n'a cessé de hurler au harcèlement fiscal : fin 1996, le contrôle qui s'abat sur le cabinet d'Olivier Lambert et qui vise à mettre en lumière le système de factures douteuses n'a pas été déclenché par hasard, plaide l'avocat américain, mais parce que Matra a dénoncé Lambert au fisc. Il oublie que la DST aussi peut être à l'origine d'un tel contrôle, après ses découvertes de 1995.

Ce service a d'ailleurs beaucoup à raconter sur le thème des contrôles fiscaux étonnants. Selon le rédacteur d'une note interne, « Michael Stevens aurait fait l'objet d'un redressement fiscal échappant à toutes les règles en vigueur en France puisque n'ayant jamais pu s'expliquer avec les services fiscaux ». Mais le plus burlesque concerne l'agent de la DST lui-même, qui tombe sur le champ d'honneur fiscal en mai 1995. « Après vérifications auprès des services fiscaux, note la DST, la mesure adoptée à son égard apparaît comme exceptionnelle. Le montant du redressement était de 300 000 francs, devant être acquitté sous huit jours. Ses comptes bancaires et cartes de crédit ont été bloqués et ses avoirs mis sous séquestre jusqu'à l'acquittement de la dette présumée. »

Il n'y a donc pas que les juges, les gendarmes, certains psychiatres et les victimes de la vendetta à être sans illusions sur la façade d'honorabilité qu'aime à donner l'État français. À la DST aussi, on a sa petite idée sur la question.

---

1. Pierre Lethier est cet ex-agent secret dont le nom est apparu dans l'affaire Elf comme l'un des intermédiaires en vue.

Deuxième partie

ILS DONNENT L'EXEMPLE

Chapitre 5

L'Élysée les rend méchants...

Il existe en France un beau mécanisme démocratique qui rythme la vie politique : l'élection présidentielle. Les candidats qui s'y présentent ou qui en rêvent sont en principe animés des meilleures intentions : régler les problèmes des Français et réformer ce qui peut l'être, et en priorité cet État qu'ils savent, eux, affaibli et colonisé.

Pour accomplir cette mission aussi utile qu'urgente, encore faudrait-il qu'ils y consacrent le temps et l'énergie nécessaire. Mais, en pratique, ils ont d'autres priorités. Passions, gloire et petites querelles d'ego les occupent – presque – à plein temps. Même les deux figures considérées comme les plus modernes de la gauche n'ont pas échappé à cette malédiction. Il y a deux manières de présenter leur histoire. Intimiste ou politique. Dans *La Dame des 35 heures*[1], Philippe Alexandre et Béatrix de l'Aulnoit optent pour le roman rose, mais à la française. Tout est suggéré, rien n'est énoncé sur la vraie nature des relations qu'entretiennent les deux éternels surdoués de la gauche, Martine Aubry et Dominique Strauss-Kahn. « Entre Martine et Dominique, écrivent-ils, il ne s'agit pas d'une brouille politique par nature éphé-

---

1. Philippe Alexandre, Béatrix de l'Aulnoit, *La Dame des 35 heures*, Robert Laffont, 2002.

mère. C'est une haine à couper au couteau. Tenace, mystérieuse, comme celle d'un couple qui se déchire après s'être adoré. » Nous y voilà donc. Les deux principaux ministres de Lionel Jospin ont les mêmes relations qu'un « couple qui se déchire ». Au pays de la protection judiciaire absolue de la vie privée, difficile d'aller beaucoup plus loin dans la suggestion sans tomber sous le coup de la loi. Cette haine, poursuivent les auteurs, « date d'un voyage officiel au Japon en septembre 92 [...]. Complices, les deux jeunes ministres se sont envolés pour Tokyo, bras dessus, bras dessous, afin de tenter de rattraper les ravages causés par une phrase de l'entomologiste Édith Cresson sur la vie des employés japonais comparés à des fourmis. Martine et Dominique s'amusent comme des étudiants de cette mission hautement diplomatique ». La touchante description de ce voyage suggère de manière quasi subliminale une certaine proximité entre les deux ministres du gouvernement Cresson (il est à l'Industrie, elle au Travail). Le livre raconte par le menu les blagues dont Dominique truffe ses discours pour amuser Martine, ainsi que leurs embrassades rieuses à l'ambassade de France. « À leur retour, ils s'évitent du regard, ne se parlent plus. Au PS, cette brouille fulgurante donne lieu à des plaisanteries douteuses et à des explications scabreuses. Si Martine passe pour une séductrice et même une conquérante, Dominique a la réputation d'un Don Juan. » Les auteurs laissent au lecteur le soin d'imaginer les raisons inconnues de cette haine. Généreux, ils donnent tout de même quelques pistes : elle est une séductrice, lui un Don Juan. Pour la bonne compréhension, ils rappellent aussi qu'il a épousé en 1991 Anne Sinclair qui lui a apporté en dot la célébrité.

L'autre façon de parler de Martine et Dominique est plus institutionnelle. Six ans plus tard, en octobre 1998, *Le Monde* publie une longue enquête de Michel Noblecourt intitulée « DSK-Aubry, les ailiers querelleurs de Lionel Jospin ». « Le ministre de l'Économie et sa collègue de l'Emploi et de la Solidarité, indique le "chapeau", n'en finissent pas de se donner des coups de griffes. Leur affrontement prend l'allure d'une course anticipée pour Matignon si leur capitaine devenait président de la République[1]. » Le journaliste se place, apparemment, sur le seul terrain de la concurrence politique. Il cite Lionel Jospin, qui sermonne ses deux chouchous sur le thème « arrêtez vos querelles infantiles ». Mais, très vite, Michel Noblecourt avoue à contrecœur que l'explication politique ne suffit pas : « La chamaillerie des deux ailiers serait-elle alors personnelle ? ose-t-il demander. Tout se passe comme si la chamaillerie personnelle aiguisait la chicanerie traditionnelle entre Bercy et Grenelle. »

Une manière de suggérer, très prudemment, ce que tout le monde murmure au PS et ailleurs : Dominique et Martine ont été proches ; la vie les a éloignés, puis rapprochés à nouveau avant de les brouiller durablement. Au point que l'on évoque, en petit comité, sur un ton désolé, le grand ressentiment de Martine envers Dominique.

Quand *Le Monde* publie ce long article sur la haine Aubry-Strauss-Kahn, l'affaire de la Mnef vient tout juste de démarrer. Un mois plus tôt, le parquet de Paris a ouvert une information judiciaire sur la foi d'un rapport de la Cour des comptes qui lui a été transmis en août 1998. Dans cette grande famille de gauche si unie et si solidaire, on n'est une bande de chouettes copains que devant les caméras. Une fois la lumière rouge éteinte, on se regarde en chiens de faïence, surtout lorsqu'à ses moments perdus, on a la même ambition : l'Élysée. Un fantasme qui peut engendrer tous les dérapages. Comme il est impossible d'envoyer une camarade de

---

1. *Le Monde*, 27 octobre 1998.

parti en cure de repos, il faut bien utiliser des méthodes plus douces. La Cour des comptes a donc remis son rapport sur la Mnef à la justice. Comment le ministre des Finances va-t-il réagir ?

Certes, on peut imaginer qu'un tel événement ne le réjouit pas. Mais au-delà ? En fait, tout de suite, DSK attribue ses malheurs à un ami, un vrai militant du PS lui aussi. Il soupçonne Pierre Joxe, premier président de la Cour des comptes, ancien ministre de l'Intérieur et de la Défense de François Mitterrand, de vouloir se présenter à la mairie de Paris, comme lui. À aucun moment il n'envisage que la Cour ait simplement fait son travail et décidé de sortir ce serpent de mer – le scandale de la mutuelle étudiante – dont on parlait à mots couverts depuis des années. À l'époque, DSK n'a d'ailleurs pas tout à fait tort sur un point : les ambitions municipales de Joxe. Mais celui-ci n'est pour rien dans la mise en cause annoncée de son « ami » Dominique. C'est le jeune rapporteur de la Cour qui a un peu débordé sa feuille de route. Des collaborateurs du premier président ont même essayé in extremis de le calmer, mais c'était trop tard. Le ministre de l'Économie ne croit toutefois pas à la malchance. Un jour, il croise un proche collaborateur de Pierre Joxe qu'il connaît bien. Il l'oblige à jurer, main droite levée, qu'il n'y avait aucune arrière-pensée derrière ce rapport !

Au pays des vendettas privées à l'ombre de l'État, il faut de toute façon des coupables. Alors qui ? songe DSK. Si ce n'est Pierre, c'est donc Martine ! La voilà qui resurgit. Dans son article, rédigé en octobre 1998, Michel Noblecourt revient sur la « chamaillerie », un mot qu'il affectionne pour qualifier l'état permanent des relations au sein du couple de tête du gouvernement Jospin. Celle-ci, assure-t-il, a été « relancée en septembre par l'affaire de la Mnef, des proches de DSK ayant cru que Mme Aubry détenait un rapport de l'Inspection générale des affaires sociales (IGAS), mettant en cause leur ministre ».

Le rapport suspecté ne sera en fait remis à Martine Aubry qu'en février 1999. Mais l'entourage de DSK est convaincu que la ministre des Affaires sociales passe son temps à torpiller son action ministérielle et à l'affaiblir au sein du parti. Ils la voient même déjà préparer l'implication judiciaire de leur héros. Magnifique talent de divination !

Car Dominique Strauss-Kahn finit en effet par avoir des ennuis. Des ennuis liés à la Mnef. On l'accuse d'avoir antidaté des documents concernant son assistance, en tant qu'avocat, dans le rachat d'une filiale de la mutuelle par Vivendi. Voulant à tout prix prouver son innocence, il se défend mal et doit démissionner du gouvernement le 2 novembre 1999, avant d'être mis en examen pour « faux et usage de faux ».

La réalité est tout de même assez éloignée des fantasmes qui prospéraient dans l'entourage de DSK pendant cette période. Depuis son ministère des Affaires sociales, si cassante soit-elle, Martine n'avait pas le pouvoir de diriger la procédure vers Dominique. A-t-elle parlé de son cas avec la garde des Sceaux de l'époque, son amie Élisabeth Guigou qui devait lui succéder avec un succès très relatif ? Les témoignages sont contradictoires. Ce qui est sûr en revanche, c'est qu'à la Chancellerie, on se souvient que le cas Strauss-Kahn a été vite ficelé. Le procureur de Paris Jean-Pierre Dintilhac, que l'on a connu plus timoré du temps de l'affaire Urba, a réglé ce cas particulièrement sensible au cours d'une réunion qui rassemblait quelques hiérarques du parquet et des juges d'instruction dont les participants gardent un souvenir précis, parce qu'elle a duré à peine un quart d'heure et que Jean-Pierre Dintilhac s'y est montré spécialement ferme sur la poursuite des présumés délinquants en col blanc, ministres de surcroît.

141

Ils ont sûrement tort mais cet état d'esprit témoigne bien de ce qu'est le fonctionnement du premier cercle gouvernemental qui contrôle un État suspecté à la moindre initiative de partialité par ceux-là mêmes qui le dirigent.

Dominique Strauss-Kahn a finalement été blanchi par le tribunal en octobre 2001, après avoir vécu trois années éprouvantes. Durant sa plaidoirie, son avocat Mᵉ Jean Veil a dénoncé la campagne médiatique « assez dégueulasse » – c'est son expression – qui s'est déclenchée contre son client. Il n'a pas eu le bon goût de s'interroger sur ce qui l'avait alimentée...

Pas besoin, cela dit, d'histoires de cœur, de « chamailleries », ou de « querelles infantiles » pour parsemer de mines anti-personnel la route qui mène à l'Élysée. Car c'est cette course au poste suprême, depuis qu'elle a été instituée en 1962 par le Général, qui, par sa férocité, fait perdre à la plupart de ses acteurs tout bon sens et parfois même leurs bonnes manières. N'importe quel obstacle est instantanément perçu par le présidentiable et son entourage comme un danger, voire comme un complot auquel il faut sans délai riposter. Pour cela, tous les moyens sont bons. Derrière la détestation affichée des « affaires », toujours décrites par les politiques comme l'invention des juges et des journalistes, la réalité est que chaque écurie présidentielle dispose d'un cabinet noir, gris ou rose qui pilonne à distance le camp adverse à coups de révélations vraies, fausses ou déformées. Le caractère présidentiel du régime a ainsi aggravé une vendetta politique qui ne demandait, il est vrai, qu'à s'épanouir.

Il y a encore vingt ans, les batailles idéologiques suffisaient à animer les campagnes. Il était rare que l'attention se focalise sur la moralité ou l'honnêteté de tel ou tel. Mais depuis, que de changements ! La bataille suprême structure toute la vie politique. Chacun doit choisir son camp. Les nationalisations ? L'abolition de la peine de mort ? On se croirait revenu à la période de Neandertal. Que reste-t-il, alors ? Jacques contre Édouard ? Nicolas en rivalité avec Alain ? Martine qui déteste Dominique ? Luc contre Xavier ? Laurent contre Lionel, un feuilleton de longue durée et de bonne qualité, appartient, en revanche, désormais à l'histoire.

Plus les années passent, plus les nerfs semblent à vif, les querelles d'ego et les agaceries d'entourage permanentes. Faut-il regretter le temps des excommunications, des insultes télévisuelles, des sectarismes d'appareil ? Peut-être pas. Encore que ces débats-là, au moins, ne reposaient pas sur le seul narcissisme des précieuses ridicules qui s'accrochent aujourd'hui à la scène médiatique. La disparition des idéologies n'a pacifié qu'en apparence les mœurs politiques. Que reste-t-il finalement comme enjeux ? La lutte des places, une bataille qui désormais a gagné chaque région, chaque canton parfois, et qui s'étend jusqu'à l'administration et même, à l'occasion, touche les services secrets.

Dès lors, tous les moyens sont permis. Plus de solidarité, finis les camarades, envolées les embrassades solidaires. Il faut vaincre à tout prix. Et pour cela, avant tout, s'imposer dans son camp. Ce qui n'était jusque-là que compétition entre droite et gauche est devenu une foire d'empoigne entre grands féodaux de la même « famille ». La guérilla démocratique s'est métamorphosée en une véritable vendetta où le débauchage de hauts technocrates, la circulation de rumeurs, la petite phrase assassine sur l'ancien ami, la remise de dossiers clé en main ont remplacé les « discours fondateurs », les « motions » ou les « programmes », mot si archaïque qu'il a à peine traversé la dernière campagne présidentielle. Les sujets d'intérêt général sont pourtant toujours là. L'Europe, le chômage, les retraites, la sécurité sociale, la mondialisation, la décentralisation, la réforme du service public... Mais ils sont à haut risque, puisque tous les Français, l'actualité récente l'a montré une nouvelle fois, ne sont pas forcément d'accord sur ces thèmes.

Dans son dernier programme présidentiel, Jacques Chirac a préféré parler de généralités. Ou s'engager, par exemple, à mettre tous les moyens en son pouvoir pour œuvrer en faveur de la paix dans le monde. Magnifique. Lionel Jospin, lui, a mis à profit les cinq ans qu'il a passés à gouverner la France pour se fixer un objectif crédible et réaliste : le « zéro SDF », comme il existe le « zéro défaut » dans le catéchisme des entreprises.

On imagine l'immense confrontation intellectuelle amorcée par nos deux prétendants : le premier aurait milité pour le maintien des SDF dans leur état misérable ; le second se serait déclaré ami des guerres et autres massacres de populations civiles. Le beau débat que voilà !

Au moment où les deux principaux candidats prononçaient pieusement ces vœux ridicules, des troupes qu'ils contrôlaient plus ou moins bien s'activaient en coulisse pour ficeler sur chacun d'entre eux le dossier définitif qui causerait sa perte. Les Renseignements généraux travaillaient pour l'écurie Chirac. Leur inamovible directeur, Yves Bertrand, aurait été remercié au printemps 2001 sans le veto élyséen. Les proches de Jospin lui reprocheront de relayer toutes les rumeurs et d'alimenter une campagne hostile, sur l'achat de la maison de l'île de Ré comme sur le passé trotskiste du Premier ministre. L'Élysée protège quoi qu'il arrive ce drôle de directeur. Les services qu'il rend, pendant les campagnes mais aussi dans des périodes plus creuses, sont il est vrai inestimables ou du moins jugés tels. Certes, la précision et la fraîcheur de certaines informations des

RG laissent souvent à désirer. Mais Jacques Chirac adore depuis toujours connaître les détails de la vie de ses contemporains, surtout s'ils appartiennent au sérail politique. Quand il était maire de Paris, ne demandait-il pas à son conseiller chaque semaine, quand il se rendait en voiture à l'Assemblée nationale pour les questions du mercredi : « Combien de pédés, déjà, dans le groupe RPR ? »

Au-delà des aspects distrayants que peut revêtir leur production, les RG rendent bien service quand ils le veulent : notes personnalisées sur les personnalités en vue, intoxication des journalistes à partir de rumeurs sur un adversaire politique... C'est cet aspect déplaisant d'un service de police qui fonctionne comme une enclave indépendante voire hostile que Lionel Jospin et ses proches ont peu à peu découvert.

Pendant ce temps, à la DGSE (Direction générale des Services extérieurs, le service de renseignement français), la bagarre préélectorale, là, prend une autre forme puisqu'on y joue plutôt la carte Jospin. C'est du moins ce que suspecte l'Élysée, exaspéré que de zélés espions s'intéressent de près à deux sujets scabreux : l'argent et l'enfant cachés que Chirac aurait au Japon. Matignon est-il au courant de cette enquête ? Dans l'entourage de Jacques Chirac, on n'en doute pas un instant. Au lendemain de la réélection du président, le couperet tombe. Injuste ? En tout cas, Jean-Claude Cousserand, le patron de la DGSE, est remercié sans ménagement. Il est des sujets, comme les voyages au Japon ou les vacances à l'île Maurice, que la famille régnante estime si tabous que toute personne qui y touche est frappée par la foudre élyséenne.

Mais une fois réélu, le mari de Bernadette reprend de plus belle ce rôle de vieux chef scout. Dans son interview télévisée du 14 juillet 2002, il citait très sérieusement ses trois priorités : la sécurité routière, l'intégration des handicapés et la lutte contre le cancer. Trois mots d'ordre, repris, un an plus tard, dans la même traditionnelle interview de fête nationale. Qui ne serait d'accord ? Qui serait partant, dans l'opposition, pour critiquer les grands chantiers présidentiels et se donner ainsi l'image du Gandhi des chauffards, du persécuteur des handicapés et de l'ami du cancer ? Personne évidemment.

Dans son succulent journal de notre dernière épopée présidentielle et législative[1], le chroniqueur Philippe Meyer nous apprend que cette maladie n'est pas seulement française. Simplement, les voisins qui en sont aussi atteints se regardent avec une ironie que ne permet pas l'aveuglement de nos élites : « Les Italiens, écrit donc Philippe Meyer, ont un nom pour désigner ceux qui se tirent de toutes les difficultés en se réfugiant derrière des déclarations condamnant le Mal et appelant de leurs vœux le Bien : "I Buonisti", les bonnistes. Le bonnisme est appelé à devenir le premier parti de France. » Derrière cette façade, ces bons sentiments de série télévisée, la violence est bien présente. Car ce qui passionne, en réalité, nos grands décideurs, même s'ils affectent de s'en désintéresser lorsqu'on les interroge, c'est la vendetta ad hominem, sur dossier, dénonciation, rumeur ou procès-verbal. Cette activité leur prend du temps, beaucoup de temps. Et n'épouse pas, loin s'en faut, les clivages politiques traditionnels.

La première manifestation de cette redoutable épidémie se déclare il y a trente ans. Longtemps avant les fâcheries de Martine et Dominique, un homme moderne qui veut installer en France une « nouvelle société » règne à Matignon. Il s'entoure, pour mieux bri-

---

1. Philippe Meyer, *Démolition avant travaux*, Robert Laffont, 2002.

ser les archaïsmes, de personnalités comme Jacques Delors – le père de Martine justement ! – ou Simon Nora, assez éloignées de l'esprit de chambrée qui prévaut dans l'infanterie gaulliste. Jacques Chaban-Delmas, joueur de tennis à l'allure californienne, déplaît tout de suite souverainement aux deux éminences grises qui règnent sur l'Élysée : le mystérieux Pierre Juillet et la glaçante Marie-France Garaud. Non seulement ses idées « gauchistes » les consternent – en vérité, elles semblent bien raisonnables avec le recul –, mais son passé de résistant jette un froid dans un petit monde où chacun ne peut se prévaloir d'états de service équivalents, loin de là.

En ce début d'année 1972, la feuille d'impôt sur le revenu s'étale dans les colonnes du *Canard enchaîné*[1]. Elle révèle l'impensable, dans l'esprit du Français moyen : le chef du gouvernement ne paie pas un centime d'impôt sur le revenu. Cette situation dont rêve tout contribuable est d'ailleurs parfaitement légale, grâce au mécanisme de l'avoir fiscal : tout dividende versé à un détenteur d'actions donne lieu à une déduction sur le revenu imposable, puisque ce dividende a déjà été frappé par l'impôt sur les sociétés. Ce missile affaiblit considérablement le Premier ministre, qui passe au mieux pour un nanti, au pire pour un combinard. D'où vient ce mauvais coup ? À Matignon, on glisse aux journalistes que c'est une manœuvre de Giscard, à l'époque ministre des Finances et qui, lui aussi, a depuis longtemps l'Élysée en ligne de mire. Dans l'entourage giscardien, on dément avec indignation. Toujours est-il que le 7 juillet 1972, Jacques Chaban-Delmas présente sa démission au président Pompidou, qui l'accepte de bon cœur.

Le temps presse néanmoins. La maladie gagne Pompi-

---

1. *Le Canard enchaîné*, 19 janvier 1972.

dou. Le 1ᵉʳ mars 1974, alors que celui-ci se meurt, Jacques Chirac est nommé au poste stratégique de ministre de l'Intérieur à quarante et un ans. Une position de première importance pour piloter la présidentielle anticipée qui s'annonce pour bientôt. Un mois et un jour plus tard, Georges Pompidou s'éteint. La bagarre à droite va commencer. Pour longtemps.

C'est le ministère de l'Intérieur qui fixe la date des élections. Chirac ne retient pas le premier dimanche que le calendrier autorise, mais le suivant. Une nonchalance un peu étonnante alors qu'il y a manifestement vacance du pouvoir. Chez les camarades gaullistes du fougueux Jacques, les plus soupçonneux s'interrogent. À quoi va servir ce petit délai supplémentaire, à un moment où les tractations fleurissent ? Cette petite semaine n'est pas de trop, en tout cas, pour que Chirac scelle avec VGE, le rival des gaullistes, l'accord qui va poignarder Chaban : quarante-trois parlementaires de l'UDR soutiennent Giscard. Chirac devient son Premier ministre.

Les vrais professionnels de la vendetta le savent tous : il ne faut jamais éviter de frapper un rival, surtout s'il est à terre. Cette absence absolue de décence est la marque des grands experts. Or, non seulement Chaban est politiquement très affaibli, mais il n'est pas au mieux de sa forme financièrement : cette campagne désastreuse lui a coûté fort cher. Heureusement, François Bloch-Lainé, le P-DG de sa banque, le Crédit lyonnais, est un ami. Las ! Il se fait convoquer par le nouveau Premier ministre séance tenante. Chirac intime au sémillant inspecteur des Finances l'ordre de n'accorder aucun délai de grâce à Chaban. « Acculé, Chaban doit rembourser ses dettes, et vite, raconte le journaliste Laurent Valdiguié. Il perd un immeuble, vendu au PS [...]. Chaban, cette fois-ci, est bien mort[1]. »

---

1. Laurent Valdiguié, *Notre honorable président*, Albin Michel, 2002.

La lune de miel entre les vainqueurs ne dure pas très longtemps. Bientôt, la guerre éclate entre Giscard et Chirac. Elle ne s'éteindra jamais.

Cette haine longtemps dissimulée tant bien que mal au public va donner le ton à tous les rebondissements futurs de cette vendetta française. Celle-ci va, sans qu'on le réalise, s'étendre à toute la société politique puis gangrener d'autres milieux jusque-là épargnés par la maladie. L'exemple vient de la France d'en haut !

À cette époque, le mentor corse qui veille jalousement sur le destin de Chirac se montre très créatif dès qu'il s'agit de miner le terrain giscardien. Charles Pasqua est alors au sommet de sa forme. Ces années-là, pas de mise en examen, pas de menace de levée d'une immunité parlementaire décidément bien pratique[1]. Rien, le grand calme judiciaire qui a duré si longtemps pour un homme à la vie mouvementée et aux fréquentations éclectiques. Quelques collaborateurs du Corse de Chirac s'agitent donc pour publier des gentillesses sur Giscard. Parmi elles, ce mémorable fascicule intitulé « Giscard, candidat du Kremlin », ce qui d'ailleurs n'est pas tout à fait faux.

Agissant toujours en finesse, les brigades Pasqua, à la tête d'un institut appelé Indice Opinion, fabriquent aussi des sondages pendant la campagne de 1981, sondages qui plaçant Chirac devant Giscard... Ces pronostics font alors rire jusque dans les couloirs de l'Élysée, où l'ambiance n'est pourtant pas à l'euphorie.

Car on voit un chiraquien derrière chaque nouveau coup du sort. Et on se débat avec la terrible affaire des

---

1. Le juge Philippe Courroye a, à deux reprises et en vain, demandé la levée de l'immunité parlementaire de Charles Pasqua au Parlement européen afin de pouvoir le soumettre à un contrôle judiciaire dans le cadre de l'affaire de trafic d'armes présumé avec l'Angola.

diamants, qui étouffe le président depuis l'automne 1979 [1]. L'ambiance est si dégradée qu'en 1980, Roger Delpey, un obscur écrivain devenu le confident de Bokassa, est détenu sept mois en France pour « intelligence avec les agents d'une puissance étrangère de nature à nuire à la situation diplomatique de la France ». Il se vantait, jeu dangereux, de détenir cent quatre-vingt-sept documents que lui avait remis Bokassa sur ses relations personnelles de toute nature avec la famille Giscard d'Estaing. Delpey se fait attraper à la sortie de l'ambassade de Libye, ce qui fait mauvais genre. Mais un seul journaliste, à l'époque, s'intéresse à son emploi du temps dans les jours et les heures qui précèdent. Jacques Derogy note que l'avant-dernière visite de Roger Delpey avait lieu à la mairie de Paris, pour remettre une lettre personnelle de Bokassa ainsi que le contenu de son fameux « dossier ». « C'est après cette démarche que la DST arrête Delpey [2] », écrit Derogy. Peut-être aurait-il été plus efficace de l'arrêter plutôt avant ! Roger Delpey, victime collatérale d'une guerre qui le dépassait, a bénéficié d'un non-lieu et est devenu chiraquien déclaré.

La haine Giscard-Chirac, marquée d'épisodes hauts en couleur, est éternelle. En 1995, le premier soutient quand même le second. Peut-être parce qu'il croit ne prendre aucun risque : Chirac est donné perdant, comme d'habitude.

Car la guerre des clans, à droite, s'est un peu déplacée. On joue cette saison-là Chirac contre Balladur, une tragi-comédie en trois actes : I – les deux amis ; II – la

---

1. Le 10 octobre 1979, *Le Canard enchaîné* publie une note signée de la main de Bokassa et adressée au Comptoir national du diamant de Centrafrique. Cette note indique : « Veuillez remettre à Mme Dimitri, secrétaire à la présidence de la République, une plaquette de trente carats environ destinée à M. Giscard d'Estaing. »
2. *L'Express*, 27 septembre 1980.

trahison ; III – la grande (et fausse) réconciliation. Au fil de la campagne, le vaudeville se transforme en une lutte fratricide où tous les coups sont permis, surtout les plus bas.

Balladur reçoit une sympathique livraison début 1995. Les électeurs apprennent fort à propos que le Premier ministre a reçu et conservé des stock options de GSI, une filiale de la Compagnie générale d'électricité (devenue Alcatel). Le problème, ajoutent les médisants à destination de ceux qui n'auraient pas tout compris, c'est que ce groupe a été privatisé par... Édouard Balladur soi-même quand il était ministre des Finances. Le Premier ministre n'apprécie guère.

Peu de temps après, la famille de Mme Chirac devra s'expliquer sur les conditions exactes dans lesquelles elle a vendu une série de terrains dans l'Essonne. Le dossier est arrivé tout ficelé dans certaines rédactions parisiennes. Personne n'a jamais pu prouver ce que l'entourage chiraquien suspecte alors, et ne se prive pas de susurrer aux journalistes. Le dossier sur les terrains, c'est Nicolas Sarkozy, ministre du Budget, qui l'aurait dirigé vers la presse. Devenu meilleur ouvrier de l'année dans l'écurie Balladur, l'ancien protégé, l'ancien ami de Claude Chirac, qui fut même son témoin de mariage, traiterait ainsi son ancienne famille d'adoption. Même si rien de vraiment concret ne vient étayer les soupçons, Bernadette est scandalisée. Elle ne pardonnera jamais.

Mais c'est l'affaire Schuller-Maréchal qui a ouvert le bal quelques semaines auparavant et donné une idée des méthodes que chaque camp est prêt à utiliser. En apparence, elle touche moins directement les deux ex-amis. Son origine ? Un détail insignifiant, un incident administratif : un contrôle fiscal visant une entreprise de bâtiment, la SAR, a été – malencontreusement – déclenché. Après enquête, on trouve quelques factures douteuses qui pourraient bien concerner le RPR et la Ville de Paris. Donc Chirac.

Et, nouvelle maladresse sans doute, voilà ce fâcheux dossier transmis par l'administration fiscale à la justice. Vraiment la faute à pas de chance. Toujours est-il qu'en février 1994, une chemise rose qui contient quelques feuilles dactylographiées arrive sur le bureau d'un juge d'instruction de Créteil. Il s'appelle Halphen. Éric Halphen.

Cette suite de dysfonctionnements fâcheux vise bien, dans un premier temps, Paris et les chiraquiens. Mais il se trouve que la SAR ne travaille pas seulement à l'intérieur du périphérique. Le RPR existait déjà avant que Chirac ne se fâche avec Balladur et Pasqua. Alors ? Tous les maçons du BTP appréciaient autant les Hauts-de-Seine de Pasqua que le Paris de Chirac. Quand le juge commence à s'intéresser à cet autre volet du dossier, l'alerte rouge est déclenchée : la chemise rose a toutes les chances de devenir une petite bombe à retardement pour le pouvoir.

Comment stopper cette machine infernale ? Comment sauver le soldat Charles, pièce indispensable du dispositif Balladur ? En cette fin 1994, tout le monde voit Balladur président dans quelques mois. Mais dans son camp, derrière les sourires rassurants et les mines de vainqueur, on réfléchit intensément. Et on trouve une solution. Oh ! pas très honorable, c'est le moins qu'on puisse dire. Puisque le dossier est entre les mains d'un juge, que ce juge a l'air de ne pas comprendre qu'il vaut mieux dormir sur ses dossiers que s'exciter au moindre détournement de fonds, il faut se débarrasser de lui. Pas comme à Palerme, non. Il est à la fois plus facile et plus sûr de le discréditer.

Et cela tombe bien. Le juge a un beau-père. Un psychiatre un peu bizarre. Il compte parmi sa clientèle l'épouse de Didier Schuller, un petit notable pasquaien qui connaît bien les dossiers de l'Office HLM des Hauts-de-Seine pour en avoir été le directeur général. Le monde est petit. Maréchal et Schuller sont tous les deux francs-maçons, ce qui favorise le tutoiement et les confidences.

Cela tombe vraiment bien. On se téléphone et le scénario prend forme. Le beau-père prétend exercer une grande influence sur son gendre. On va lui verser un million de francs comme il a l'air d'en avoir envie. Des liasses de petites coupures censées acheter le juge Halphen. C'est du moins ce qu'on va faire croire à l'opinion et à la justice. Le « biscuit » – c'est ainsi que Maréchal surnomme élégamment le magot – sera apporté par Schuller à Maréchal à l'aéroport de Roissy, comme dans les films. Des policiers interpelleront le docteur en flagrant délit et l'arrêteront. Voilà le plan. Pour remonter le moral de Didier Schuller, Charles Pasqua, ministre de l'Intérieur, lui téléphonera. Et lui transmettra les encouragements du Premier ministre.

Tout se passe comme prévu. L'aéroport, les billets, l'arrestation. L'opération « discrédit » fonctionne à merveille. On imagine déjà, parmi les amis d'Édouard, le juge dessaisi, le dossier gênant ensablé au moins jusqu'après la présidentielle. Et comme cette élection, on va la gagner, il sera toujours temps de voir si le magistrat qui reprendra l'affaire aura envie, lui aussi, de faire le malin.

Mais même les cerveaux les plus calculateurs ne sont pas à l'abri d'une défaillance. En l'occurrence les balladuriens, obsédés par la volonté d'écraser Chirac, ont un peu oublié qu'ils ne sont pas les seuls maîtres de ce petit jeu du « maillon faible » qui doit provoquer la chute de leur rival.

À l'Élysée, Mitterrand compte bien jouer les arbitres entre les deux hommes de droite. Il a écrasé Chirac, en 1988 ? Après deux ans de cohabitation, il faut bien trouver de nouveaux sujets d'amusement. Pourquoi pas Balladur ? D'autant que celui-ci en prend bien à son aise. Il se croit déjà président, ou quoi ? Quelques mois auparavant, il s'est permis d'accorder une interview sur la politique étrangère au *Figaro*. La politique étrangère ! On croit rêver !

Le président attend donc l'occasion de ramener l'arrogant Édouard à la raison. Cette ténébreuse affaire arrive à point nommé. François Mitterrand saisit le Conseil supérieur de la magistrature, qui blanchit le magistrat. La machination devient évidente.

Édouard s'enferre, vient soutenir Charles à la télévision et commence à se laisser happer par l'engrenage de la défaite. Les chiraquiens apparaissent alors comme d'innocentes victimes que l'on a livrées à l'acharnement de juges revanchards.

La réalité est un peu plus complexe. Autour de Chirac, dès cette époque, un homme a pris une importance considérable. Il est officiellement le directeur de cabinet d'Alain Juppé au ministère des Affaires étrangères mais compte parmi les rares prêts à tout mettre en œuvre pour faire gagner ce champion jusqu'alors maudit par le scrutin présidentiel. Dominique de Villepin, diplomate, écrivain, ami de la poésie, est aussi un grand amateur de « coups ». Avec le recul, Didier Schuller est convaincu que dès la débâcle de l'opération Maréchal, il a été, en fait, manipulé par les chiraquiens.

Ceux-ci, il est vrai, ont fait preuve d'un cynisme admirable : Édouard vacille, c'est le moment de frapper et de montrer à l'opinion publique que Charles, un ancien ami, a perdu la tête. Et pour installer cette idée dans la tête des Français, quoi de plus formidable qu'une fuite de Schuller ? Pour quitter, avec femme et enfants, son pays, alors qu'on est, comme lui, énarque – mais oui ! – et élu local, il faut avoir de lourds secrets à cacher, et des années de prison à redouter.

Il reste un détail : donner à ce père de famille bien installé dans les Hauts-de-Seine des raisons de fuir comme un petit malfrat. Sorti de sa boîte par le camp chiraquien, entre en scène Francis, l'ami de toujours. Oh ! Il a fait du chemin cet avocat depuis l'époque où, dans les années soixante-dix, il militait avec Didier chez les radicaux. La liste de ses clients parle pour lui : Nucci, Tapie, Juppé et tant d'autres... Un matin, Francis téléphone à Didier. Quand il raccroche, celui-ci est paniqué. Il décide de partir d'urgence : sa compagne, suspectée elle aussi dans le cadre du dossier HLM des Hauts-de-Seine, risque d'être arrêtée d'une minute à l'autre. Didier Schuller ne repasse même pas par son appartement. Pourquoi mettrait-il en doute la parole de ce vieux copain, lequel, tenu par le secret professionnel, s'est abstenu de réagir ?

Ce qu'ignore alors le fuyard, c'est que ce « copain », Me Francis Szpiner – puisqu'il s'agit de lui –, s'est déjà rapproché de la garde prétorienne de Chirac, que certains journalistes baptiseront plus tard le cabinet noir.

En mars 2002, quand Didier Schuller, dénoncé par son fils, reviendra en France après sept ans d'exil dans les mers chaudes, il mesurera combien ses premiers soupçons étaient fondés. Il ne passera que trois semaines en prison. Quant à sa compagne, elle ne connaîtra pas la détention. Pas de quoi s'exiler à l'autre bout du monde !

Mais la guerre n'était pas encore gagnée aux yeux des pirates de l'équipe Chirac. C'est à la veille de la bataille qu'il faut décocher les meilleurs coups ! Pas mécontents d'avoir semé le trouble dans l'esprit des électeurs, sur le thème « ce Balladur est tout de même entouré de drôles de zozos », les conjurés du cabinet noir veulent donc pousser leur avantage. Ils n'ont plus que quelques semaines pour desserrer l'emprise de l'« étrangleur ottoman », comme il arrive à ses ennemis d'appeler cruellement Edouard Balladur, cet homme qui renie si violemment ses origines levantines. Pour l'affaiblir, ils décident de s'attaquer directement à Pasqua. Un gros morceau. Naît alors l'idée de lui coller une casserole qui fera du bruit. Une histoire crédible, très proche de la vérité même, qui jetterait le discrédit sur l'homme et ses méthodes... L'affaire Schuller-Maréchal a bien préparé le terrain. Il faut foncer.

Le scandale arrivera par *L'Express*. L'un de ses dirigeants, le journaliste Jean Lesieur, a écrit en janvier un éditorial qui a enchanté Villepin et ses amis. Intitulé « Diplomatie parallèle », cet article dénonce les incursions fréquentes de Pasqua et de ses proches dans la politique étrangère où ils n'ont normalement rien à faire et souligne le rôle de Jean-Charles Marchiani, lieutenant sulfureux du célèbre Corse et héros des missions discrètes[1]. Pour montrer les dangers que présente cette « diplomatie parallèle », Jean Lesieur évoque l'Irangate américain et son promoteur, le colonel Oliver North.

Charles Pasqua est furieux contre *L'Express*, qu'il menace d'un procès. Dans l'entourage d'Alain Juppé, au contraire, c'est la fête. Quelques jours plus tard, Jean Lesieur est accueilli très aimablement par Dominique de Villepin et un autre conseiller du cabinet Juppé, Maurice Gourdault-Montagne. Les deux hauts fonctionnaires parlent de Pasqua et de Marchiani (pas en bien) et on en reste là... Pour le moment. Car bientôt, une rumeur est rapportée à Jean Lesieur par un proche des services de renseignement : en suivant des Iraniens en goguette à Paris, la DST serait tombée sur Marchiani.

Deux semaines plus tard, le journaliste Jean-Marc Gonin, spécialiste de politique étrangère, revient à la rédaction de l'hebdomadaire avec des informations explosives. Un ami diplomate en poste dans une capitale arabe, auquel il racontait les démêlés de son journal avec

---

1. *L'Express*, 19 janvier 1995.

Pasqua, vient de lui en expliquer la raison présumée : un trafic d'armes avec l'Iran passerait par l'Algérie, par l'entremise du général Betchine. Gonin et Lesieur démarrent une enquête plus poussée. Un interlocuteur situé au sommet de la hiérarchie de la DGSE leur confirme l'existence d'une piste iranienne. Ils poursuivent les investigations du côté du fidèle second de Villepin, Maurice Gourdault-Montagne, dit MGM, qui confirme la rumeur et nourrit de détails très précis l'enquête des deux journalistes. Le sujet est considéré par MGM comme si sensible qu'il téléphone à *L'Express* dans la langue de Goethe pour déjouer les écoutes téléphoniques !

Le 23 mars 1995, *L'Express* lance sa petite bombe. Il y aurait un « Irangate à la française » qui impliquerait Jean-Charles Marchiani et l'entourage de Pasqua. Pasqua dément immédiatement, tout comme son ancien collaborateur bien sûr. Dans le même temps, François Léotard, ministre de la Défense, demande à ses collaborateurs de lui expliquer de quoi il s'agit. Le préfet Lépine, son chef de cabinet, interroge son camarade le préfet Marchiani. Celui-ci a une explication toute prête, qu'il lui fournit sous la forme d'un dossier : Lesieur serait un agent de la CIA manipulé par sa femme. L'« information » est reprise dans les quotidiens algériens *L'Authentique* et *El Moujahid*. Tout cela est évidemment faux, mais parsemé de détails exacts. L'épouse du journaliste est en effet américaine. La belle affaire ! Aujourd'hui encore, Jean-Charles Marchiani se dit convaincu que Jean Lesieur est un agent américain : « Il s'est fait recruter quand il était stagiaire dans un journal aux États-Unis. Il a ensuite été mêlé à plusieurs opérations et sa femme était, au moins à l'époque, payée par le consulat américain à Paris. Or, tout le monde sait que les agents des services sont payés par les consulats. » Ne croit-il pas plutôt que cette manipulation est une affaire

157

franco-française menée par de hardis hussards chiraquiens ? « Au début, c'est ce que nous avons pensé,
poursuit le préfet, aujourd'hui député européen. D'ailleurs, Pasqua est allé voir Chirac pour lui demander des
explications, et lui dire que si les missiles détournés
étaient fictifs, celui que ses amis avaient envoyé vers lui
était, en revanche, bien réel. Chirac a fait son enquête,
et lui assuré que Gourdault-Montagne était incapable
d'une chose pareille. À partir du moment où on a la
parole de Jacques Chirac, on est obligé de croire que ses
fidèles n'y étaient pour rien. »

Face à un déluge de démentis et de protestations,
Gonin et Lesieur rappellent leurs informateurs. Pas là.
Pas disponibles. Manque de chance : les voilà tous aux
abonnés absents. Le Quai d'Orsay affiche sa solidarité
de façade avec ce pauvre Charles et dément avoir eu
connaissance du moindre trafic d'armes. Beaucoup plus
fort encore. Au procès qui va ensuite être intenté à *L'Ex-*
press, l'avocat de Jean-Charles Marchiani produit trois lettres : une de Juppé, une de Villepin, une de Gourdault-
Montagne ! Ces trois estimables personnages assurent
qu'ils ne connaissent quasiment pas les auteurs de l'article. Ont-ils évoqué avec eux la moindre affaire montée
par le Corse le plus célèbre du monde politique ? Non,
bien sûr que non. Au contraire, ils apprécient Pasqua.
Et Marchiani. Ils les aiment, même !

Depuis cet épisode plus que désagréable, Jean Lesieur
a tenté à plusieurs reprises de revoir Juppé et Villepin
pour parler du bon vieux temps. C'est dommage. Ils sont
si importants. Et si occupés. Ils adoreraient rencontrer
ce journaliste, qu'ils saluent aimablement quand ils le
croisent par inadvertance dans un cocktail ou une réception. Mais ils n'ont pas le temps. Voilà tout. « Philippe
Parant, alors directeur de la DST, m'avait lui aussi promis quelques explications ultérieures. J'attends toujours,
raconte aujourd'hui Jean Lesieur. Mon intime convic-

tion : Villepin et Gourdault-Montagne nous ont, bien entendu, manipulés. Je pense qu'ils n'ont pas tout inventé. Mais les détails qu'ils nous ont donnés, sur les avions transportant les armes, par exemple, étaient faux. Cela leur permettait, quand le mal était fait, de démentir et d'éviter ainsi une grave crise interne à droite. Tout en signifiant à Pasqua et à ses amis qu'ils en savaient long et qu'ils pouvaient leur nuire médiatiquement à tout moment. »

Le dénouement de cette manipulation médiatique permet de comprendre une règle de base : les dossiers montés sur les uns et les autres, souvent à destination de la presse, ne sont pas tous faux. Simplement, ils sont comme les missiles modernes. Télécommandés à distance. Et très délicats à utiliser.

De ce point de vue, un couple longtemps sous-estimé a montré un savoir-faire exceptionnel, qui n'est peut-être pas sans rapport avec ses origines insulaires. Jean et Xavière voulaient Paris ? Ils ne faisaient pas très présentables dans les manifestations entre grands de ce monde, mais bon, Jacques leur a légué, à l'été 1995, cet héritage qui faisait briller les yeux de toute la famille. Cela ne leur a pas suffi. Ils trouvaient qu'on ne les traitait pas avec suffisamment d'égards. Qu'on ne les invitait pas assez souvent à l'Élysée, pour les dîners officiels. Que Bernadette n'embrassait pas assez chaleureusement Xavière. Que Jacques ne se montrait pas assez avec Jean.

Et puis l'inévitable s'est produit : des « affaires » empoisonnantes n'ont cessé de tomber sur le dos de ce couple si uni. Tout ça parce que Jean, lorsqu'il était l'adjoint de Jacques à la mairie de Paris, était en même temps président de l'OPAC. Un organisme qui logeait les amis en dégageant en même temps un peu de cash.

Le juge Halphen a donc fini par s'intéresser à lui. Quand il vient perquisitionner chez les Tiberi, en juin 1996, il ressort de là les bras couverts de présents. Il a trouvé le journal intime de Xavière, celui où elle accuse de sa blanche main « Ch » et « J » d'être à l'origine de tous les ennuis de son époux. Il est aussi tombé sur un curieux rapport sur la francophonie effectué pour le conseil général de l'Essonne.

À partir de cet instant, plus les mises en examen pleuvent sur les Tiberi (le « vrai-faux » rapport pour Xavière, les HLM pour Jean, puis bientôt l'affaire des faux électeurs du Ve arrondissement), plus ce couple ombrageux voudrait recevoir publiquement des preuves de tendresse venant de l'Élysée. Un besoin d'affection sans limite.

C'est surtout la Madame Sans Gêne de l'Hôtel de Ville qui effraie, avec ses menaces à peine voilées contre « Ch ». Mais l'opération « Couper les ailes de Xavière » ressemble de plus en plus à une mission impossible. Car l'essentiel, c'est quand même que « Ch » puisse être réélu en 2002. Donc, en mars 1998, c'est la thèse Villepin, encore lui, qui l'emporte à l'Élysée : il faut en finir avec Tiberi et ses sous-entendus. L'affaiblir afin qu'il ne soit plus crédible. Alors on lâche Toubon pour faire la peau du maire. Mais la victime se rebiffe : on veut le mettre en minorité ? Il retire aux mutins leur délégation de signature et surtout les prive de leurs collaborateurs mis à disposition et de leurs voitures de fonction. Voilà une arme de combat redoutable dans les luttes fratricides : arracher à l'ennemi ce qui fait, depuis toujours, son petit confort quotidien, les voitures avec chauffeurs, les serviteurs zélés qui préparent les discours et débroussaillent les dossiers difficiles.

Non seulement le putsch rate, mais Tiberi, les nerfs à vif, refuse de céder sa place pour la bataille municipale de 2001. Pire encore, il reçoit le renfort de Jean-François

Probst. Cet habile conseiller politique jouait déjà les hommes de l'ombre lors de la création du RPR ; il connaît donc les petits et grands secrets de couloirs et d'alcôves, et se dit écœuré par l'attitude de l'Élysée et du RPR – celui-ci prononcera l'exclusion de Tiberi – envers un homme qui a accepté pendant des années de porter beaucoup de chapeaux. C'est la stupeur au Château. On imagine la main de la nouvelle éminence grise derrière tous les mauvais coups. Au point qu'en septembre 2000, quand elle apprend que Jean-Claude Méry revient d'outre-tombe, Claude Chirac marmonne, depuis Ruffec, en Charente, où elle est en déplacement avec son père : « C'est Probst qui a fait sortir la cassette. »

Le résultat de ces petits meurtres symboliques sera accablant : la droite perd piteusement l'Hôtel de Ville aux municipales de 2001.

Alors que la fièvre présidentielle monte, la gauche, elle, semble en revanche bien amorphe. Son mot d'ordre ? Tous derrière Lionel. Depuis qu'il tient la vedette, personne n'ose contester sa position de « candidat naturel » pour l'Élysée. Qu'il semble loin le temps où Mitterrand s'acharnait cruellement sur Michel Rocard ! Cependant, certains proches de l'ex-président n'ont rien oublié, rien pardonné et veulent faire payer au Premier ministre les distances qu'il a prises envers son ancien mentor et sa phrase sur le fameux « devoir d'inventaire ».

En juin 2001, soit plus de six ans après la mort de Mitterrand, une journaliste suédoise assiste à la conférence de presse que tiennent Chirac et Jospin à l'issue du sommet de Göteborg. De très graves incidents y ont opposé les manifestants anti-mondialisation et les policiers suédois visiblement dépassés par les événements. La journaliste pose une question bien étrange à première vue. Elle demande, un sourire narquois aux lèvres, au Premier ministre français ce qu'il faut penser de la présence de trotskistes parmi les agitateurs. Message reçu cinq sur cinq par Lionel Jospin, dont le teint s'empourpre et le maxillaire inférieur se crispe : « Il me semble m'être exprimé de façon très claire sur la violence tout à l'heure... », répond-il sèchement.

Seuls quelques initiés, à commencer par Jacques Chirac, peuvent goûter tout le piment de la scène. Jospin, dont le passé trotskiste qu'il a longtemps nié vient d'être révélé par *Le Monde*[1], prend à juste titre cette question pour une provocation.

Mais pourquoi une journaliste étrangère s'amuse-t-elle à jouer avec les nerfs du chef du gouvernement français ? Christina Forsne, c'est son nom, a écrit en 1997 un livre très émouvant intitulé *François : quinze ans avec Mitterrand*[2]. Elle y raconte comment « François » la réveillait par téléphone chaque matin, comment il passait à l'improviste, en pleine nuit, déguster des champignons chez elle, comment, aussi, il lui demandait son avis sur des questions stratégiques. Bref, Christina a été une « amie proche » de François. Si elle torture Jospin sur sa terre natale, est-ce pour lui faire payer le « devoir d'inventaire » qu'il a appliqué, avec des pincettes, à l'héritage mitterrandien ? C'est à cela aussi que l'on reconnaît les vrais, les grands chefs de clan : même la mort n'éteint pas leur vengeance. Leurs fidèles veillent à la mémoire et poursuivent tous ceux qui ont trahi ou manqué à la mémoire du grand homme.

Les rescapés du premier cercle mitterrandien s'en donnent d'ailleurs à cœur joie en ce début d'été 2001. Dumas tient l'avant-scène : empêtré dans l'affaire Elf, Roland se déchaîne contre deux ministres de Jospin, Élisabeth (Guigou) et Hubert (Védrine), ces anciens

---

1. *Le Monde*, 5 juin 2001.
2. Christina Forsne, *François : quinze ans avec Mitterrand*, Le Seuil, 1997.

conseillers à l'Élysée qu'il a bien connus et qui doivent leur belle carrière à l'ancien président. La première était une énarque parmi d'autres. Le second est de surcroît le fils d'un ami de captivité de Mitterrand pendant la guerre.

Ces deux vedettes du gouvernement Jospin ont, aux yeux de Dumas, la mémoire trop courte. Ils le laissent plonger seul alors qu'ils étaient, au moment où les commissions jaillissaient par millions des caisses du groupe pétrolier, aux avant-postes du pouvoir. Alors il se rappelle à leur bon souvenir dans une extraordinaire interview au *Figaro*[1]. Interrogé sur les sommes occultes versées à l'occasion du rachat par Elf de la raffinerie de Leuna, en Allemagne, l'ancien ministre des Affaires étrangères y va très fort : « Quand Le Floch raconte qu'il était allé consulter le président et que tout l'environnement de l'Élysée était informé de cette affaire, c'est sûrement la vérité. » À l'époque, Hubert Védrine était secrétaire général de l'Élysée, voilà pour lui. La garde des Sceaux qui a laissé la justice mettre en examen Roland Dumas a droit à un petit paquet encore plus explicite : « Si vous voulez dire que je paie pour Mme Guigou, je ne peux pas vous démentir. » La principale intéressée n'a pas réagi à cette phrase incroyable et pleine de sous-entendus.

Ginevra est une jeune fille fière et en avance sur son temps. Enfant de la bourgeoisie corse, elle revendique la liberté avant l'heure. En plus, elle est une artiste douée. Elle tombe amoureuse d'un jeune homme qui fréquente le même atelier de peinture qu'elle et qui appartient à une famille ennemie. Elle l'épouse quand

1. *Le Figaro*, 18 juin 2001.

même. Un enfant naît, puis la misère s'installe dans le couple renié par tous dans un Paris ravagé par la crise économique. Les deux familles rivales laisseront mourir la mère et l'enfant plutôt que de leur apporter un quelconque réconfort matériel. Dans *La Vendetta*, Balzac décrit ce qu'il en coûte, dans la tradition corse, d'oser tomber dans les bras d'un clan adverse.

Noëlle n'est pas Ginevra. Elle vit dans une époque et un contexte moins tragiques. Mais elle a vu ce qu'il en coûte de se jeter dans les bras du camp adverse. Après les élections législatives de 2002, Chirac songe à cette femme de gauche, juriste, ancienne présidente du comité d'éthique de l'Europe, pour devenir ministre des Affaires européennes. Elle rejoint, rayonnante, ce poste prestigieux. Vive surprise dans le microcosme, où ses anciens amis de gauche s'étranglent de rage. Il faut donner à tous ceux que tenterait à l'avenir une telle audace un signal fort, établir d'urgence un cordon sanitaire, montrer que la trahison se paie au prix fort.

Dès le lendemain, l'acte d'accusation est sur toutes les ondes. Le plus virulent n'est pas celui qui fut le moins proche de cette femme vive au charme piquant. Raymond Forni, ex-président de l'Assemblée nationale, raconte rageusement comment elle serait venue, quelques mois plus tôt, le voir dans son bureau de l'hôtel de Lassay pour « quémander » (l'expression charmante est de lui) un siège au CSA. Mme Lenoir, insinue-t-il, était donc aux abois, à la recherche éperdue d'un point de chute. « Je m'interroge, ajoute-t-il, assez amer, sur le lien entre les décisions du Conseil constitutionnel et sa nomination actuelle. Ça ne sent pas très bon. » Vincent Peillon, alors porte-parole du PS, déplore pour sa part le caractère « indécent » de cette nomination : « Ça donne un peu le sentiment d'être remerciée pour un service rendu. » Vous avez dit vendetta ?

Ces soupçons, ces interrogations, ces bouffées de

moralité arrivent bien tard. Ils font référence à l'époque où Noëlle Lenoir siégeait au Conseil constitutionnel sous la présidence de Roland Dumas. C'est elle que l'ami Roland avait désignée comme rapporteur d'une décision sur la conformité de la création de la Cour pénale internationale (CPI), qui permet de traduire en justice un chef d'État pour crimes contre l'humanité et crimes de guerre, avec la Constitution française. Rien de bien sulfureux en apparence. Sauf que l'arrêt du 22 janvier 1999 s'était un peu écarté du sujet, pour considérer que le chef de l'État ne peut être poursuivi par la justice pendant la durée de son mandat. À l'époque, seuls quelques marginaux s'en étaient indignés publiquement. Georges Frêche, député-maire socialiste de Montpellier, l'avait même comparé à « un accord dans une arrière-salle entre malfrats ». Tous ses amis de gauche l'avaient alors trouvé bien inconvenant. Mais plus de trois ans après, la mémoire semble revenir miraculeusement à MM. Forni et Peillon. L'arrêt du 22 janvier, qu'ils s'étaient à l'époque bien gardés de commenter, « ne sentait pas très bon » ? Et Chirac a des raisons de remercier sa principale rédactrice ? Pourquoi ? Accords secrets ? Services rendus ? Tous ces hiérarques socialistes pensaient donc cela depuis longtemps. Mais ils se gardaient bien de le dire. Il aura fallu l'infidélité de Noëlle pour leur délier la langue.

La vendetta, nous apprend le *Petit Robert*, est une « coutume corse, par laquelle les membres de deux familles ennemies poursuivent une vendetta réciproque jusqu'au crime ». En observant trente ans de règlements de comptes politiques au sommet de l'État, on est bien obligé de constater que c'est au sein de chaque clan que les représailles, les manipulations, les soupçons de mauvais coups sont désormais les plus ravageurs. Car Dominique et Martine, Raymond et Noëlle, Jacques et Valéry,

Jacques et Édouard, Jacques et Charles, appartiennent bien à la même « famille ».

Mais une fois les élections gagnées, tout est oublié. « Cela fait des mois que l'on voit resurgir de vieilles méthodes qui consistent à salir un homme à des fins politiques [...]. Ces méthodes sont celles de tous les extrémismes et de tous les fascismes [...]. Il y a loin de la haine à la vérité. On ne trouve jamais la vérité dans les poubelles. Est-il normal d'accorder plus d'importance à la parole d'intrigants ou de voyous qu'à celles d'honnêtes gens ? Il y a là un profond dérèglement. » L'auteur de cette salve de brèves de comptoir ? Jacques Chirac en personne [1]. C'est vrai ça : qui vient embêter sans raison les honnêtes gens de l'Élysée et du RPR ? Le président et ses amis, eux, n'agissent pas comme ça. Et ils ont pourtant du mérite : car les « intrigants » et les « voyous » leur causent parfois bien des soucis.

---

1. *Le Figaro*, 12 mars 2002.

Chapitre 6

L'État colonisé

Un dimanche de juillet 1986, le sous-préfet de Nogent-sur-Seine, Jean-François Treyssac, reçoit à déjeuner le maire de la ville, Michel Baroin, ainsi qu'un ancien ministre élu d'une circonscription voisine. C'est presque un repas d'adieu, puisque le maître de maison prépare ses cartons pour rejoindre la sous-préfecture d'Antony, où vient de le nommer le nouveau ministre de l'Intérieur. C'est une belle promotion pour ce haut fonctionnaire : Antony, une des plus importantes sous-préfectures de France, est située dans les Hauts-de-Seine, le riche département où Charles Pasqua règne sans partage.

Alors que les convives bavardent, on sonne à la grille. Deux personnages proches du cabinet du nouveau ministre demandent au sous-préfet qu'il leur remette sur-le-champ un passeport vierge. « On le remplira à Paris », précisent-ils sur le ton de l'évidence.

Agacé de ne pas connaître l'identité de l'heureux bénéficiaire de ce document d'identité magique, Jean-François Treyssac prétexte qu'il n'a pas les clés du coffre où sont entreposés les passeports. Les visiteurs insistent, invoquent l'urgence. Le sous-préfet ne cède pas, et leur conseille de s'adresser à la DST. Les deux émissaires s'en retournent, non sans avoir déploré son manque de compréhension, et lui avoir précisé qu'ils n'oublieraient pas que ce dimanche-là, le sous-préfet ne s'était pas comporté « en soldat ».

Quelque temps plus tard, les participants à ce déjeuner plus distrayant que prévu comprendront mieux ce qui s'est passé. Yves Chalier, ancien chef de cabinet compromis dans l'affaire du Carrefour du développement, a fui la France pour se réfugier au Brésil muni d'un « vrai-faux » passeport que lui ont justement remis les deux visiteurs dominicaux.

Jean-François Treyssac prend possession de ses nouvelles fonctions à Antony. Va-t-on lui en vouloir d'avoir refusé de rendre service ? À l'évidence non. Il est bien noté par ses supérieurs et apprécié des élus locaux.

Ce fonctionnaire un peu guindé ne pense plus depuis longtemps aux visiteurs de Nogent quand, en ce début de 1993, il apprend qu'une information judiciaire est ouverte, à Bobigny, contre un ressortissant algérien suspecté d'infraction à la législation sur les autorisations de séjour et qu'un des employés de la sous-préfecture est présumé complice de ce trafic. Rien de plus banal, malheureusement. Sans que le ministère de l'Intérieur ne communique beaucoup sur la question, ce genre d'incident émaille régulièrement la vie de nombreuses préfectures. Le 23 février, *Le Parisien* relate l'affaire. Le 24, Mohamed Bengaouer, inspecteur général de l'administration, est chargé par le cabinet du ministre de l'Intérieur Paul Quilès d'« étudier comment et pourquoi la sous-préfecture d'Antony a délivré des titres de séjour dans des conditions telles qu'une instruction judiciaire a dû être ouverte au tribunal de grande instance de Bobigny ». La procédure judiciaire traîne depuis des mois, mais elle semble tout à coup intéresser les plus hauts niveaux de l'État. Dans quelques jours, les élections législatives vont créer une nouvelle alternance, une nouvelle cohabitation. La gauche sait qu'elle va devoir céder la place à la droite. Plus précisément à Édouard Balladur. Et le nom du futur ministre de l'Intérieur n'est un secret pour personne.

Mohamed Bengaouer mène son inspection à Antony en mars 1993. Ainsi, il auditionne un gardien de la paix qui rend compte de son interrogatoire dans une note à sa hiérarchie : « Les deux responsables de l'administration (l'inspecteur général et le commissaire de police) me demandent en fait de témoigner contre le sous-préfet. M. Bengaouer précisait que tout ce que je pourrais dire ne servirait qu'à titre d'information et n'apparaîtrait en aucun cas dans la procédure. » L'inspecteur interroge aussi la secrétaire générale de la sous-préfecture qui fait part de son étonnement dans un rapport qui sera transmis au ministère de l'Intérieur : « J'ai eu l'impression d'être convoquée comme témoin à charge contre vous, me retrouvant tour à tour complice ou victime, menacée ou mise en garde, sur la base d'insinuations. »

Le rapport de l'Inspection générale de l'administration (IGA) est accablant pour le sous-préfet, puisqu'il conclut que « M. Treyssac est très fortement impliqué dans toute cette affaire. Il en est même au centre [...]. Il a constamment adopté un comportement inqualifiable et s'est livré ou a inspiré de graves actions déshonorantes [...]. Sa présence à la sous-préfecture est devenue une incongruité à laquelle il conviendrait de mettre fin ». Ces écrits amicaux, qui mettent en cause une vingtaine de personnes, usagers et fonctionnaires, ne sont pas communiqués à l'intéressé – ce qui est surprenant –, mais sont en revanche transmis à la presse et au juge d'instruction, qui met le sous-préfet en examen le 29 mars. Nous sommes en pleine vacance gouvernementale.

Paul Quilès, malgré tout, maintient le haut fonctionnaire à son poste. Dans trois jours, le 1er avril, Pasqua le remplacera. À lui de voir... Un témoin de la passation de pouvoirs entre les deux ministres raconte que le partant a remis le dossier Treyssac en mains propres à son successeur. Un geste politique assez osé : en attaquant le sous-préfet d'Antony, qu'il croyait très proche de Pasqua, il place celui-ci dans une situation difficile. La mésaventure de Jean-François Treyssac n'est jusque-là qu'un dommage collatéral de la petite guerre traditionnelle entre gauche et droite.

L'entourage de Paul Quilès compte embarrasser Pasqua : il s'agit de l'obliger à mettre dès son arrivée tout son poids pour sauver Treyssac, que les socialistes considèrent comme un de ses protégés et qui officie dans son propre département... Quilès a tort. Car dans l'entourage du nouveau ministre corse, certains se souviennent qu'un jour, ce sous-préfet ne s'est pas comporté « en soldat ». Ils vont tenter d'achever la besogne entamée par Mohamed Bengaouer et ses chefs sur fond d'accusations sans fondement et de montages distillés par des « blancs » des RG et des écoutes téléphoniques trafiquées.

Tandis que dans le cabinet du juge d'instruction l'affaire se dégonfle, que Jean-François Treyssac, entendu, fait valoir qu'il a émis un avis défavorable dans plusieurs des dossiers suspectés, *Le Parisien*[1] publie un nouvel article qui laisse planer le doute sur son honnêteté et fait allusion à son « train de vie ». Cet article, qui fera l'objet d'une condamnation pour diffamation, a été largement inspiré par les Renseignements généraux, chargés de l'enquête par le juge d'instruction Bernard Lugan, lui-même ancien policier...

Malgré ces péripéties, il ne reste que deux cas de régularisations discutables dans le dossier Treyssac. Or, l'un d'entre eux concerne un étranger présent en France

---

1. *Le Parisien*, 13 avril 1993.

depuis 1974 avec son épouse en situation régulière, donc régularisable, et l'autre a été facilité... sur ordre du ministère de l'Intérieur. Plus exactement du directeur de cabinet de Paul Quilès, Yvon Ollivier.

Le 13 avril, donc, le juge d'instruction, conscient de la manipulation, annonce officieusement au sous-préfet son intention de prononcer un non-lieu en sa faveur.

Fin de l'histoire ? Elle ne fait, au contraire, que commencer. Elle est emblématique de ce qu'est devenu l'État, une structure hypertrophiée mais, en réalité, affaiblie, à l'intérieur de laquelle chacun peut développer ses stratégies de conquête du pouvoir ou d'élimination des rivaux, sans oublier celle des gâcheurs d'ambiance. Les clans politiques ne s'en privent pas. Ainsi, à l'origine de cette tragi-comédie connue des seuls initiés du ministère, on croit comprendre que les socialistes ont voulu, à la veille de la deuxième cohabitation, mettre le nouveau gouvernement en difficulté. Mais ils ont peur du futur ministre corse. Ils s'attaquent donc à lui par personne interposée. Jean-François Treyssac n'est jusqu'alors qu'une victime collatérale d'une guérilla gauche-droite. Mais dans l'entourage de Charles Pasqua, les bonnes âmes ne manquent pas pour rappeler au ministre que ce sous-préfet ne s'est pas montré très coopératif lorsqu'on a vraiment eu besoin de lui. C'est à cet instant que démarre la vraie vendetta.

L'intéressé en sera le premier surpris. En effet, lorsqu'il quitte le bureau du juge, il s'empresse de téléphoner à Philippe Massoni, le directeur de cabinet du ministre de l'Intérieur, aujourd'hui conseiller de Chirac, pour lui annoncer la bonne nouvelle. Les conséquences de cet appel ne sont pas tout à fait conformes à ses espoirs. Le ministère se dépêche de le placer hors cadre ! Ce qui équivaut à un désaveu, avant que le non-lieu ne soit officiellement prononcé. Le décret-sanction est signé dès le 16 avril. Et le 14 mai, le ministre de l'Intérieur ne paraît pas gêné de publier une circulaire décidant le maintien en poste des fonctionnaires préfectoraux mis en examen, en vertu de la présomption d'innocence. La circulaire, malheureusement pour le sous-préfet hors cadre, n'est pas rétroactive. Pas de chance.

Pas de chance non plus quand, malgré un non-lieu prononcé au mois de juillet, un décret du 28 octobre 1993 réintègre M. Treyssac dans son corps d'origine, les tribunaux administratifs. Et lui arrache donc définitivement sa casquette de sous-préfet.

Sept ans plus tard, le Conseil d'État lui donne raison. Par un arrêt du 29 décembre 2000, il annule les deux décrets le nommant hors cadre et mettant donc fin à ses fonctions de sous-préfet. Il condamne en outre l'État à lui verser 300 000 francs d'indemnités.

Happy end ? Non plus. Près de trois ans plus tard, le ministère de l'Intérieur n'a toujours pas exécuté cette décision rendue par le sommet de la justice administrative. Le commissaire du gouvernement, Remy Schwartz, qui est la cheville ouvrière de l'arrêt du Conseil d'État, emploie pourtant dans ses conclusions un vocabulaire inhabituellement dur pour l'administration. Selon lui, le rapport de l'inspection générale de l'administration a été « rédigé avec une coupable légèreté, suite à une enquête des plus sommaires » et contient des « allégations mensongères ». « Le décalage est flagrant, poursuit-il, entre la gravité des accusations, la mise en cause de l'honnêteté d'un magistrat détaché dans un poste de sous-préfet, et la minceur de griefs en réalité absolument pas fondés. »

Alors ? Dans un premier temps, Jean-François Treyssac a cru être la victime des socialistes, parce qu'il avait servi dans le département de Charles Pasqua[1]. Ce n'est sûre-

---

1. Contacté par téléphone et par fax, Charles Pasqua n'a pas souhaité répondre à l'auteur pour donner sa version des faits.

ment pas faux. Il croit le cauchemar terminé. Mais non. Il découvre qu'il vit dans un univers d'allégeance où le fait de refuser de commettre un acte illégal est considéré comme un grave manquement à la loyauté. Le ministre, pour qui rien n'est jamais perdu, a profité de l'aubaine pour se débarrasser du chef de l'inspection générale de l'administration, un certain Jean-Marc Erbès, qui a confié cette mission à haut risque à son subordonné Bengaouer, et qui est suspecté d'emblée d'être exagérément favorable aux socialistes.

Héros malgré lui, le fonctionnaire a donc subi une double vendetta. Dans un premier temps, la gauche instrumentalise la police, la justice et les services d'inspection de l'administration pour fabriquer un coupable, peu importe qui, pourvu qu'il entache l'honneur de la bête noire de la gauche de l'époque. Mais le célèbre Corse, que cette histoire n'éclabousse même pas, ne fait pas un geste, une fois devenu ministre de l'Intérieur, au contraire, pour sauver l'infortuné sous-préfet. Et il laisse ses collaborateurs le « victimiser » puisque ça les amuse...

Leur harcèlement, matérialisé par le décret de mise en position hors cadre du sous-préfet d'Antony, s'est révélé fort efficace. Depuis l'arrêt du Conseil d'État qui annule les « décrets Pasqua », ni Daniel Vaillant ni à ce jour Nicolas Sarkozy n'ont fait le moindre geste pour se mettre en conformité avec cette décision de la justice administrative et tirer les conséquences des graves dysfonctionnements qui ont entaché l'autorité de la maison. Le 10 janvier 2001, Jean-François Treyssac écrit à Daniel Vaillant, ministre de l'Intérieur, pour solliciter sa réintégration ainsi qu'une reconstitution de carrière, conformément à ce qu'ordonne le Conseil d'État. Un mois plus tard, il reçoit de la part de M. Hughes, directeur de l'administration territoriale et des affaires politiques, une réponse assez stupéfiante. Ce haut fonctionnaire écrit, le plus tranquillement du monde, que « l'arrêt du Conseil d'État n'appelle d'autre mesure d'exécution pour le ministre de l'Intérieur » que le versement d'une simple indemnité. Le ministère, autrement dit, s'assoit confortablement sur l'arrêt du Conseil d'État et le revendique. Comme si le respect du droit concernait tout le monde sauf le chef de la police et ses lieutenants. À la suite de rares élus qui ont osé s'indigner, le député PS Arnaud Montebourg prend sa plume pour dénoncer auprès de Daniel Vaillant l'attitude de ce M. Hughes en des termes d'une rare férocité : « Il me paraît moralement et juridiquement inacceptable de cautionner une telle analyse [...]. Elle tente de discréditer le ministre de l'Intérieur lui-même face à la haute administration qu'il dirige, et au sein de laquelle se perpétuent des pratiques et se confortent des réseaux qui portent gravement atteinte à la déontologie administrative[1]. » Arnaud Montebourg rappelle opportunément qu'il est « avéré que M. Treyssac fut la victime en 1993 d'écarts administratifs et politiques graves ».

Cette vendetta à tiroirs a fait un autre perdant, tout de même : comme souvent, le principal exécutant a été bien mal récompensé. Mohamed Bengaouer, inspecteur général de l'administration au ministère de l'Intérieur, a été admis, sur sa demande, à faire valoir ses droits à la retraite anticipée à compter du 1er janvier 2001, au lieu de 2004.

Marri de cette fin de carrière peu glorieuse, celui-ci ose alors assigner, en décembre 2000, Jean-François Treyssac, son ancienne « victime », devant le tribunal de grande instance de Paris pour qu'il soit condamné à lui payer la somme de 600 000 francs correspondant à la différence entre son traitement et sa pension de retraite. Il s'est finalement ravisé et s'est désisté avant l'audience.

Quant à Jean-François Treyssac, aujourd'hui haut

---

1. Luc Ferry, *Lettre à tous ceux qui aiment l'école*, Odile Jacob, 2003.

magistrat administratif, il s'est toujours refusé, au nom de l'obligation de réserve, à commenter publiquement cette affaire. Celui qui fut un observateur attentif et avisé de la vie politique dans les Hauts-de-Seine doit pourtant avoir beaucoup à dire...

C'est ainsi. L'État régalien, ce colosse jupitérien que l'on nous décrit depuis l'enfance comme tout-puissant, sourcilleux et protecteur, comme sévère mais juste, est en vérité si affaissé que seuls ses ors et ses parures donnent encore l'illusion qu'il tient debout.

Derrière l'intérêt général que vantaient si lyriquement les pères de la Ve République, à commencer par Michel Debré, s'activent réseaux et factions prompts à instrumentaliser la puissance publique.

Derrière l'impartialité, autre vertu maintes fois glorifiée, se dissimulent des conflits d'intérêts préoccupants, depuis les parlementaires qui « louent » les badges destinés à leurs collaborateurs à des représentants de divers lobbies, libres ainsi de circuler dans les murs de l'Assemblée nationale, jusqu'aux hauts fonctionnaires, voire aux ministres pantoufleurs qui goûtent les va-et-vient entre les palais de la République et les sièges sociaux accueillants des grands groupes. Tout en restant bien évidemment membres de leur corps d'origine, fût-il un corps de contrôle comme la Cour des comptes ou l'Inspection des finances, sans parler de la magistrature.

Derrière la sophistication du droit administratif, dont des générations d'étudiants à Sciences-Po se sont entendu vanter les subtilités, se prennent des décisions qui relèvent parfois du plus sordide intérêt particulier. Mais les paravents du droit et de la vertu sont là pour décorer agréablement la scène, et pour détourner les regards des clans qui, en coulisse, ont annexé un petit coin d'État pour en faire leur chose.

L'abaissement du politique, lié à l'éclatement des « affaires » qui a révélé une quête effrénée mais jamais assumée de toujours plus d'argent, a facilité cette colonisation de l'État, dont les beaux restes sont instrumentalisés par d'opportunistes squatteurs pour asseoir leur pouvoir, organiser la dissuasion envers concurrents et intrus et orchestrer les représailles à l'égard des plus récalcitrants.

Longtemps ces petites annexions n'ont pas fâché, au contraire. Les syndicats agricoles, les filières agro-alimentaires cogéraient, pour ne pas dire plus, leur ministère de tutelle. Et alors ? Cela prouvait que les excellents fonctionnaires qui le peuplaient savaient rester près du terrain, associer les « acteurs » à la gestion politique et administrative. Il a fallu la grande peur de la vache folle pour que la philosophie change un peu. Que certains s'émeuvent que les représentants du syndicat de la charcuterie, par exemple, fassent la pluie et le beau temps dans les cellules de crise chargées de gérer les poussées de listériose. Que d'autres trouvent incroyable que l'on ne puisse savoir quels élevages avaient été touchés par le prion bovin.

Et l'Éducation nationale, ce « mammouth » qu'essaie non sans mal de chevaucher Luc Ferry, l'actuel ministre, auquel revient d'instruire et d'éclairer les générations futures et qui a été le fer de lance de l'interminable grève menée au printemps 2003 contre la réforme des retraites et la décentralisation ? Colonisé lui aussi.

Depuis des années, la cogestion avec les syndicats s'est installée rue de Grenelle. La moindre réforme, la plus petite nomination fait l'objet de consultations précautionneuses de ces êtres susceptibles et prompts à s'enflammer que sont les syndicalistes. Leur sport national ? « Se faire » un ministre. C'est, semble-t-il, chez eux une question d'honneur. D'ailleurs, il apparaît à l'expérience que leur tableau de chasse est glorieux, du moins

176

de leur point de vue. À part Jack Lang qui avait hissé le drapeau blanc sur le toit du ministère avant même de donner son premier cocktail, tous ceux qui se sont installés dans le fauteuil ministériel à coussin éjectable ont pu ressentir un peu la même chose que le continental indésirable s'installant en Corse : l'impression désagréable d'évoluer dans un milieu hostile, dont les éléments les plus radicaux rêvent de tailler une encoche supplémentaire dans le manche de leur coutelas.

Luc Ferry souhaitait lancer un certain nombre de réformes. Il connaissait son sujet pour avoir présidé longtemps le Conseil national des programmes. C'était sa force. Et sa faiblesse. Comme s'il suffisait de connaître un sujet pour prétendre le maîtriser ! Conscient, sans doute, de la difficulté, il a choisi de reprendre la méthode de son célèbre homonyme pour s'adresser, par écrit, aux enseignants[1]. L'illettrisme, la violence à l'école, l'échec scolaire, toutes les facettes du mal sont analysées dans sa longue lettre.

La méthode était sans doute risquée. Certains destinataires l'ont jugée méprisante, ou déplacée, ou les deux. Sans même l'ouvrir, ils ont jeté au visage du ministre son ouvrage. Cela a donné des images fortes et déplaisantes. Les enseignants, même en colère, ont-ils le droit de jeter les livres dans un pays où plus d'un collégien sur dix ne sait pas lire ?

Au moment où Luc Ferry mettait la dernière main à son livre, la Cour des comptes publiait un rapport éclairant sur « La gestion du système éducatif » qui fait la synthèse de soixante-trois missions de contrôle réalisées par des magistrats financiers. Sévère, ce document a pourtant laissé de côté certaines des découvertes les plus polémiques des enquêteurs. L'une d'entre elles concerne les inspecteurs d'académie. Et que dit-il qui

---

1. Luc Ferry, *Lettre à tous ceux qui aiment l'école*, Odile Jacob, 2003.

mérite d'être ainsi tenu secret ? Que ces fonctionnaires chargés, entre autres, de noter les enseignants, refusent pour eux-mêmes toute notation. En vertu d'un décret arraché de haute lutte ? Pas du tout. Simplement, depuis 1998, cette non-évaluation des évaluateurs est devenue un fait que leur hiérarchie s'est contentée d'entériner. Ensuite, les inspecteurs d'académie refusent qu'on leur impose une grille de notation. Ils sont assez grands pour savoir eux-mêmes comment on juge un professeur. Cela risque de créer des disparités ? Vous n'y êtes pas. Car le point d'orgue de ce système unique au monde se nomme « péréquation ». Une fois les notes établies, on leur applique divers coefficients dont le résultat, sinon l'intention, consiste à aplanir les écarts qui pourraient apparaître. Ces faits simples, compréhensibles par n'importe quel lecteur, semblent aujourd'hui trop « sensibles » pour figurer dans un rapport public de la Cour des comptes. Les inspecteurs d'académie ont dû être satisfaits d'apprendre qu'ils étaient craints à ce point. Cette toute-puissance syndicale réduit le ministre censé diriger la plus grosse administration de France à l'état d'otage permanent.

« J'ai été victime d'une opération organisée qui a conduit Lionel Jospin à me sacrifier, raconte Claude Allègre, ministre qui s'est fait exécuter pour avoir transgressé les lois implicites du milieu. Ce n'est pas la colère des enseignants contre tel ou tel projet qui m'a fait tomber, c'est un complot, une cabale préparée patiemment, souterrainement, par les forces conservatrices du monde enseignant contre la personne du ministre [1]. »

« Force conservatrices » est un vocable élégant pour désigner le Syndicat national de l'enseignement supérieur (SNES), qui « tenait » le ministère et ses instances.

---

1. Claude Allègre, *Toute vérité est bonne à dire*, Fayard-Robert Laffont, 2000.

Claude Allègre l'a trouvé plus fort que jamais à son arrivée, dopé par quatre ans de tapis rouge déroulé par François Bayrou, le ministre qui ne voulait pas d'ennuis et embrassait comme du bon pain la secrétaire générale du SNES, Monique Vuaillat, qui le terrifiait. « Certains syndicalistes, au nom des commissions de mutation, emportaient avec eux les listes sorties de l'ordinateur et les rapportaient le lendemain avec les modifications qualitatives qu'ils désiraient », poursuit l'ami de trente ans de Lionel Jospin. Le Premier ministre, obsédé par l'échéance présidentielle, à qui on rapportait volontiers les faux pas du ministre, n'a pas su, lui, dire non.

Ces « forces conservatrices », Claude Allègre, dès son arrivée, a voulu les remettre à leur place. Il leur a répondu, lorsqu'elles demandaient « quand on faisait le budget » de l'Éducation nationale, que le budget, c'était le gouvernement qui l'établissait. « Tout-puissant sous Bayrou, poursuit Claude Allègre, le SNES était redevenu un syndicat comme les autres [...]. Son extraordinaire capacité à s'opposer à toute réforme avait été vaincue, son obsession de créer des postes, des postes, encore des postes, avait été maîtrisée. Il ne contrôlait plus les nominations, les mutations et les promotions des enseignants. Pour la première fois depuis des décennies, son pouvoir avait été battu en brèche. J'étais devenu son ennemi personnel, psychologiquement et politiquement. Un an après ma nomination, je le sais, Monique Vuaillat, la secrétaire générale du SNES, a dit à François Bayrou : "J'aurai sa peau." »

De fait, on y met les moyens : activation de rumeurs en tout genre, création de sites Internet « spontanément » anti-Allègre, et, d'après la victime, 30 millions de francs dépensés auprès d'une agence de publicité et de communication...

Le « sacrifice » de Claude Allègre sur l'autel de la paix sociale a-t-il été vain ? Ou son passage musclé au ministère de l'Éducation nationale a-t-il au contraire triomphé durablement des « forces conservatrices » ? Y a-t-il un « après-Claude Allègre » ?

Certainement. Seul objet de désespoir : cet après ressemble singulièrement à l'avant. François Bayrou avait fait nommer Monique Vuaillat professeur agrégée. Une distinction hors norme dans un univers régi par le seul mérite du haut en bas de la hiérarchie, et de nature à décourager tous ceux qui préparent pendant des années ce concours très sélectif. Jack Lang, le successeur de Claude Allègre, a trouvé de quoi rivaliser dans la complaisance. À l'été 2001, il a élevé Monique Vuaillat, partie à la retraite dans l'intervalle, au grade de chevalier de la Légion d'honneur. Que lui manque-t-il encore ? La croix de guerre ? La médaille de la Résistance ?

« La peur des réformes autres que démagogiques prolonge, en fait, chez les dirigeants, la peur des représailles dont sont capables et coutumiers les puissants groupes d'intérêts catégoriels qui assiègent les États modernes et, le plus souvent, décident à leur place. Pour désigner cette ankylose de la volonté dans des gouvernements et des oppositions démocratiques, un essayiste américain [1] a forgé le néologisme de "démosclérose". Aucun pays démocratique n'est indemne de ce mal. Mais le nôtre est sans doute parmi les plus atteints », écrit Jean-François Revel dans les colonnes du *Point* [2]. Le printemps 2003 a fourni un bel exemple de cette « démosclérose ». Que des catégories, des enclaves corporatistes plus ou moins larges, tentent de sauver leurs privilèges, rien que de très normal. Il s'agissait là pour les fonctionnaires de conserver les privilèges exorbitants qu'ils ont par rapport aux salariés du secteur privé en

---

1. Il s'agit de John Rausch, auteur de *Government's End* (1999).
2. *Le Point*, 25 mai 2001.

matière de retraites. Avec en première ligne les enseignants, qui avaient vu en Luc Ferry le ministre issu de la société civile pour qui un conflit ressemble à un cauchemar et une reculade à une ouverture. La décentralisation, le projet de loi sur les retraites sont-ils de bonnes ou de mauvaises réformes ? La question, au bout d'un moment, n'était plus là. Le pouvoir voulait faire taire la rue sans donner l'impression de céder ou d'abandonner, de peur de voir le peu de crédit qui reste au pouvoir politique disparaître dans cette opération. Jusqu'à l'entrée en scène de l'indispensable Sarkozy, qui résuma d'une phrase la philosophie gouvernementale : « Tout est négociable. »

Lieu d'exercice, s'il en est, de l'État régalien, le ministère de l'Intérieur est, lui aussi, depuis des années l'une de ces places fortes où l'on se canarde sans retenue. Un territoire étrange de quasi-guerre civile avec snipers, preneurs d'otages et chefs de clan. Il est un homme qui a contribué à amplifier cette pente. Cet homme, qui a exercé ses talents place Beauvau à deux reprises, entre 1986 et 1988, puis entre 1993 et 1995, incarne cette confusion entre les fonctions régaliennes de l'État et la conduite de ses petites affaires. Entre l'intérêt général et des intérêts très particuliers. La mainmise qu'il a gardée sur les rouages importants du ministère, dont les organigrammes portent toujours sa marque, lui ont toujours donné bon moral dans la conduite de ses vendettas politiques. Les organigrammes actuels portent encore la trace de ses séjours remarqués.

Quand, le 11 janvier 2001, Charles Pasqua est l'invité du journal de TF1, c'est pour lancer une nouvelle croisade. Philippe de Villiers, avec qui il avait conclu un « PACS politique » pour la courte aventure d'un nouveau parti baptisé Rassemblement pour la France (RPF), vient de témoigner « à charge » contre lui devant le juge Philippe Courroye dans l'affaire des ventes d'armes à l'Angola. Le président du RPF n'apprécie pas le ton des questions du présentateur, Patrick Poivre d'Arvor. Alors, histoire de le calmer sans doute, il lui sort cette phrase étrange et lourde de sous-entendus : « N'oubliez pas que j'ai été ministre de l'Intérieur. » Un peu plus tard, dans les colonnes du *Figaro*, alors que ses ennuis judiciaires vont croissant et que sa mise en examen est proche, il écrit cette chose extraordinaire : « Je ne pardonnerai pas le mal qui a été fait à ma famille. Je suis d'un pays qui ne pardonne pas [1]. » Ce pays, c'est la Corse. Et l'impossible pardon, c'est la vendetta.

L'improbable duo Pasqua-Villiers a, dès les premiers flirts, dégénéré en règlement de comptes conjugal. Il s'agissait, il est vrai, d'un mariage de raison. Un viager politique pour Villiers, un pactole pour Pasqua, en l'espèce les 8 millions de francs que le Mouvement pour la France (MPF) de Philippe de Villiers reçoit au titre du financement public des partis.

Dans ce climat de confiance mutuelle où la défense d'un idéal politique devient vite un sujet accessoire, Philippe de Villiers est sur ses gardes. En novembre 1999, juste avant la création du RPF, il rappelle à « Charles » ses exigences : bénéficier d'un poste de vice-président du mouvement qui puisse contrôler finances, investitures et nominations ; flanquer le trésorier du RPF, Edgar Vincensini, un Franco-Brésilien par ailleurs avocat de Pasqua, de son propre argentier.

Las ! Après la Toussaint, les statuts ne sont toujours pas prêts. Et quand, lors d'une réunion, Villiers les réclame de nouveau avec insistance, Pasqua part bouder pendant une heure avant de prévenir, grognon :

---

1. *Le Figaro*, 4 mai 2001.

« Philippe, il faut pas que tu recommences ça. Je ne suis pas un notaire. »

Entre-temps, les statuts sont mis sur Internet. Sans que les exigences de Villiers y soient traduites. Le 15 novembre, Philippe écrit à Charles. Une lettre manuscrite, de président de conseil général (de Vendée) à président du conseil général (des Hauts-de-Seine) : « Tu reviens sur ta parole, prenant ainsi le risque de briser l'unité, la confiance, l'espoir de milliers de militants [...]. Avec une immense tristesse mais aussi mon amitié réelle et profonde, je viens te dire que je n'ai plus le choix. C'est une question de principe, c'est une question d'honneur... » Pourtant, lors du congrès fondateur, le samedi 21 novembre 1999, les statuts passent. Villiers encaisse. Il a perdu : il ne contrôle rien, son titre est purement honorifique. Mais évidemment, ce qui a fait son malheur fera sa fortune : pas de contrôle des finances du parti, donc pas de responsabilité pénale.

Face à cette humiliation, l'arme fatale de Villiers, c'est bien sûr l'argent qu'il perçoit au titre de son parti, le Mouvement pour la France (MPF). Charles ne reverra plus jamais la couleur du magot. Il s'en plaint. Il réclame. Il invite Philippe à une promenade à Bagatelle, dans le Bois de Boulogne, histoire de détendre l'atmosphère, sans doute. Dialogue tel qu'on peut le reconstituer après enquête :

Charles. – Il faudrait que tu nous apportes quelques moyens.

Philippe. – On n'a pas les réponses... [aux questions concernant les finances].

Charles. – Il faut que je voie La Perrière.

La Perrière, rigide saint-cyrien, est le lieutenant de Villiers au MPF. Il voit Pasqua et lui sert un numéro d'indigent qui le met en rage.

Les conversations se poursuivent par écrit, via des lettres recommandées très amusantes, où, entre deux menaces, il n'est question que d'amitié profonde et sincère.

De Charles à Philippe, le 11 avril 2000 : « Il faut bien reconnaître, pour le regretter, que le refus par le MPF d'affecter une partie de la première fraction de financement public et celle lui revenant au titre de la deuxième fraction pour trois parlementaires qui se réclament de lui condamne le RPF à vivoter. Il le mène à l'asphyxie avant la fin de l'année [...]. Espérant que cette démarche, dont le caractère ferme et solennel ne t'échappera pas, te conduira à adopter une position claire et définitive [...], je te redis mon amitié mais j'ai maintenant besoin d'être fixé sur ton concours. »

De Philippe à Charles, le 20 avril 2000 : « Je sais fort bien d'expérience que des moyens limités ne facilitent pas la tâche d'un jeune mouvement, mais je sais aussi que ce ne sont pas quelques millions de plus ou de moins qui peuvent peser sur la force de nos convictions et sur la justesse de notre combat. Je te redis mon attention amicale et fidèle, et te prie de croire... » Dans la même missive, Philippe de Villiers évoque l'éviction minute de la comptable du RPF, Christine Philips, qui faisait partie des quelques villiéristes ayant rejoint le RPF à plein temps. Et comptable, c'est assurément un poste stratégique. Une fois, Christine Philips a posé des questions. À propos de voyages en avion qui ne lui paraissaient pas clairs, comptablement parlant s'entend. Quelques jours plus tard, elle n'avait plus de bureau. Ses affaires personnelles l'attendaient dans le couloir. Elle est venue sonner à la porte de Philippe de Villiers, qui l'a accueillie et écoutée avec attention.

Entre-temps, le feuilleton continue. De Philippe à Charles, le 31 mai 2000 : « Le 20 avril 2000, je te faisais part de mon inquiétude devant la situation financière du RPF [...]. Plus d'un mois plus tard, je n'ai pas reçu de réponse de ta part [...]. Je m'interroge sur certains choix de gestion comme le doublement de nos locaux [...] ou sur le recours habituel à des moyens dispendieux comme les avions privés que j'apprends par la lecture des journaux. »

De Charles à Philippe, le 27 juin 2000 : « Ou tu fournis sans délai ta part dans le financement du RPF, ou ce mouvement aura vécu. Je ne vais bien entendu pas continuer d'engager des moyens financiers pour, en plus, faire l'objet d'une suspicion voire de calomnies permanentes. Écrire, par exemple, que le mouvement utilise et paie des avions privés pour mes déplacements relève de celles-ci... »

C'est l'époque où Philippe et Charles ne s'entendent plus sur rien. Un exemple pris pas tout à fait au hasard. Le 13 juin, Philippe de Villiers « regrette » publiquement que Jacques Chirac « ait cru devoir se rendre à Damas » pour assister aux obsèques du président Hafez el-Hassad. Hafez el-Hassad, tout le monde situe ? Pas franchement un ami de la démocratie, plutôt un spécialiste de l'écrasement sans état d'âme des contestataires, un Big Brother du Levant, hébergeur d'anciens nazis. Eh bien, trois jours plus tard, le 16 juin, Charles Pasqua adresse, lui, ses « condoléances » à la famille de Hafez el-Hassad et « soutient la présence » de Jacques Chirac aux obsèques dans une lettre adressée à l'ambassadeur de Syrie en France : « J'ai toujours éprouvé, que ce soit à titre personnel ou dans mes fonctions ministérielles et politiques, du respect à l'égard de l'œuvre entreprise par le président Hafez el-Hassad », ajoute un Pasqua ému. Villiers, qui voit le mal partout, se demande pourquoi son ancien allié se met tellement en frais.

Mais l'ambiance va vite se dégrader (si c'est encore possible). On passe alors au recommandé avec accusé de réception.

De Philippe à Charles, le 11 juillet 2000, dans une missive où il est encore question d'argent et de gestion dispendieuse du RPF : « J'ai durant plusieurs années poursuivi mon activité politique au sein d'un Mouvement qui vivait selon [des] principes [financiers] raisonnables, et si j'ai parfois pu regretter le manque de moyens, je n'ai jamais cru que la fin justifiait les moyens. » Une lettre de démission officielle suit de quelques jours ces propos lourds de sous-entendus. Mais Charles, lui, continue la chasse au trésor. Dans une lettre recommandée du 25 juillet, par laquelle il prend acte de la démission de son vice-président, il exige toujours la cassette : « Je te mets en demeure de payer la somme de 2 305 000 francs correspondant à la moitié du besoin de financement du RPF. » D'ailleurs, selon Charles, les inquiétudes sur les finances du parti sont le fait d'une paranoïa galopante : « Les commissaires aux comptes ont certifié sans réserve les comptes de l'exercice 1999. » C'est beau, la politique et le « débat d'idées » !

Surtout que ce qu'écrit Charles Pasqua est contestable. Les comptes 1999 ont été certifiés avec une réserve quant à la capacité de survie financière du RPF. Et les deux commissaires aux comptes ont eu le plus grand mal à obtenir les comptes auprès du trésorier du parti et ancien directeur de cabinet de Charles Pasqua. Quelques semaines plus tard, les commissaires aux comptes prendront d'ailleurs une initiative inédite dans l'histoire de la vie politique française. Ils lanceront une « procédure d'alerte » auprès du tribunal de Nanterre, comme ils le feraient pour une entreprise dont l'avenir leur semble compromis et les pratiques discutables.

Six mois après sa démission, Philippe de Villiers est dans le cabinet du juge Courroye, qui l'a convoqué. Le magistrat, saisi de l'affaire des ventes d'armes à l'Angola – que Jean-Christophe Mitterrand a rendue célèbre –, voudrait savoir si, par hasard, Brenco, la société du Franco-Brésilien Pierre Falcone, n'aurait pas apporté son concours financier au RPF et à ses dirigeants. Le témoin surprise n'arrive pas les mains vides, mais avec un dossier consistant sur la gestion, selon lui fantaisiste, du RPF et les comptes de campagne des européennes de 1999, où Marthe Mondoloni, la fille d'un ami corse de Charles Pasqua reconverti dans les machines à sous en Afrique, avait donné 10 millions de francs pour une place inéligible, la cinquante-cinquième, sur la liste Pasqua-Villiers. À la sortie du pôle financier, Philippe de Villiers l'assure : « Il ne s'agissait nullement, pour moi, d'un règlement de comptes. » Et il enchaîne : « Mais je n'accepte pas la loi du silence du milieu politique, qui s'apparente à l'omertà du Milieu tout court. Je suis venu briser cette loi du silence [...]. Je veux simplement confirmer que cette affaire est : 1. Une affaire grave. 2. Une affaire d'État. 3. Avec des ramifications internationales, intercontinentales. »

Malgré les messages personnels envoyés par Charles Pasqua sur la « famille » ou le « pays où on ne pardonne pas », Philippe de Villiers ne se tient plus : « Pasqua est souverainiste en politique, internationaliste en comptabilité. » Ou encore, puisqu'il est question de ventes d'armes et de financement occulte par l'argent des casinos : « Le système Pasqua, c'est comme Thomson, il y a une branche armement et une branche loisirs. »

Une « branche armement », il en existait justement une au ministère de l'Intérieur. Et elle n'est pas sans lien avec la fâcherie en cours. Son nom ? La Sofremi (Société française d'exportation de matériels, systèmes et services), jusqu'à ce que les remous de l'affaire angolaise, ainsi que les pertes qu'elle réalisait, ne conduisent prématurément à sa liquidation. Et comme Philippe de Villiers, beaucoup de gens s'en prennent à ce pauvre Charles, qu'ils accusent de proximités avec la Sofremi, donc de connivences avec Pierre Falcone, devenu infréquentable. Mais où vont-ils chercher tout ça ?

La veille de l'audition de Philippe de Villiers par le juge Courroye, *Le Figaro*[1] publie une interview explosive du PDG de la Sofremi, le préfet Henri Hurand. Nommé par Lionel Jospin en 1997, celui-ci raconte qu'à partir de 1992, c'est-à-dire sous le règne de Charles Pasqua place Beauvau, Pierre Falcone est devenu l'intermédiaire unique utilisé par cette discrète société d'État. « C'est totalement anormal, ajoute-t-il. Il obtient des rémunérations exorbitantes sur chaque opération. » Henri Hurand souligne que Pierre Falcone a travaillé sous plusieurs ministres de l'Intérieur, qu'il a « arrosé » tout le monde mais que « la période la plus significative est celle de Charles Pasqua. Tout le monde sait que celui-ci a toujours suivi de près ce genre de marchés internationaux et que c'est lui qui a nommé le tandem Dubois-Poussier à la tête de l'entreprise ». Ce que le haut fonctionnaire appelle entreprise est, on l'aura compris, cette étrange entité : la Sofremi. Une fois parti, on n'arrête plus le préfet Hurand, qui précise : « Je note que Poussier a des origines corses. »

Les accusations d'Henri Hurand, d'un ton inhabituel pour un préfet, sont un peu reprises – un peu – dans la presse. Las ! Trois jours plus tard, le préfet s'écroule sous le poids de la culpabilité et écrit une lettre d'excuses à Charles Pasqua.

Il faut lire attentivement cette lettre, écrite librement, du moins ose-t-on l'espérer, par un haut fonctionnaire à un ancien ministre de l'Intérieur de la République française :

« Monsieur le ministre,
Rien ni personne ne pourront jamais excuser la vilenie qu'involontairement j'ai commise [...]. Je suis d'autant plus

---

1. *Le Figaro*, 9 janvier 2001.

navré et malheureux que je n'oublie pas ce que vous avez fait pour moi il y a quelques années. »

Tiens, tiens. Un préfet qui « balance » dans la presse sur un ancien ministre, ce n'est déjà pas fréquent. Un préfet qui, trois jours plus tard, s'excuse, se contredit et se flagelle – une « vilenie », diable ! – l'est encore moins. Mais un préfet qui perd l'esprit au point de rappeler à Charles Pasqua, par écrit, qu'il est son débiteur, ce préfet-là fait carrément peur.

D'ailleurs Henri Hurand, en mai 1992, a lui aussi eu très peur. Il était préfet de Haute-Corse depuis deux ans. Sa carrière a trébuché en même temps que s'écroulait la tribune du stade de Furiani (dix-sept morts et plusieurs dizaines de blessés). De par sa fonction, il était responsable du contrôle technique effectué sur l'échafaudage. Placé hors cadre, autrement dit mis au placard, Henri Hurand en ressort plutôt vite. En 1993, il est nommé directeur de cabinet de Jean Mattéoli, président du Conseil économique et social. Grâce à Charles Pasqua, redevenu ministre de l'Intérieur ? Peut-être. Mais ce coup de pouce suffit-il à justifier une si invraisemblable volte-face, après une si grave mise en cause, de la part d'un homme dont les fonctions laissent supposer qu'il sait quel sens ont les mots ? Sans doute pas.

Les mois passent, les mises en examen se rapprochent pour l'ancien ministre de l'Intérieur, et les vilaines accusations continuent. En avril 2001, c'est Jean-Bernard Curial, socialiste, homme d'affaires et à l'occasion marchand d'armes – donc rival de Falcone –, qui est entendu comme témoin par les juges. Il explique que son concurrent était considéré comme « quelqu'un de la place Beauvau » et que celui-ci connaissait très bien Pasqua et l'un de ses lieutenants les plus sulfureux, Jean-Charles Marchiani. Calomnie, encore ? Le ministre a toujours nié connaître Pierre Falcone. Et que dire, alors, des accusations lancées par Sabine de La Laurencie, une ancienne et très proche collaboratrice du conseiller diplomatique de Pasqua, Bernard Guillet, qui, quelques jours plus tard, raconte aux juges que la compagne d'Étienne Léandri, un « homme d'affaires » décédé et proche de Pasqua, aurait menacé de raconter quelques histoires sur la Sofremi si on ne lui trouvait pas un appartement dans lequel elle se sente bien ? Des propos démentis par ladite compagne, évidemment.

Rappelons que ces accusations, rétractations, récits de menaces ont pour théâtre le ministère de l'Intérieur, chargé de faire respecter l'ordre dans le pays et, accessoirement, d'assister la justice dans ses investigations. Autrement dit, le cœur de l'État.

Pasqua, l'homme aux allures patelines qui fait – faisait ? – peur à tout le monde, n'est resté que deux fois deux ans au ministère de l'Intérieur. Il n'y a pas perdu son temps. Entre 1993 et 1995, il a su truffer la haute administration de ses hommes, en provenance directe de son fief des Hauts-de-Seine. « La méthode a toujours été la même, raconte un haut fonctionnaire du ministère de l'Intérieur qui n'a jamais fait partie de la bande. Blanchir ses hommes en les faisant passer par le cabinet du ministre. Et puis une fois que tout le monde s'est habitué à leur tête, les promouvoir à des postes clés, souvent surdimensionnés pour leur CV. Et quand le ministre part, eux restent et continuent de servir. » Dans tous les services qui dépendent du ministère de l'Intérieur, l'ombre de Charles Pasqua continue de planer. À la brigade financière, les enquêteurs avouent qu'ils se passeraient bien de travailler sur le cas Pasqua, doublement mis en examen depuis mai 2001 par les juges Courroye et Prévost-Desprez. C'est curieux, mais ils se sentent épiés. Sûrement une manifestation – une de plus – de paranoïa collective. Mais il faut bien reconnaître aussi que la colonisation de l'appareil d'État par les affidés du ministre a souvent survécu à l'éloignement de leur champion et même à ses soucis judiciaires croissants. En 2003, soit plus de huit ans après le départ de leur gourou, certains occupent encore des postes clés.

Michel Gaudin était directeur général des services au conseil général des Hauts-de-Seine avant de suivre son ancien patron place Beauvau. Dès avril 1993, il est nommé directeur du personnel, puis directeur de l'administration de la police nationale. Des postes hautement stratégiques, puisqu'on y pilote la carrière et l'avancement de tous les policiers. En avril 1995, entre les deux tours de la présidentielle dont Édouard Balladur vient d'être exclu, il est promu préfet. Depuis l'éviction de Patrice Bergougnoux, il est devenu, en 2002, directeur général de la Police nationale. Le détour par les Hauts-de-Seine n'a pas nui, bien au contraire, au cursus administratif de cet énarque sorti avec un rang de classement médiocre.

Pour Claude Guéant, servir Charles Pasqua a également fait office de propulseur de carrière inespéré. Cet ancien secrétaire général de la préfecture des Hauts-de-Seine entre 1986 et 1991 avait dû laisser un bon souvenir au patron du département puisque celui-ci le nomme, en 1994, directeur général de la Police nationale. Il a su rebondir encore en devenant directeur de cabinet de Nicolas Sarkozy au ministère de l'Intérieur. Une belle trajectoire pour un homme qui aurait pu craindre, au moment de l'affaire Schuller, de pâtir de sa proximité passée avec l'exilé de Saint-Domingue. C'est en effet lui qui contrôlait, ès qualités, tous les marchés passés par l'ex-énarque-fuyard au titre des HLM des Hauts-de-Seine. Comme quoi il n'est pas interdit d'être habile pour se retrouver au cœur du système.

La survivance des réseaux Pasqua aux plus hauts niveaux du ministère n'est pas étrangère à l'ambiance de règlements de comptes qui règne place Beauvau et ne contribue pas exactement à la pacification des esprits. Deux hommes de l'ombre font, eux aussi, carrière dans la préfectorale. Ancien directeur de cabinet de l'homme fort des Hauts-de-Seine, Michel Sappin fut un pilier du cabinet Pasqua en 1994 et 1995, qui le couronna préfet in extremis le 4 mai 1995. Quant à Bernard Tomasini, il commença sa carrière comme secrétaire général de la joaillerie Fred, ce qui ne prédestine pas forcément à représenter l'État dans les régions et les départements. Mais ce fils de famille gaulliste s'attache à Charles Pasqua au début des années quatre-vingt-dix. D'origine corse comme son mentor, cet homme habile intègre la préfectorale... dès 1994. Une vraie réussite.

Cette énumération oublie le plus célèbre des préfets à la mode pasquaienne. Est-il encore nécessaire de présenter Jean-Charles Marchiani, champion de la libération d'otages toutes catégories ? Préfet, lui aussi, en 1993. Il rêvait de l'habit blanc et a su l'utiliser, sous le soleil du Var, pour taquiner François Léotard et tenter de supplanter le Parti républicain dans ce département « à fort potentiel ».

Mais parler de Jean-Charles Marchiani est dangereux. Écrire son nom dans un journal, dans un livre, expose à des représailles. Marchiani, c'est une caricature de la méthode Pasqua. Dans un excellent livre sur les coutumes du clan, *La Maison Pasqua*[1], Nicolas Beau, journaliste au *Canard enchaîné*, l'a surnommé le « préfet Boum-Boum » : « Ses menaces ne sont jamais voilées, l'auteur de ce livre l'a appris à ses dépens. Alors que *Le Canard enchaîné* avait publié, l'hiver dernier[2], plusieurs papiers sur les comptes

---

1. Nicolas Beau, *La Maison Pasqua*, Plon, 2001.
2. C'est-à-dire l'hiver 2000-2001.

bancaires des proches de Pasqua, Jean-Charles Marchiani confiait à un ami : "Ce Nicolas Beau, il faut lui régler son problème. En Corse, c'est assez vite fait : boum, boum, et terminé." » Voilà pour le surnom. Il ne s'agit sûrement pas de vraies menaces mais de ce qu'on appelle l'humour corse. Dommage que l'intéressé ait pris si mal ce trait d'esprit, pourtant décoché sans méchanceté.

Mais bon, le sens de la boutade dans ce milieu se perd. On est préfet, on est respectable, pas question de se laisser importuner. Alors comment réagir ? Et si on faisait appel à la justice française ? La vendetta judiciaire s'est donc abattue sur Nicolas Beau, sous la forme de quatorze procès que lui intentent Charles Pasqua, sa « famille » et les principaux protagonistes de l'affaire Falcone. Avant même la publication de son livre, son auteur a été l'objet de deux plaintes de Marchiani, une de Pasqua, une du RPF. But évident de la manœuvre : intimider le journaliste et décourager *Le Canard enchaîné* de continuer à enquêter sur les liens de ces messieurs avec Pierre Falcone et les ventes d'armes illégales. L'hebdomadaire a fait tout le contraire.

Alors, c'est au journaliste en personne que se sont ensuite attaqués ces honorables diffamés. Dix plaintes en tout émanent de quatre Corses faisant partie de la sphère Pasqua, du RPF, de Charles Pasqua, de son fils Pierre Pasqua, homme d'affaires, de Jean-Charles Marchiani, de Pierre Falcone et d'Arcadi Gaydamak.

Arcadi Gaydamak, l'homme aux multiples nationalités, associé de Pierre Falcone dans les ventes d'armes à l'Angola, réfugié en Israël, ne perd jamais une occasion de faire un procès dès que son nom est évoqué en des termes qui lui déplaisent. Parmi les avocats qu'il a engagés, il en est un qui manifeste un professionnalisme confondant.

Me Goldnadel a créé la Ligue contre la désinformation, qui a pris dans l'histoire récente des positions pro-serbes, puis pro-israéliennes. Parmi ses membres, le journaliste de TF1 Bernard Volcker ou l'historien et journaliste Alexandre Adler. Me Goldnadel les appelle à témoigner, à la demande, pour venir défendre l'honneur bafoué du milliardaire Gaydamak. Une magnifique stratégie, qui lui a fait gagner tous ses procès jusqu'à présent.

Arcadi Gaydamak et son avocat font aussi dans la prévention. En utilisant toujours la menace de procès. Journaliste à France 3, Serge Faubert fait des sujets assez sévères pour le camarade Arcadi, l'homme d'affaires russe par ailleurs proche autrefois du KGB. Me Goldnadel se fâche. Il contacte le directeur de la rédaction de France 3, Hervé Brusini, et le place devant un choix difficile : soit il traîne la chaîne en justice, soir on s'engage, par écrit, à ce que Serge Faubert ne couvre plus l'affaire Falcone-Gaydamak. La direction de la chaîne a écrit le courrier. Serge Faubert, écarté, a été remplacé par un confrère... membre de la Ligue contre la désinformation.

Pourquoi se gêner, puisque cela marche ? Certes. On ne sait trop où Arcadi Gaydamak a pris toutes ces bonnes leçons. Tout de même pas auprès de Pasqua qui répète sans se lasser qu'il ne le connaît pas ?

Pourtant, de Jean-François Treyssac à Henri Hurand, de Philippe de Villiers à Nicolas Beau, on comprend mieux pourquoi des militants du RPF, interrogés par *Le Monde*[1] au printemps 2001, décrivaient leur parti et ses dirigeants comme « un univers à la Coppola ». Cet univers-là, malheureusement, ne s'arrête pas aux frontières d'un petit parti moribond.

Car il est une enclave redoutée du ministère de l'Intérieur qui témoigne bien de l'affaiblissement de l'autorité des ministres et de l'ambiance délétère qui règne aux

---

1. *Le Monde*, 25 avril 2001.

sommets de l'État malgré les discours lénifiants. Ce lieu bien connu des journalistes qui suivent la police – et s'occupent aussi parfois d'investigation – mais sur lequel ils écrivent peu, c'est bien sûr la Direction centrale des Renseignements généraux (DCRG). Une police politique que Lionel Jospin s'était engagé à supprimer en 1995, puis en 1997, et dont il n'a finalement même pas réussi à limoger le directeur.

« À peine Fouché a-t-il depuis trois mois le pouvoir entre les mains que ses protecteurs s'aperçoivent avec autant d'effroi que de surprise, déjà désarmés, qu'il exerce une surveillance non seulement en bas mais aussi en haut [...]. Ses filets s'étendent à tous les emplois et à toutes les charges[1]. » Dans la biographie qu'il lui consacre, Stefan Zweig montre combien les méthodes de Joseph Fouché, révolutionnaire sanguinaire, ministre de la Police inamovible puis réactionnaire sans limite, consistaient à instrumentaliser un État encore balbutiant à des fins carriéristes éminemment personnelles.

Pour peu qu'il en ait le cynisme et l'ambition mal placée, le directeur central des Renseignements généraux a, de nos jours, les moyens de se comporter comme un petit Fouché. Il dispose de sommes d'argent liquide pour rémunérer de manière parfaitement discrétionnaire mouchards en tous genres, et d'informations inédites, vraies ou fausses, qu'il peut livrer clé en main aux journalistes selon le cours de ses intérêts, de ses amitiés ou... de ses inimitiés.

Yves Bertrand aura tenu plus de dix ans à ce poste hautement sensible. Il s'est accommodé de ministres évanescents comme Philippe Marchand (PS) ou Jean-Louis Debré (RPR) et s'est fait apprécier de... Pasqua. Une vieille connaissance. Plus fort encore : il aura résisté plus récemment à un Premier ministre (Lionel Jospin) et à

---

1. Stefan Zweig, *Fouché*, Le Livre de Poche.

un ministre de l'Intérieur (Nicolas Sarkozy) qui n'avaient aucune confiance en lui et avaient décidé de s'en séparer.

Ils avaient tous les deux des raisons de se méfier. Nicolas Sarkozy fut informé, peu de temps après son arrivée place Beauvau, que les services de son nouveau collaborateur avaient composé, quelques années auparavant, un « blanc », une de ces fameuses notes non signées et rédigées sur papier vierge, concernant... son patrimoine. On imagine sa tête !

Puis des courriers un peu échevelés parvinrent par diverses voies jusqu'à son cabinet. Ils étaient tous signés par le même personnage, Hubert Marty. Cet ancien commissaire des RG a fait parler de lui à l'occasion de la sortie du best-seller de Thierry Meissan, *L'Effroyable Imposture*[1], qui soutient qu'aucun avion ne s'est écrasé sur le Pentagone le 11 septembre 2001. Accusé par certains d'être l'inspirateur de cette thèse pour le moins audacieuse, ce policier, qui se trouvait alors en poste au SGDN (Secrétariat général de la Défense nationale) et habilité à ce titre au « très secret défense », se vit interdire l'accès à son bureau du jour au lendemain.

Ce qu'on ignorait alors, c'est que cet homme fantasque travaillait, à ses heures perdues, pour Yves Bertrand alors qu'il n'appartenait plus à son service. En octobre 2000, il prend l'initiative de contacter le directeur central des RG parce qu'il croit savoir que l'homme le plus recherché de la République, Yvan Colonna, a été vu au Venezuela. Bertrand, le grand ami des journalistes chargés de suivre la police, le met en contact avec son chef de cabinet, Didier Rouch, alias Didier Mathis, un homme dont on ne publie jamais le nom dans les journaux et qui traitait alors ce qu'on appelle les « affaires réservées ». Hubert Marty revient bredouille d'Amérique

---

1. Thierry Meissan, *L'Effroyable Imposture*, Carnot, 2002.

latine mais continue à abreuver son commanditaire en notes sur les sujets les plus variés. La mort de Pierre Bérégovoy ne serait pas un suicide, l'adjoint de Bertrand serait un homme louche, etc.

Mais, si l'on en croit les courriers adressés par Hubert Marty à Nicolas Sarkozy – qui n'engagent que lui bien sûr –, Yves Bertrand s'impliqua plus que de raison durant la campagne présidentielle dans le soutien à Jacques Chirac. « M. Bertrand, écrit Marty, me confia le soin de tenter de faire publier, avant le premier tour de l'élection présidentielle, un manuscrit destiné à compromettre les chances de Lionel Jospin à cette élection [...]. Ce projet était en fait un condensé de nombreux renseignements émanant de la DCRG sur certains aspects peu connus du parcours politique de l'ancien Premier ministre – dont son fameux passé trotskiste – et de son père feu Robert Jospin dont les hésitations durant la dernière guerre étaient abondamment décrites comme autant de signes de ses sentiments pétainistes, voire collaborationnistes. »

Voilà déjà une bien curieuse mission. Le manuscrit existe bel et bien. Rédigé en des termes carrément insultants pour l'ancien Premier ministre, ce texte, que nous avons pu lire en totalité, ressemble à un libelle diffamatoire composé de fiches de police un peu ravaudées.

En mars 2002, alors qu'il est encore officiellement au SGDN, Hubert Marty se rend au Salon du livre en compagnie de son nouvel ami Didier Rouch, qu'il voit désormais très régulièrement. Il organise un rendez-vous avec Patrick Pasin, le patron des éditions Carnot. Les trois hommes se retrouvent à la brasserie La Coupole, autour d'un verre. L'émissaire des RG remet le manuscrit à l'éditeur avec une doléance particulière : que celui-ci soit publié avant l'élection présidentielle. Prudent, celui-ci refusera, par écrit, de publier une telle attaque ad hominem.

Il est temps, à ce stade, de résumer la situation. Le

chef de cabinet du directeur des Renseignements généraux en personne fait le VRP auprès d'éditeurs pour rendre public un manuscrit peu gracieux envers un Premier ministre qui n'a pas réussi à limoger son patron. Tout cela sous couvert d'intérêt général, de libertés publiques et autres jolis petits noms destinés à maquiller la réalité des pratiques de cet État déclinant.

Jean-Paul Cruse, l'auteur du manuscrit, défend, lui, une tout autre version. Il a réalisé ce livre de sa propre initiative et l'a proposé à plusieurs éditeurs, dont Patrick Pasin, sans l'aide de personne. Patrick Pasin, lui, n'a pas souvenir d'avoir reçu une proposition directe de Jean-Paul Cruse. Et ces explications ne disent pas comment un exemplaire de cet opuscule s'est retrouvé entre les mains du chef de cabinet d'Yves Bertrand, ni pourquoi celui-ci organisait des rendez-vous à la Coupole avec un éditeur pour tenter de le faire publier au plus vite.

Hubert Marty se sentait sûrement, à l'époque de sa collaboration avec Bertrand, au cœur des affaires d'État. Il a eu le temps, depuis, de méditer. En novembre 2002, sentant peut-être une odeur de roussi, la direction des Renseignements généraux le lâche. Le voilà victime à son tour d'une « opération psychiatrisation » assez réussie. L'ancien collaborateur des RG serait atteint d'une « dérive paranoïaque [1] ».

Il est vrai qu'Hubert Marty a quelques traits d'une personnalité, disons, fragile. Mais de deux choses l'une : soit il est vraiment perturbé, et il est inouï de l'avoir affecté à un organisme traitant de questions de défense nationale présumées secrètes ; soit il est sain d'esprit et il est incroyable de l'avoir, du jour au lendemain, privé de poste et bloqué dans son avancement, lui qui était jusqu'alors extrêmement bien noté.

Fin 2002, en tout cas, toutes les informations qui

---

1. *Le Monde*, 16 novembre 2002.

remontent jusqu'au ministre de l'Intérieur à propos d'Yves Bertrand incitent celui-ci à la plus grande méfiance. À certains de ses visiteurs, Nicolas Sarkozy confie, avec un petit sourire, que ce monsieur est fatigué et qu'il serait temps qu'il aille se reposer.

Mais voilà : comment l'éjecter ? Le patron des RG dispose du meilleur protecteur qui puisse exister : le président en personne. Jacques Chirac, qui aime tant les ragots sur les mœurs et manies de ses contemporains, se régale de la moisson que récolte son conseiller pour la sécurité Philippe Massoni. Lui-même ancien directeur des Renseignements généraux, cet ancien commissaire, ex-directeur de cabinet de Charles Pasqua à l'Intérieur, a été bien déçu, en 2002, de ne pas devenir ministre de la Sécurité. Il se console à l'Élysée, où il tire l'essentiel de sa légitimité des petites perles qu'il récolte auprès des RG et qu'il cultive pour le bon plaisir du président.

Comment s'en prendre au pourvoyeur de l'Élysée ? L'entourage de Nicolas Sarkozy a une idée : dégager pour lui un poste à l'Inspection générale de la Police nationale. La date de son départ est même fixée : février 2003. Las ! Le temps passe et, en avril 2003, Yves Bertrand publie quasiment un communiqué de victoire sur son ministre : « Nommé en 1992, il restera jusqu'en janvier 2004[1] », titre *Le Monde*.

Ce haut fonctionnaire au service de l'État – mais oui ! – n'a pas seulement battu les records de longévité à son poste. Il affiche aussi un tableau de chasse extraordinaire : deux ministres de l'Intérieur successifs ont dû renoncer à se séparer de lui.

Devant cette impuissance des politiques à régenter un État colonisé par quelques potentats de l'ombre, c'est finalement un de ses anciens collaborateurs qui s'évertuera, en mai 2003, à en dire très long sur lui. Le 19,

---

1. *Le Monde*, 9 avril 2003.

Hubert Marty est placé en garde à vue par la DNAT (Division nationale antiterroriste) sur commission rogatoire de la juge antiterroriste Laurence Levert. On lui reproche d'avoir donné à des contacts de Colonna des renseignements sur l'enquête. C'est alors que Marty explique qu'il travaillait pour le compte d'Yves Bertrand.

Or, Laurence Levert est une proche de Roger Marion, l'ancien patron de la DNAT qui y a gardé de nombreux contacts. Et Roger Marion est brouillé à mort avec Bertrand. Les deux policiers se rejettent publiquement avec une rare violence la responsabilité de la fuite de l'assassin présumé du préfet Erignac, qui sera finalement arrêté grâce à la ténacité du ministre et au rôle du RAID, service peu utilisé jusqu'ici pour ce genre de mission. Le directeur central des Renseignements généraux sait que ces ennemis-là ont désormais entre les mains quelques munitions contre lui. Lors d'une perquisition, les enquêteurs ont saisi le disque dur de l'ordinateur du commissaire, dans lequel ils retrouvent la trace de tous les courriers envoyés à Nicolas Sarkozy, notamment tout ce qui concerne le manuscrit sur Lionel Jospin. Ces éléments, pourtant fort éloignés de l'enquête sur Yvan Colonna, ont dû bien les intéresser, car ils ne les ont pas rendus à Hubert Marty à l'issue de sa garde à vue. Celle-ci n'a d'ailleurs, finalement, pas débouché sur une mise en examen et il a été mis hors de cause.

Ils veulent peut-être prendre Yves Bertrand à son propre piège. En avril 2003, le directeur des RG, toujours à l'affût de la moindre rumeur, surtout si elle le concerne, a, dans une de ses rares interviews, démenti, à titre préventif, l'histoire du manuscrit de Jospin : « L'ex-Premier ministre était persuadé que j'alimentais une campagne de presse pour dévoiler son ancienne appartenance au mouvement trotskiste lambertiste. C'était entièrement faux[1]. » Ah, ce Jospin, encore un « paranoïaque » !

---

1. *L'Express*, 30 avril 2003.

Chapitre 7

Le roitelet de Seine-et-Marne

« Depuis cinq ans, j'ai brûlé soixante-dix voitures. Au début, je faisais ça pour m'amuser ; je cramais pour le plaisir ; parfois pour rendre service à des mecs qui faisaient ensuite marcher l'assurance et me donnaient un peu de fric. » Pendant sa garde à vue, ce 23 septembre 1999, Amine, dix-sept ans, raconte son histoire aux deux policiers de ce commissariat qui l'interrogent : la vie routinière d'un loubard de banlieue. La scène se passe à Meaux, petite ville de Seine-et-Marne qui reflète bien ce qu'est la France surtout lorsque des gens ont des comptes à régler entre eux.

La suite du procès-verbal va déclencher une incroyable guérilla dont les ondes de choc remonteront jusqu'au sommet de l'État.

« Depuis un an, je crame parce que "ça les arrange", poursuit Amine Bentounsi. Ça arrange des gens, que les jeunes brûlent. J'ai été contacté un jour, il y a plus d'un an, par un gars de l'OPAC. Il est très haut placé. Il m'a fait rencontrer El Matoussi Fayçal, qui est le chef des agents d'ambiance sur le secteur. Moi-même, actuellement, j'ai été recruté comme agent d'ambiance. Depuis un mois et demi je suis à l'essai. » L'OPAC, c'est l'office de HLM géré par la ville. Quant à ces agents d'ambiance, ce sont des jeunes recrutés pour essayer de réconcilier les adolescents difficiles avec leur environnement et les institutions, police comprise.

« Ils m'ont dit que ça les arrangeait que des voitures brûlent à Collinet et qu'ils me donneraient du fric pour ça, continue le garçon. Je touche 1 500 francs par voiture brûlée. Comme je ne peux pas toutes les voler et les faire brûler en même temps, je donne à des copains : 1 000 francs à chaque caisse. »

Amine, surnommé « le loup blanc » dans sa cité, ne se fait pas prier pour détailler ses petites emplettes. Il s'achète « des fringues et des bijoux ». La veille, il s'est encore offert deux chaînes en or jaune et trois bagues. Grâce à l'argent liquide qu'on lui remet « dans des enveloppes ; parfois elles sont blanches, parfois elles sont marron. Elles portent l'insigne de l'OPAC ».

Il est un homme qui préférerait sûrement que ce procès-verbal n'ait jamais existé. C'est Jean-François Copé, le maire de Meaux. D'ailleurs, il a fait comme si pendant de nombreux mois, avant de devoir se rendre à l'évidence : ce document gênant existe bien. Il y en a même un deuxième, qui contient la déposition d'un copain d'Amine Bentounsi. Et qui confirme ses impressionnantes révélations.

Drôles de confessions, évidemment : faut-il croire deux petits caïds de Seine-et-Marne, quand on sait que pour se protéger, nombre de leurs semblables sont prêts à raconter n'importe quoi et à mettre en cause n'importe qui ? Pas forcément. On ne peut imaginer, d'ailleurs, qu'un élu respectable comme Jean-François Copé, énarque entré en politique au RPR et rédacteur du programme du candidat Chirac pour la présidentielle de 2002, ait seulement su que des personnes de son entourage pourraient encourager financièrement des incendies de voitures dans les cités. Mais pourquoi, alors, avoir perdu ses nerfs au moment où a éclaté cette histoire que les médias, curieusement, ont vite renoncé à relayer ? Pourquoi s'en être pris avec autant de rage aux deux policiers qui ont recueilli ces témoignages ? Pourquoi avoir pris le risque de remonter jusqu'au ministre de

202

l'Intérieur et au garde des Sceaux pour obtenir la peau de ces deux fonctionnaires qui avaient simplement le sentiment de faire leur métier ? Pourquoi, enfin, avoir prononcé des paroles imprudentes et écrit des lettres embarrassantes ? « J'ai été victime d'une machination politique, expose-t-il aujourd'hui. Ces policiers, au lieu de courir après les voyous, se sont acharnés contre moi. Et le ministre socialiste de l'Intérieur a laissé faire. »

Le maire de Meaux, que l'on connaît depuis mai 2002 dans le rôle de porte-parole du gouvernement Raffarin – toujours souriant, décontracté et disponible pour les médias –, a peut-être eu peur, tout simplement. Peur que cette lamentable affaire ne le prive, le jour venu, d'un ministère. Ce « quadra » dynamique a, en dépit des apparences, déjà beaucoup souffert. En 1997, il lui est arrivé une tuile, quelque chose de vraiment imprévu : les électeurs l'ont obligé à céder son siège de député à une socialiste inconnue. De quoi vous dégoûter de faire l'aimable avec les journalistes politiques et d'être l'ami d'Alain Juppé.

Tout a donc commencé à Meaux, sous-préfecture de Seine-et-Marne, qui va être pendant plusieurs années le théâtre d'une mauvaise pièce qui inaugure un nouveau concept : la tragédie de boulevard. L'intrigue qui se noue dans ce Clochemerle concentrera jusqu'à l'absurde un mélange d'élus d'une susceptibilité maladive, de hauts fonctionnaires trop soumis aux notables locaux, de magistrats tremblants avec, dans les rôles secondaires, des agents municipaux qui mettent une drôle d'ambiance.

Ils s'appellent Nelly Delbosc et Bruno Tirvert. Ce sont eux qui vont se retrouver au cœur de la tornade. Elle, commissaire principal du secteur de Meaux. Lui, commandant de police. À l'époque des faits. Car, depuis, ils ont été déplacés sans qu'on leur demande leur avis. Par un gouvernement de gauche. Qui a dit que la cohabitation n'avait pas bien fonctionné ?

Nelly Delbosc a raconté son histoire devant le tribunal

correctionnel de Paris, en février 2001. Visiblement, elle était contente de parler. Son statut de fonctionnaire de police l'oblige à un devoir de réserve scrupuleux. Cette liberté de parole, elle la doit, si l'on ose dire, au *Figaro* et à l'un de ses journalistes. Le mardi 5 décembre 2000, Thierry Desjardins signe dans ce quotidien un long article intitulé « L'étrange vendetta de Meaux ». Mais selon lui, les coupables, ce sont les policiers. Des gauchistes, sûrement. Et la victime, c'est le pauvre Jean-François, « un fonceur qui pourrait ne pas avoir toujours bon caractère surtout avec ceux qu'il considère comme des médiocres ». Jugé diffamatoire, l'article est lourdement condamné. Plus amusant : Jean-François Copé, qui l'a fait reproduire en tract pour le distribuer à tous ses administrés, est de ce fait automatiquement mis en examen. La justice française veillera, durant l'été 2002, à s'endormir suffisamment longtemps pour que le dossier soit prescrit et le ministre soulagé.

Thierry Desjardins offre bien involontairement, grâce à son article caricatural, une tribune à Nelly Delbosc. Ce qu'elle raconte, ce jour-là, dans les murs de la XVIIe chambre correctionnelle, est ahurissant : « L'article du *Figaro* est le point d'orgue d'une campagne de presse dirigée contre Bruno Tirvert et moi-même. Cette campagne est née de controverses liées à deux affaires judiciaires que mes services avaient à traiter. »

Nelly Delbosc raconte ensuite au tribunal, présidé par Catherine Bezio, comment elle apprend, le 16 septembre 1999 au soir, que quelques voitures brûlent dans une cité de Meaux, La Pierre-Collinet. Sur place, elle éprouve un sentiment bizarre. « Il y avait déjà sur les lieux une partie de l'équipe municipale et de l'OPAC, explique-t-elle. J'avais trouvé un côté un peu artificiel à ces violences[1]. »

---

1. Sauf indication contraire, tous les propos de Nelly Delbosc sont extraits de son témoignage devant la chambre de la presse du tribunal correctionnel de Paris, lors de l'audience du 15 février 2002, qui l'opposait au *Figaro* et à Thierry Desjardins.

Puis tout va très vite. Une semaine plus tard, le commandant de police Bruno Tirvert place deux des incendiaires présumés en garde à vue. Mais l'interrogatoire prend un tour particulier, comme le raconte, à la barre, le commissaire Delbosc. « Amine Bentounsi reconnaît les faits et précise avoir agi sur ordre de Fayçal El Matoussi, responsable des agents d'ambiance, chapeauté par Patrick Augey, l'un des cadres de l'OPAC, qui avait des relations privilégiées avec Ange Anziani, alors adjoint au maire de Meaux chargé de la sécurité, qui succédera à Jean-François Copé à la tête de la municipalité quand celui-ci deviendra ministre. Avec les 6 000 francs qu'il a gagnés, Amine a acheté des bijoux et se dit prêt à nous donner les factures. Ces révélations corroboraient mon intuition sur le caractère peu spontané des troubles dont j'avais été le témoin. »

Le vendredi soir de la garde à vue, Nelly Delbosc alerte son supérieur hiérarchique direct, le directeur départemental de sécurité publique, et le procureur de la République de Meaux. Ce dernier refuse de voir les gardés à vue. « Le lundi suivant, poursuit Nelly Delbosc, toujours devant le tribunal chargé de juger la diffamation, quand le commandant Bruno Tirvert vient lui porter, sous enveloppe, les procès-verbaux explosifs, signés par les intéressés, il téléphone au directeur départemental de la sécurité publique : il ne veut pas de ces PV, mais préfère un rapport d'information. »

La présidente de la XVIIe chambre interrompt alors Nelly Delbosc :

– Y a-t-il plus d'informations dans un rapport que dans des procès-verbaux ?

– Non, madame le Président, répond la commissaire, on y trouve exactement les mêmes choses. Le rapport est donc remis en mains propres au procureur quelques jours plus tard contre les procès-verbaux que je remets à ma hiérarchie.

Heureuse initiative. Quand l'orage éclatera, le procureur

affirmera que les jeunes n'avaient fait que des déclarations verbales et qu'il n'avait donc jamais vu de procès-verbaux mettant en cause des salariés de l'OPAC et des élus.

La présidente Catherine Bezio. – Le procureur, pour ces procès-verbaux, vous vous êtes expliquée avec lui ?

Nelly Delbosc. – Je n'en ai pas eu l'occasion. Ce que je sais à travers la presse, c'est qu'il a dit dans un premier temps que ces procès-verbaux n'existaient pas, sinon, il aurait ouvert une information ; dans un deuxième temps, qu'ils existaient mais ne lui avaient pas été transmis. Dans un troisième temps, qu'ils existaient, qu'ils avaient été transmis mais qu'ils étaient frappés de nullité.

Après l'épisode des procès-verbaux envolés, un climat de suspicion s'était installé, raconte encore Nelly Delbosc au tribunal : « Certains de mes subordonnés ont commencé à constater des anomalies de fonctionnement sur leurs ordinateurs, des bureaux de l'UIR (unité d'intervention et de recherche) ont été visités, une armoire ouverte par effraction. »

En ce début d'année 2000, le climat peut encore s'apaiser. La mairie écarte discrètement le chef des agents d'ambiance El Matoussi de ses fonctions. Mais le 11 mars 2000, à 2 h 30 du matin, une bombe fait exploser les locaux de la police municipale. Très vite, quelques jeunes sont arrêtés. Jean-François Copé envoie une lettre de félicitations à Nelly Delbosc. Il lui demande même, par écrit, d'intervenir dans le programme d'enseignement qu'il dispense à l'université Paris VIII.

La saison des amours se clôt prématurément au début du mois de juin. Pourtant, la police, que le maire accusera plus tard de ne pas faire son travail, semble avancer dans son enquête. « Sept agents d'ambiance sont placés en garde à vue, car on a retrouvé, cachés dans leurs locaux, des extincteurs vides identiques à celui qui a été utilisé pour l'attentat contre les locaux de la police municipale, expose Nelly Delbosc aux magistrats de la

XVIIe chambre. Nous fouillons à nouveau l'environnement municipal car il existe des contradictions dans les témoignages des agents d'ambiance, dont beaucoup ont par ailleurs un passé judiciaire chargé. Mais c'est lorsque MM. Augey, Anziani et Renard, le directeur de l'OPAC, sont convoqués chez nous que tout dérape. »

La présidente. – Qu'est devenue l'information judiciaire sur l'attentat ?

Nelly Delbosc. – Je ne sais pas. Elle a été clôturée je crois, car la juge d'instruction n'a jamais obtenu de réquisitoire supplétif[1].

– C'est le juge qui vous a donné des instructions pour convoquer MM. Anziani, Renard et Augey ?

– Oui, bien sûr. Et c'est à ce moment que je comprends que je vais vers de gros ennuis.

Devenu ministre, le jeune maire de Meaux ne nie pas avoir tenté de se débarrasser des deux policiers, dont il assure que les résultats en matière de lutte contre la délinquance étaient médiocres, ce qui n'est pas confirmé par les chiffres. En vérité, cette sombre histoire de voitures brûlées, et de flics que la mairie ne trouve pas assez dociles, va se transformer en règlement de comptes impliquant les plus hautes autorités de l'État.

En ce début d'été 2000, où Jospin gouverne sans perdre de vue l'Élysée avec Chevènement au ministère de l'Intérieur, Jean-François Copé mais aussi les hauts fonctionnaires concernés par cette affaire commencent en effet à devenir incroyablement nerveux.

---

1. Le réquisitoire supplétif est délivré par le parquet au juge d'instruction, quand celui-ci veut étendre sa saisine parce qu'il a découvert des faits nouveaux. Sans réquisitoire supplétif, le juge ne peut élargir son enquête. Les personnes et les élus cités sur procès-verbal dans l'affaire, qui n'ont pas été mis en examen, sont donc présumés innocents.

Nelson Bouard est un jeune commissaire, qui vient d'obtenir son poste. Il reste à Meaux deux ans, le temps d'obtenir une mutation et de fuir cette lourde atmosphère. Commissaire central adjoint de Meaux, il est chargé de travailler sur l'attentat contre la police municipale. Parce qu'il a avisé sa hiérarchie, par écrit, de tous les « incidents » qui ont jalonné son enquête, il est possible de se faire une idée assez précise de la sympathique ambiance qui règne à Meaux.

> « Meaux, le 15.06.2000,
> Le Commissaire de Police,
> Commissaire Central adjoint de Meaux,

à
Mme le Commissaire Divisionnaire
Chef du District Nord[1].

Objet : Appels téléphoniques d'autorités locales concernant une affaire judiciaire.

J'ai l'honneur de vous rendre compte que ce jour, en première partie de matinée, en votre absence, j'ai reçu successivement les appels de MM. le Sous-Préfet de Meaux (9 h 30), le Maire de Meaux (10 h 30) et de M. le Procureur de la République (10 h 45) concernant l'enquête en cours sur commission rogatoire des chefs de destruction de biens privés par usage d'une substance explosive.

M. le Maire demandant des nouvelles sur l'issue probable des gardes à vue des ALMS[2] a indirectement mis en cause l'obligation de confidentialité des fonctionnaires du commissariat en faisant allusion à l'article paru ce matin dans *Le Parisien*. Je lui ai bien entendu rappelé qu'il n'était absolument pas question de délivrer quelque information à la presse.

---

1. L'expéditeur de cette note est Nelson Bouard, sa destinataire Nelly Delbosc.
2. Agents locaux de médiation et de sécurité : il s'agit des fameux agents d'ambiance.

MM. le Sous-Préfet et le Procureur de la République m'ont, en ce qui les concerne, demandé de leur rendre compte de l'évolution de l'enquête, des éléments recueillis ainsi que de l'issue probable des gardes à vue.

N'ayant pas d'éléments en ma possession d'une part, et d'autre part, trouvant ces questions gênantes dans le cadre d'une commission rogatoire[1], j'ai jugé inopportun de donner suite à ces interrogations. »

Ces excellents personnages ne se montrent pas toujours aussi regardants sur une saine coopération avec la presse, comme en témoigne une autre note de Nelson Bouard à Nelly Delbosc, datée du 27 juin 2000, qui rend compte d'une « réunion police » du même jour, alors que de nouveaux incidents ont eu lieu à Meaux.

« Au cours de cette réunion, écrit le jeune commissaire, M. le Sous-Préfet m'a demandé à quel moment nous allions procéder à des interpellations dans le cadre des enquêtes relatives aux récentes violences urbaines. Il m'a demandé à la surprise générale (l'embarras pouvait se lire sur les visages) de le tenir informé sur les premiers éléments et d'en tenir informé le journal *La Marne*, avec le directeur duquel il a déjà pris contact. Il m'a précisé qu'il serait à cet égard préférable que l'enquête progresse avant l'impression de mercredi pour pouvoir y faire écrire un article sur ces événements [...]. Vu le contexte particulièrement difficile dans lequel nous travaillons actuellement, comme je l'ai fait il y a quinze jours sur une affaire sensible sur commission rogatoire[2], j'ai pris la responsabilité de m'en tenir aux dispositions sur le secret des enquêtes judiciaires. Malgré le support légal de cette position, et nonobstant la déférence et la diplomatie que j'ai manifestées, je

---

1. Acte de procédure couvert par le secret de l'instruction et dont le seul destinataire est donc le juge d'instruction.
2. Il s'agit de la garde à vue des agents d'ambiance.

tiens à vous préciser que ces échanges me placent dans une situation inconfortable à l'égard de ces autorités. »

Le lendemain, nouvelle note du commissaire Bouard, qui n'a pas téléphoné au sous-préfet sitôt les interpellations réalisées :

« J'ai subi une sévère admonestation, m'indiquant entre autres que j'avais reçu l'ordre hier de téléphoner aussitôt après les interpellations [...]. Malgré le rappel que j'ai cru devoir faire sur le refus du magistrat instructeur de donner quelque élément que ce soit à la presse sur cette affaire, il m'a été précisé qu'il serait regrettable de ne pas faire un bel article à l'honneur de la police [...]. J'estime, madame le Chef de District, ne plus être en mesure de remplir sereinement mes missions de police et vous informe que dans un tel contexte j'envisage de demander dès que possible ma mutation. »

Malgré sa lassitude, Nelson Bouard n'a encore rien vu. Ce qu'il va découvrir ? 1. Qu'un sous-préfet lui demande tranquillement le contenu d'un dossier judiciaire couvert par le secret de l'instruction. Une partie du corps préfectoral semble donc ignorer un principe constitutionnel élémentaire, celui de la séparation des pouvoirs. 2. Qu'un représentant de l'État peut prendre fait et cause sans états d'âme apparents pour des notables locaux contre des fonctionnaires de police. 3. Que si ses conseils (il représente, rappelons-le, l'État) ne sont pas écoutés avec l'attention qui convient, le maire s'occupera personnellement de leur cas auprès du ministre de l'Intérieur. L'un est de droite, l'autre de gauche ? Peu importe. Le commissaire adresse non plus à Nelly Delbosc mais au directeur départemental de la sécurité publique, en raison de la gravité des faits, un courrier au ton direct qui résume assez bien l'ambiance :

« Objet : Entretien téléphonique avec M. le Sous-Préfet du 07 juillet 2000, 15 h 30.

[...] M. le Sous-Préfet m'a une fois de plus demandé de lui rendre compte de certains éléments relatifs à l'enquête sur commission rogatoire de Mme Enfoux[1] relative à l'attentat dont un poste de police municipale a été victime en mars dernier. »

Pourquoi le sous-préfet est-il si curieux ? Son goût immodéré de l'investigation aurait-il un rapport avec le fait que MM. Augey et Renard, de l'OPAC, et M. Anziani, adjoint au maire chargé de la sécurité et secrétaire départemental du RPR, viennent d'être entendus par la police ? La suite de la note rédigée par le commissaire Bouard nous donne quelques pistes :

« M. le Sous-Préfet m'a demandé sur un ton très menaçant si les auditions conduites cette semaine l'avaient été à l'initiative du juge d'instruction [...], m'indiquant en particulier qu'il était très grave d'avoir entendu le premier adjoint du maire de Meaux [...]. Je précise que le mercredi 5 juillet, peu avant 12 h 30 à l'issue d'une réunion, M. le Sous-Préfet est venu me demander, en présence de M. le Procureur de la République, "où en étaient les auditions vaseuses de Augey, Anziani, etc.". Ceci démontre bien qu'il avait donc déjà connaissance dès mercredi de l'imminence de l'audition du premier adjoint. »

On peut dès ce stade s'étonner de la fébrilité qui saisit l'appareil d'État pour une affaire somme toute assez mince jusque-là. Mais le plus surprenant, c'est la façon dont certains commencent à perdre leur sang-froid alors que rien ne les met en cause directement.

---

1. Claudine Enfoux est la juge chargée d'instruire le dossier de l'attentat contre le poste de police municipale.

« M. le Sous-Préfet, continue le commissaire, m'a en effet indiqué qu'il s'agissait d'une affaire très grave, et que nous nous exposions à de gros problèmes. Il a, outre ma personne, cité Mme Delbosc et parlé en termes injurieux du commandant Tirvert ("Tirvert ce grand connard", "ce connard de Tirvert"). Il m'a une dernière fois rappelé que nous aurions dû le tenir informé de la tenue des différents actes de la procédure, qu'il était inadmissible qu'il n'ait été informé que par le premier adjoint lui-même. Il m'a en outre indiqué qu'auraient dû être également informés le Procureur et même le Maire, au moins cinq minutes avant pour ce dernier. »

Voilà un condensé assez saisissant de la manière dont le représentant de l'État à Meaux traduit, dans la pratique, la sacro-sainte règle démocratique de la séparation des pouvoirs.

Le sous-préfet, qui vient déjà de nous donner un aperçu de la vraie vie administrative, donne aussi le meilleur de lui-même dans la suite de la conversation téléphonique que relate le commissaire Bouard.

Là, on entre dans un autre monde. Pour un dossier mettant en cause un jeune de banlieue, un sous-préfet en arrive à menacer – quel autre terme utiliser ? – un commissaire qui essaie de faire son métier en respectant la loi. Il est alors question d'une « affaire qui risque de monter très haut ». Le maire, Jean-François Copé, est paraît-il sur le point d'aller voir Jean-Pierre Chevènement, le ministre de l'Intérieur, qu'il connaît bien entendu très bien et auquel il aurait rendu « de fréquents services ». À propos de quoi ? « De questions importantes. » Ah bon. Pour conclure, il apparaît que Jean-François Copé sera « probablement ministre lui-même d'ici deux ans et que [les policiers du commissariat de Meaux] finiront par le payer ».

Une telle démarche, à un tel niveau, concerne-t-elle une affaire d'État, un grave dysfonctionnement qui met en péril la sécurité des citoyens, un scandale d'une ampleur telle qu'il convient de court-circuiter les hiérarchies traditionnelles ? Non, si l'on comprend bien, tout cet arsenal de dissuasion est déployé pour un seul motif : les policiers du commissariat ont osé entendre, comme simple témoin et à la demande du juge d'instruction, le premier adjoint au maire, crime de lèse-majesté pour ces minuscules petits notables locaux. On se demande d'ailleurs pour quelle raison cette audition représente un tel motif de contrariété.

La note du commissaire Bouard n'est pas tout à fait terminée. Le jeune policier se fait l'écho de ses collaborateurs, officiers de police judiciaire chargés d'enquêter sur l'attentat ; il les décrit « lassés des pressions politiques intolérables, des menaces inacceptables et maintenant des insultes qu'ils reçoivent au cours de l'exécution de leur délégation judiciaire ».

En conclusion de ce courrier adressé au directeur départemental de la sécurité publique, Nelson Bouard revient sur l'étrange coup de téléphone du sous-préfet : « Il m'apparaît très clairement, monsieur le Directeur, que cet incident traduit une tentative d'intimidation et de pression inqualifiable à l'encontre d'OPJ et de chefs de service qui n'ont fait qu'accomplir leur travail et exécuter les directives d'un magistrat instructeur. »

L'été 2000 ne fait que commencer. Le 7 août, *Le Parisien* publie un article intitulé « La note secrète qui agite la police de Meaux ». Il s'agit du fameux rapport d'information demandé, plusieurs mois plus tôt, par le procureur de Meaux en échange des procès-verbaux qui lui brûlaient les doigts. Celui-ci, interrogé par les journalistes, nie imprudemment leur existence.

Deux jours plus tard, Jean-François Copé s'enflamme dans *Le Parisien* : « Je suis abasourdi par de tels racontars. C'est une manipulation politique particulièrement nulle qui intervient comme par hasard neuf mois avant les élections municipales[1]. » La rage de Jean-François Copé s'explique-t-elle par sa position ? Il est en effet président du fameux OPAC de Meaux. D'où la question du journaliste : Jean-François Copé fait-il totalement confiance aux agents de médiation qu'il emploie ? Réponse de l'intéressé : « Ces agents sont issus des quartiers. Ils ont été recrutés en liaison étroite avec le parquet et la police nationale il y a quatre ans. Leur travail aux dires de tous est irréprochable. C'est le symbole d'une insertion réussie. » Le maire est-il dans son rôle en défendant ces recrutements qui semblent pourtant avoir été parfois hasardeux ? On pourrait le penser. Il n'y a qu'un problème : Jean-François Copé peut difficilement ignorer les conclusions sévères d'un audit commandé par l'OPAC, qu'il préside, à la société de sécurité GPSU, et remis moins d'un an auparavant, en décembre 1999 : « L'OPAC, qui veut lutter contre la délinquance, ne peut reconnaître ceux qui y ont contribué et les imposer comme redresseurs de tort, souligne ce rapport à propos des agents d'ambiance. Nous ne sommes pas loin du slogan provocateur : faites des conneries, vous aurez du boulot à l'OPAC. »

Pendant ce temps, le garçon qui a déclenché cette tragi-comédie, Amine Bentounsi, passe un mois d'août agité. Il part dans le Sud, prend peur, revient, retrouve l'agent d'ambiance El Matoussi, devenu entre-temps gardien d'immeuble à l'OPAC, et se laisse convaincre d'écrire au maire une lettre dans laquelle il accuse cette fois Nelly Delbosc et Bruno Tirvert d'avoir exercé des pressions sur lui pour signer de fausses dépositions, de lui avoir donné de l'argent et trouvé du travail contre « des renseignements ». Les policiers reconnaissent en effet avoir « pistonné » Amine Bentounsi pour lui trou-

---

1. « Le ministère de l'Intérieur doit remettre de l'ordre », *Le Parisien*, 9 août 2000.

ver du travail à Intermarché, mais démentent avoir exigé une quelconque contrepartie.

El Matoussi accompagne donc Amine jusqu'au bureau de poste, prend des photocopies de ses « aveux » et s'assure qu'il envoie bien l'original, en recommandé, à M. le maire. Il paie le recommandé et s'en va. Mais voilà ! Amine Bentounsi a des loyautés successives. Au sortir du bureau de poste, pris de remords peut-être, il revient sur ses pas, trouve un prétexte pour récupérer l'enveloppe, et remplace sa déposition par des prospectus publicitaires !

C'est du moins ce qu'il va raconter, le jour même, à Nelly Delbosc et Bruno Tirvert, qui prennent sa déposition au commissariat de Lagny en compagnie d'autres policiers. Et c'est ce que confirme, involontairement... Jean-François Copé lui-même.

Le jeune chiraquien néglige en effet la plus élémentaire prudence, ayant sans doute manqué quelques cours pendant sa scolarité – le titre de son livre, *Ce que je n'ai pas appris à l'ENA*[1], en témoigne –, dans l'incroyable courrier qu'il adresse, le 4 septembre 2000, au procureur de la République. Des lignes à savourer :

« Vendredi 1er septembre à 14 h 00, j'ai été informé par mon adjoint Ange Anziani de l'existence d'un témoignage écrit de M. Amine Bentounsi. M. Anziani m'informe que ce document dont il a reçu une photocopie m'a été officiellement adressé par son auteur par lettre recommandée, en date du 1er septembre (voir copie ci-jointe de la preuve du dépôt au bureau de poste de Meaux – Annexe 1). Dans ce document, dont je vous joins également copie (Annexe 2), M. Bentounsi m'informe que depuis le mois de Septembre 1999, il subit des pressions de deux responsables du Commissariat de Meaux. Il indique en particulier dans ce courrier qu'il a été forcé de

---

1. Jean-François Copé, *Ce que je n'ai pas appris à l'ENA*, Hachette-Littératures, 1999.

signer de fausses dépositions mettant en cause gravement M. Anziani précité, ainsi que MM. Augey et El Matoussi, tous deux salariés de l'OPAC de Meaux. »

Est-ce tout ? Non. Le jeune notable veut bétonner sa position : « M. Bentounsi écrit en outre dans son courrier que naturellement tout ceci est faux et qu'il est prêt à me le confirmer lors d'un entretien. Je ne vous cache pas ma surprise en découvrant cette photocopie, même si j'ai naturellement souhaité attendre la réception de l'original qui m'était annoncée pour les prochains jours par voie recommandée. »

Ensuite, le héros de cette histoire explique qu'il découvre dans ce pli non la lettre annoncée mais des documents publicitaires. Il convoque l'incontournable chef des agents d'ambiance qui lui confirme l'existence de cette lettre. Et il conclut, façon « Mystère de la chambre jaune » : « Je me permets d'appeler votre attention sur ce fait troublant : comment expliquer que la lettre postée par voie recommandée ne soit pas arrivée à destination ? » Comment, en effet ? On comprend la perplexité du maire. Mais il en faut plus à celui-ci pour se laisser démonter. Il poursuit donc :

« Pour revenir sur le fond de l'affaire, j'ai considéré impossible de transmettre une photocopie si celle-ci n'était pas attestée par l'écriture originale de son auteur. J'ai donc, après en avoir informé M. [...], Sous-Préfet de l'arrondissement, demandé à M. Bentounsi de venir écrire de sa main une attestation certifiant que ce document était authentique, qu'il maintenait ses déclarations et qu'il demandait à être entendu par la justice. C'est la raison pour laquelle je vous fais parvenir ce document. »

Ouf ! L'explication est un peu emberlificotée. Le maire de Meaux reçoit un recommandé dont il détient curieusement la preuve du dépôt. Il l'ouvre et n'y trouve pas ce qu'il attendait. Mais qu'importe, il a la photocopie du document attendu. Et fait donc mander son auteur pour qu'il en confirme l'authenticité.

Le problème de Jean-François Copé, c'est peut-être qu'il écrit et parle trop. Au point d'exaspérer le préfet de Seine-et-Marne, Cyrille Schott, qu'il accuse de ne pas répondre à ses courriers : « Vous m'avez effectivement écrit le 19 juin dernier, lui répond celui-ci avec une grande placidité, pour mettre en cause "les conditions dans lesquelles [des] gardes à vue ont été conduites par certains responsables du commissariat". C'est la seule lettre que j'ai reçue directement de vous [...]. Plus directement, lors d'un appel téléphonique, vous m'avez demandé avec vigueur de suspendre ces fonctionnaires. Je vous ai alors indiqué, à nouveau, que ces fonctionnaires agissaient dans le cadre d'une procédure judiciaire, sous l'autorité de la justice, et qu'il était impossible à l'autorité administrative d'intervenir dans une telle procédure, sauf à violer le principe constitutionnel de la séparation des pouvoirs, qui est l'un des fondements de la démocratie. Je vous ai précisé que, dans ces conditions, je ne pouvais satisfaire à votre demande... »

Jean-François Copé est fou de rage. Il suspecte le préfet, ancien conseiller à l'Élysée sous le règne de Mitterrand, de réagir avec un esprit partisan. Alors, il écrit à Daniel Vaillant, qui vient de succéder, à l'Intérieur, à Jean-Pierre Chevènement, pour lui demander d'agir sur les deux policiers. « Je n'ai pas reçu de réponse, s'indigne-t-il. J'ai même dû demander à deux copains socialistes, Manuel Valls et Julien Dray [1], d'intervenir auprès de Vaillant. Celui-ci les a envoyés balader ! À quelques semaines des élections municipales, le ministère de l'Intérieur jouait donc sciemment le pourrissement ! »

Le jeune maire, qui réclame à tue-tête une inspection

---

1. Aujourd'hui députés de l'Essonne, ils siégeaient alors avec Jean-François Copé au conseil régional d'Île-de-France.

du commissariat de Meaux, voit toutefois ses désirs satisfaits sur ce point. Car le gouvernement de Lionel Jospin qui, apparemment, a quelques loisirs se laisse entraîner dans l'engrenage, donnant ainsi une dimension ubuesque à ce qui aurait dû rester une pantalonnade locale. Procédure exceptionnelle, les ministres de l'Intérieur, Daniel Vaillant, et de la Justice, Élisabeth Guigou, vont donc décider le 22 septembre 2000 d'engager une enquête conjointe des Inspections de la police nationale et des services judiciaires. Résultat, le 5 décembre, après donc pas moins de trois mois d'enquête : aucune faute grave des services de police, et plus spécialement des fonctionnaires Delbosc et Tirvert.

Une fin heureuse, donc ? Pas exactement. Après la réélection de Jean-François Copé à la mairie de Meaux, au printemps 2001, l'addition est arrivée. Salée. Par décision du ministère de l'Intérieur, le commandant Tirvert a été brutalement muté en Seine-Saint-Denis, une affectation qu'il n'avait jamais demandée, et contraint de rejoindre son nouveau poste dans les vingt-quatre heures. La commissaire Nelly Delbosc a dû elle aussi partir en douceur pour rejoindre un placard doré place Beauvau, où l'on espère qu'elle ne fera pas de vague. Pour la calmer, sa notation par le procureur Jeanin, délivrée après pas moins de deux ans de réflexion, est tombée de 4,90 sur 5 à 3 sur 5. C'est surtout le critère de « confiance » qui pèche. Là, la commissaire n'obtient que 0,5. Le procureur aussi est parti. Mais lui, il a eu de l'avancement. Il est devenu président de la chambre de l'instruction à la cour d'appel de Paris.

Un autre acteur du drame a dû quitter Meaux contre sa volonté. C'est le journaliste qui assurait la « locale » du *Parisien* et qui a sorti l'affaire des voitures brûlées en août 2000. Lors d'un déjeuner avec le directeur de la rédaction, Jean-François Copé se montre très direct : « Je lui ai expliqué que son journaliste ne serait jamais reçu à la mairie, qu'il ne bénéficierait d'aucune info, s'amuse-t-il aujourd'hui. C'était à lui de choisir... » Le choix fut vite fait.

Et Amine Bentounsi ? Il a été un moment employé à l'OPAC, avant de s'illustrer à nouveau dans un procès-verbal éloquent. Mais il a beaucoup appris et a, cette fois, refusé de le signer. Ce 15 mars 2001, c'est une affaire de vente de cannabis qui le conduit à nouveau au commissariat. Interrogé sur le nombre de ses clients, ses lieux de vente, ses fournisseurs, il finit par s'énerver : « Vous allez voir comment ça va se passer pour vous avec le maire ; j'ai du monde derrière moi, je vais déposer plainte contre vous et je vais vous faire une campagne de presse dans les journaux. » Voilà un petit jeune qui apprend vite les ficelles du métier !

Jean-François Copé, lui, est ministre des Relations avec le Parlement et porte-parole du gouvernement Raffarin. Il maintient, aujourd'hui encore, qu'il a été victime d'une machination. Ce qu'il n'a pas digéré, c'est avant tout la manière dont Daniel Vaillant et son cabinet ont fait la sourde oreille à ses interventions. En marge d'un débat télévisé, pendant la campagne présidentielle, il apostrophe vivement celui qui est encore ministre de l'Intérieur : pourquoi lui a-t-il fait vivre ce cauchemar ? « Vaillant, raconte-t-il, a évité de me répondre et s'est tourné vers un de ses conseillers qui m'a dit, avec un sourire : "C'était de bonne guerre..." »

Que le gouvernement socialiste n'ait rien fait pour sortir le jeune loup du chiraquisme d'une situation désagréable ne fait guère de doute. Mais quand Copé dénonce cet opportunisme, il omet d'expliquer de manière convaincante pourquoi la garde à vue de quelques agents d'ambiance l'a mis dans un tel état de rage. Pourquoi a-t-il poursuivi de sa vindicte deux policiers qui n'avaient commis aucune faute, comme le relève le rapport d'inspection du 5 décembre 2000 ? L'hypothèse la plus probable est que cet homme d'avenir, trop occupé peut-être par ses hautes fonctions au sein du RPR, n'a pas bien contrôlé son entourage et pris la mesure de son environnement. Car, à Meaux, mieux vaut marcher avec le « petit club des copéistes » si l'on veut vivre en paix.

Des rapports de police retracent les confidences de « proches de l'OPAC » qui racontent les pressions exercées sur certains gardiens d'immeubles. Au commissariat lui-même, certains fonctionnaires étaient en relation étroite avec l'office HLM, placé ainsi en situation de suivre de près les événements. Durant la garde à vue des agents d'ambiance, en juin 2000, un sous-officier informe l'OPAC en temps réel de l'avancement des interrogatoires, comme en atteste une procédure administrative. Une adjointe de sécurité a témoigné par écrit du sens de l'État un peu particulier de certains de ses supérieurs. Alors qu'elle est à la recherche d'un appartement, un brigadier téléphone en sa présence à l'OPAC de Meaux, qui ouvre sans délai un dossier. Évidemment, lui précise le brigadier, pour avoir un logement, il faut prendre sa carte du RPR. Refus de la jeune policière. Conclusion : pas de carte, pas d'appartement.

Tenir une ville, c'est un peu de tout cela : développer le clientélisme afin de se faire des obligés ; punir, ne serait-ce que pour l'exemple, tous ceux qui ne marchent pas droit ; et surtout, surtout, s'assurer la complaisance des services de l'État à qui on a affaire tous les jours et qui, depuis la décentralisation, craignent les conflits de personnes avec les notables petits ou grands.

Ce sympathique programme nous rappelle quelque chose : la Corse, bien sûr. Eh bien, même si c'est un peu désagréable, il faut en convenir : le continent regorge de « petites Corses », de micro-États, de petites féodalités dont les souverains entendent régner sans partage. Et surtout, sans contestation. Certes, il faut bien une opposition politique, pour faire plus démocrate. Mais la police, la justice, le corps préfectoral, les directions de l'Équipement ou de l'Agriculture sont priées de se soumettre. Les féodaux réussissent d'autant mieux à se faire entendre qu'ils bénéficient de relais à Paris. Qu'ils peuvent faire tomber quelques couperets de guillotine, obtenir quelques mutations désagréables. Jean-François Copé, expliquait le sous-préfet au commissaire, était « à deux doigts » d'aller voir Jean-Pierre Chevènement, à qui il rendait « des services importants ». Ce sous-préfet devait se tromper. Il ne savait plus ce qu'il disait... Jean-François Copé, ministre et porte-parole d'un « gouvernement de mission », devrait alerter ses collègues sur ce type de dérive.

Mais au fait, qui alerter ? L'Élysée ? Son locataire fut pendant dix-huit ans maire de Paris. On sait désormais qu'à l'Hôtel de Ville, une inspection générale surveillait de près les quarante mille agents municipaux. Pas seulement leur travail, leurs résultats, leur honnêteté. Non, le « service contrôle » a été accusé d'écouter les conversations téléphoniques, d'avoir posé des micros dans les bureaux, d'avoir décrypté des cassettes et d'avoir fait des rapports, sous la haute direction de l'ancien commissaire des Renseignements généraux Guy Legris, un homme qui a, à plusieurs reprises, refusé de s'expliquer sur ce sujet, ce qui n'a pas empêché Jean Tiberi de le remercier en le nommant à la tête du Crédit municipal alors qu'il n'avait pas le début d'une qualification dans ce nouveau métier.

Comme Jacques Chirac, qu'il admire et dont il se proclame le disciple, Jean-François Copé n'était sûrement au courant de rien. Comme Jacques Chirac, dont il a suivi et épaulé tous les combats, il était trop occupé par les vrais sujets – le chômage, mais aussi la sécurité routière, la lutte contre le cancer – pour pouvoir s'occuper de tout. Mais Jacques Chirac, lui, avait délégué depuis toujours la présidence de l'Office de HLM à son adjoint Jean Tiberi. Parce qu'on ne sait jamais. Cet office, d'ailleurs, s'appelle l'OPAC. Comme à Meaux.

Chapitre 8

Débats d'idées et flingage à vue

Ce lundi matin, Luc Ferry a l'air abattu dans les couloirs du *Point*, où il vient d'assister, comme chaque semaine, à la conférence de rédaction animée par Claude Imbert. Le philosophe est bien embarrassé. Le samedi précédent, il est tombé dans un traquenard tendu en plein cœur du VIe arrondissement. Un émissaire et apôtre de Bernard-Henri Lévy l'a convoqué au Café de Flore, haut lieu chic et souvent comploteur de l'intelligentsia au travail. L'objet du rendez-vous : lui demander une petite signature.

C'est que « Bernard » (le petit nom de BHL dans le milieu) s'est mis en tête de défendre une noble cause : l'honneur d'Alain Carignon, ancien maire de Grenoble, ex-ministre d'Édouard Balladur jeté en prison pour corruption. On est loin de Sarajevo et de Kaboul, terres de mission « béhachéliennes » traditionnelles, mais il faut bien tenter aussi d'être prophète en son pays. Carignon en prison, cela révolte le futur biographe de Sartre : il faut, au plus vite, libérer l'ancien ministre de la Communication et à travers lui la patrie de la tyrannie des juges qui ne se contentent plus de poursuivre les voleurs de poules et les petits délinquants de banlieue, mais s'attaquent aux puissants la rage au cœur. La pétition n'a pas été écrite par lui, d'ailleurs, mais par l'essayiste Alain-

Gérard Slama, qui enseigne à Sciences-Po et qui trouve lui aussi depuis longtemps que les juges exagèrent. Depuis Varangeville, village huppé de Normandie, où il passe ses vacances, Slama a démarché deux autorités à fort potentiel médiatique : BHL et l'écrivain Milan Kundera. Bernard-Henri Lévy, aujourd'hui, ne garde pas souvenir d'avoir lui-même sollicité des signatures. Il apparaît pourtant qu'il a au moins fait signe à deux amis : Gérard Depardieu et... Luc.

Las ! Tout en s'excusant, Luc Ferry refuse. Il ne se voit pas vraiment défendre le premier homme politique condamné, preuves à l'appui, pour corruption. Il a bien raison. Pourtant, il passe un mauvais week-end.

Ce qui chagrine le futur ministre de l'Éducation de Jean-Pierre Raffarin, un érudit bien élevé et amoureux du consensus, c'est d'avoir en quelque sorte « manqué » à ses amis. Il fait partie de l'écurie Grasset, où il publie depuis quelques années des livres à succès. Grasset, c'est la maison à laquelle son ami Bernard est attaché depuis longtemps. Et puis, ils appartiennent à la même génération, au même monde qui balance entre Nadine de Rothschild et Heidegger, à la même ambition intello-médiatique. « D'une manière ou d'une autre, ils vont me le faire payer », soupire Luc Ferry ce lundi matin en évoquant ses amis.

Pour qui connaît la suite de l'histoire, cet abattement semble stupéfiant. Après tout, l'auteur de *Qu'est-ce qu'une vie réussie ?* a continué d'être accueilli par ses amis de Grasset et est demeuré un écrivain à succès toujours fêté dans les salons. Il a même ajouté à son cursus un poste de ministre, ce qui n'est pas rien. Et pourtant, ses craintes étaient loin d'être absurdes. La loi qui prévaut dans l'intellocratie, c'est très sommairement celle du plus fort : on ne frappe que celui qui a déjà un genou à terre.

À Corleone ou à Cargèse, pas besoin de prononcer une parole pour expliquer et comprendre une telle inquiétude, déclenchée par un événement apparemment anodin. Dans le croisement inextricable des réseaux parisiens, refuser un service à son clan, c'est s'exposer à n'être pas soutenu à la première difficulté qui, un jour ou l'autre, ne manquera pas de surgir : un ou deux échecs en librairie, un contrôle fiscal, une transgression malheureuse du « politiquement correct » en vigueur, n'importe lequel de ces événements, mal surmonté, peut déclencher le signal du lâchage et marquer le début d'une descente aux enfers.

Car dans le village sicilien de la Rive gauche, il existe aussi un « code de l'honneur » qui peut se résumer, en simplifiant beaucoup, à trois articles fondamentaux : D'abord, la défense inconditionnelle de l'honneur des anciens, surtout s'ils dirigent encore des journaux, maisons d'édition, fondations, organismes de recherche ou tout autre lieu d'influence. Ensuite, le soutien par tous les moyens des rapprochements capitalistiques en cours (fusions, alliances, rachats) s'ils concernent des groupes « amis ». Cet appui logistique est bien entendu désintéressé, mais peut donner lieu à des gratifications symboliques ou monétaires. Enfin, la participation à toute opération visant à marginaliser voire, dans les cas les plus graves, mettre hors d'état de nuire tous ceux qui viennent troubler la quiétude du village par un livre dérangeant, une déclaration trop sincère ou un article qui n'est pas dans la ligne, est la dernière règle.

Pendant longtemps, la paix civile a régné sur le secteur des médias. Mais depuis quelques années, et on le déplore assez dans les dîners en ville, les bonnes manières cèdent le pas à des luttes de clans qui traduisent des guérillas d'une violence croissante. Certes, Max Perletto ne dirige pas *Le Nouvel Observateur*, Edwy Plenel, directeur des rédactions du *Monde*, n'a pas été obligé par ses actionnaires de se soumettre à une expertise psychiatrique, et Jean-Marie Colombani, président du directoire du même quotidien, n'a pas fait l'objet d'une vendetta fiscale. Encore que... on peut se demander comment son dossier a quitté la très cadenassée Direction générale des Impôts pour se retrouver livré à la curiosité publique ! Mais il reste que le rapprochement entre ces deux grandes maisons, *Le Nouvel Observateur* et *Le Monde*, a justement illustré récemment de façon plaisante les règles en vigueur dans ce milieu.

Au printemps 2002, Jean Daniel, qui a acquis assez d'ancienneté pour qu'on ne le présente plus, publie ses œuvres autobiographiques complètes. Republie serait d'ailleurs plus exact puisqu'elles avaient déjà trouvé un éditeur dans les décennies passées. Il s'agit bien entendu d'un événement considérable auquel la direction du *Monde* sait accorder sa juste place. Cette somme va donner lieu à plusieurs génuflexions. Durant la même semaine de juin 2002, le quotidien de référence publie pas moins de trois grands articles à la gloire du cofondateur du *Nouvel Observateur* et de son œuvre. Co-ï-n-ci-den-ce (encore une, mais étrangère, cette fois-ci, à la justice et au fisc) : la direction du *Monde* aimerait mettre la main sur ce charmant viager hebdomadaire, dont la statue du commandeur, Jean Daniel, mais aussi une partie de la hiérarchie, sans oublier le propriétaire, Claude Perdriel, sont entrés bon pied bon œil dans le quatrième âge. Mais voilà, dans d'autres rédactions, quelques insolents ne se cachent pas pour rire de la boursouflure narcissique qui ressort des œuvres complètes de Jean Daniel. Aussitôt, Bernard-Henri Lévy, vigile attentif et efficace, sort sa plume. Dans un « Bloc-notes » du *Point* intitulé « Pour saluer Jean Daniel [1] », il raconte avec nostalgie ses jeunes années d'intellectuel, où rien n'était possible sans un passage par *Le Nouvel Observateur* où l'on subissait avec délice une « interro » du grand homme destinée à s'assu-

---

1. *Le Point*, 12 juillet 2002.

rer que l'impétrant avait non seulement la culture générale requise mais aussi la sensibilité qui convenait : « Ceux qui triomphaient de cette série d'épreuves étaient définitivement cooptés et entraient, enveloppés dans un murmure narcissique et généreux, dans la catégorie des "amis de l'*Observateur*". Les autres, obscurs à jamais, restaient aux portes de cet empyrée, un peu comme Virgile abandonné par Dante sur le seuil du Paradis. » Alors, s'indigne BHL, « je ne suis pas certain que les jeunes chroniqueurs qui rendent compte [de son livre] ici et là – Lançon, Beigbeder[1]... – sachent bien la place qu'il occupa et que, souvent, il occupe encore dans notre surmoi idéologique et dans nos vies ».

Bernard trouve ça moche, toute cette méchanceté moqueuse et inconséquente. Et il l'écrit. « On peut ne pas apprécier ces livres, bien entendu. » On respire, c'est donc autorisé. « On peut ne pas goûter cette littérature très particulière. » Sous-entendu : tout le monde a le droit d'avoir mauvais goût. « Mais je n'aime pas le ton ricaneur qu'ont certaines de ces descentes en flammes. Je n'aime pas l'exercice de style obligé que semble en passe de devenir la danse du scalp autour de ce camusien hédoniste et, disent-ils, mégalomane. » On a vu des auteurs plus persécutés par les médias que Jean Daniel, mais bon, BHL est une âme sensible. Son argument final, c'est l'âge de son protégé. Malgré le poids des ans, « il est traité avec l'injustice, l'insolence, parfois la cruauté, habituellement réservées aux jeunes loups qui entrent dans la carrière ». Comment l'ordre peut-il régner aux abords du Café de Flore si, comme dans les sociétés insulaires, on ne vénère plus les anciens ? Mais Bernard le sent bien, même s'il n'ose l'exprimer, certains jeunes d'aujourd'hui ne respectent plus rien, pas même la loi du clan...

---

1. Il s'agit des chroniqueurs littéraires Philippe Lançon (*Libération*) et Frédéric Beigbeder (*Voici* et autres).

Mais c'est au début de l'année 2003 que va se produire un événement qui va diviser pour longtemps la société littéraire et médiatique. Après vingt ans de réflexion, d'observation et d'hésitation, le journaliste et écrivain Pierre Péan, qui n'est plus affilié à aucun média après avoir appartenu à plusieurs rédactions, termine dans la quasi-clandestinité son enquête sur *Le Monde*. À l'automne 2002, il s'associe pour envoyer son missile avec Philippe Cohen, journaliste à *Marianne*, qui a lui aussi un manuscrit prêt sur le quotidien de référence. Pour parvenir à sortir leur livre accusateur, ils ont dû employer mille ruses et subterfuges. Péan, un auteur que les maisons d'édition s'arrachent plutôt, ne signe de contrat avec personne. Il ne veut pas laisser de traces, donner des informations à l'adversaire. Il fait finalement affaire avec Claude Durand. Patron de Fayard, une filiale du groupe Hachette, cet homme ombrageux qui fut l'éditeur de Soljenitsyne et le traducteur de Garcia Marquez entend traiter de puissance à puissance avec *Le Monde*. Il oublie par ailleurs d'informer sa maison mère Hachette de ce projet, laquelle sera bien contente de ne rien savoir.

Jamais en France on n'avait pris de telles mesures d'exception pour la sortie d'un livre. Les épreuves de l'ouvrage ne sont relues par aucun correcteur, toujours pour limiter les risques de fuites. Le livre est imprimé en Espagne, après qu'un imprimeur italien a refusé de faire tourner ses rotatives faute de garanties financières : puisqu'on tenait Hachette hors du coup, il était impossible d'obtenir son estampille pour rassurer le fournisseur.

Toutes ces précautions pourraient suggérer une petite dérive paranoïaque des auteurs de *La Face cachée du Monde* et de leur éditeur. Elles n'étaient pourtant pas superflues, mais à la mesure du climat qui règne alors dans Paris. Le feuilleton qui précède et suit la publication du livre évoque en effet une version parisienne et pédante de la fameuse série télévisée *Les Soprano* qui décrit de manière parodique la vie quotidienne de la mafia. Dans le clan dominant, les trois premiers rôles sont tenus par Alain Minc, essayiste et confident des patrons, par ailleurs président du conseil de surveillance du *Monde*, Jean-Marie Colombani, président du directoire, et Edwy Plenel, directeur des rédactions. Un trio qui sait se faire respecter et n'aime guère la critique.

Depuis des mois, la rumeur courait Paris : Pierre Péan allait bientôt publier un livre terrible. Il y serait question d'Edwy Plenel, surtout. De ses liens, absurdes au demeurant, avec la CIA. C'est Gilles Ménage, l'ancien directeur de cabinet de François Mitterrand, qui serait à l'origine de cette accusation. C'est un moyen commode d'expliquer pourquoi le directeur de la rédaction du *Monde*, alors journaliste d'investigation très en pointe sur la « part d'ombre » du pouvoir mitterrandien, avait été placé sur écoutes. Un espionnage inacceptable, au nom des libertés publiques. Alors, pourquoi ne pas alléguer que Plenel entretenait des liens avec des services étrangers pour justifier l'injustifiable ? Mais au fil de son enquête, Pierre Péan explore bien d'autres thèmes qu'Edwy grand reporter. Il s'intéresse aussi aux pratiques du directeur, Jean-Marie Colombani, et du capitaliste entremetteur, Alain Minc.

Dès qu'ils apprennent l'existence de ce projet, les membres du trio prennent peur. Pendant l'année 2002, ils vont déjeuner beaucoup plus que de coutume avec des éditeurs. Rien de plus normal après tout vu leurs fonctions. Mais le sujet Péan revient toujours au moment du café : est-ce que par hasard il vous aurait approché ? Non, mais vous en avez entendu parler ? Évidemment, publier un tel livre serait considéré comme un geste profondément inamical...

Vu de loin, ce petit jeu peut sembler vain. Faux ! Un article dans *Le Monde* ne suffit pas à lancer un livre – encore que le succès fugace du journal de Mme Jospin doive beaucoup à sa promotion en une du quotidien – mais donne au reste des médias une sorte de signal : l'ouvrage existe, on peut en parler. La plupart des patrons de maison d'édition, de manière excessive et irrationnelle, considèrent donc une brouille avec Jean-Marie Colombani et les siens comme une petite catastrophe industrielle : et si, comme certains intellectuels mal vus du journal, leur production se trouvait effacée des augustes colonnes pour une décennie ? Pierre Péan doute, jusqu'au dernier moment, de trouver un éditeur suffisamment courageux pour assumer son pamphlet. Il songe même à le faire publier en Suisse !

L'entreprise de dissuasion s'adresse aussi à l'auteur lui-même. Des messages sont passés à certaines de ses connaissances. Leur teneur ? Très simple : on va tout « sortir » sur lui. Pour rendre la menace plus crédible, on lui fait savoir subtilement qu'une « task force » (c'est, paraît-il, son nom de code) s'est réunie fin novembre 2002. Outre le trio de tête du journal, elle se composerait de Josyane Savigneau, la patronne du *Monde des livres*, Philippe Sollers, qui dispose de son rond de serviette au même *Monde des livres*, et Bernard-Henri Lévy, qui « donne » de temps à autre ses carnets de voyage au quotidien. Thème de réflexion : comment discréditer Péan ? Réponse hallucinante trouvée par certains : il a écrit un livre sur Bethléem, il a des sympathies pro-palestiniennes, donc il est antisémite ! Pierre Péan préfère rire de ces procédés puérils qui, selon certains participants présumés, relèvent du pur fantasme : « Je n'ai à aucun moment participé à une réunion de ce genre », affirme, catégorique, Bernard-Henri Lévy[1].

Après coup, l'éditorialiste de *Libération* Pierre Marcelle

---

1. Contacté en juin 2003 pour s'exprimer, notamment, sur ce point, Edwy Plenel, après avoir fait transmettre un accord de principe, n'a pas trouvé ensuite le temps d'accorder cet entretien.

remarquera tout de même dans un billet intitulé « La question juive [1] » les étranges messages lancés par les hiérarques du *Monde* au fil de leur contre-attaque : « Il y eut d'abord [*Le Monde* du 26 février], au cœur d'un article évoquant des "attaques croisées des extrêmes", un encadré suggérant la proximité des auteurs de *La Face cachée du Monde* avec une publication que des citations identifiaient comme antisémite ; il y eut, récurrente, une phrase prêtée par défaut aux auteurs mais qui n'était pas d'eux, où il était singulièrement question de "goys" et de "femmes juives d'expérience" ; il y eut Alain Minc évoquant [le 5 mars sur RTL] "un brûlot à la *Gringoire*" ; il y eut, dans l'éditorial de Jean-Marie Colombani du 7 mars, cette comparaison entre *Le Monde* et Léon Blum [...] ; il y eut, le 6 mars [sur France 2], Edwy Plenel invoquant dans le père d'Alain Minc "un juif polonais de la MOI [2]"... » Édifiante énumération qui montre que l'équation « Péan = antisémite » n'a pas été suggérée seulement dans un but de dissuasion, mais aussi pour discréditer un ouvrage qui déplaisait.

Alors que, des semaines avant sa publication, pas un jour ne passait dans les locaux du *Monde* sans que l'un de ses dirigeants évoque, de manière quasi obsessionnelle, le livre à paraître, comme s'il s'agissait d'une menace collective, de l'imminence d'un désastre qui ne laisserait personne indemne, les membres du trio dominant ont sous-estimé une donnée majeure, que Jean-François Kahn appelle dans *Marianne* la « coalition des blessés » : « D'un seul coup s'est nouée, écrit-il, la stupéfiante et imprévisible coalition de tous ceux qui portent la cicatrice d'un coup reçu, ou qui ont dû un jour plier le genou devant le totem [3]. »

---

1. *Libération*, 10 mars 2003.

2. MOI : Main-d'œuvre immigrée. Les résistants du FTP-MOI ont vu leur réseau décapité par l'occupant nazi en 1943.

3. *Marianne*, 3 au 9 mars 2003.

Voilà comment le livre tant redouté est non seulement publié, mais commenté, starisé et... acheté au point de devenir un phénomène de l'histoire de l'édition. Péan et Cohen ne subiront pas le sort réservé, vingt-cinq ans plus tôt, à Michel Legris. Pour avoir publié en 1976 *Le Monde tel qu'il est*[1], un livre qui critique les positions idéologiques du quotidien de référence, notamment son immense complaisance à l'égard des Khmers rouges au Cambodge, le journaliste Michel Legris a été purement et simplement rayé de la carte. Plon, son éditeur, n'avait alors publié le livre que sous la pression de Gérard de Villiers, un auteur en or qu'on ne pouvait contrarier. Un tirage fantomatique, une promotion inexistante, le livre a été enterré. Tout comme son auteur. Un éditorial en une du *Monde* pour dénoncer (tiens, déjà !) un complot donne le signal à la meute. Michel Legris est déclaré infréquentable et inemployable dans l'ensemble de la presse française par MM. Beuve-Méry et Fauvet, respectivement fondateur et directeur du *Monde* de l'époque.

Leurs successeurs ont moins de chance. Ou moins de talent. Ou moins d'autorité morale. Ils tentent, eux aussi, d'entonner l'air du complot. Mais sans succès. Parmi la « coalition des blessés », deux hommes jouent un rôle essentiel : Claude Durand et Denis Jeambar. D'abord Claude Durand sans qui rien n'aurait été possible et qui tient à sa réputation d'indépendance. Il connaît depuis longtemps Pierre Péan dont il a publié plusieurs livres.

Et puis, il y a surtout l'affaire Renaud Camus. L'histoire a alimenté pendant plusieurs semaines un feuilleton disproportionné. Tout commence en avril 2000, lorsque Fayard publie *La Campagne de France*[2], journal de 1994 de Renaud Camus, écrivain confidentiel habituellement publié chez POL. Mais son journal de cette année-

---

1. Michel Legris, *Le Monde tel qu'il est*, Plon, 1976.
2. Renaud Camus, *La Campagne de France*, Fayard, 2000.

là contient quelques phrases déplaisantes sur la présence et la visibilité des juifs par exemple dans certaines émissions de France-Culture. POL renonce à le publier. Claude Durand, informé par l'écrivain de ce refus et de ses raisons, accepte de l'éditer. Le livre ne reste dans les rayons des librairies que quinze jours, avant que Fayard décide de le retirer de la vente.

Pourquoi une décision aussi grave ? Parce qu'une tempête s'est emparée du microcosme intellectuel à propos des passages scabreux de Renaud Camus sur les juifs. À l'avant-garde de la dénonciation, on retrouve *Le Monde*, qui ouvre ses colonnes aux « pros » et aux « antis », tout en insistant sur le caractère antisémite des propos de l'auteur et en s'étonnant de manière codée que ce soit Fayard, maison de gauche, donc présumée respectable, qui s'en rende complice.

Début juillet 2000, après des pétitions et contre-pétitions pour un livre qui n'en mérite pas tant, l'objet du scandale est de nouveau en vente, expurgé des passages litigieux, qui sont remplacés par des blancs évoquant l'idée de censure, en l'espèce d'autocensure, et enrichi d'une incroyable préface de Claude Durand. Celui-ci y dénonce une forme de lynchage perpétré par *Le Monde* et ses amis au nom de la bien-pensance et cite en exergue Régis Debray : « Le boom moral nous permet la culbute : l'opposition au nom de l'ordre établi ; [...] la persécution de nos ennemis intimes, mais pour le compte officiel des persécutés[1]. » Pour que les choses soient bien claires, l'éditeur use d'une formule inédite pour décrire ce village sicilien qu'il connaît bien : « Je me permettrai, chaque fois qu'il sera question d'un protagoniste permanent ou épisodique de l'affaire, de lui accoler un "badge", comme on fait dans les colloques, forums et congrès, spécifiant les médias avec qui il entre-

---

1. Régis Debray, *L'Emprise*, Gallimard, 2000.

tient des relations permanentes ou irrégulières (salarié ou auteur de telle maison d'édition, responsable, collaborateur régulier ou intermittent d'un journal, d'une station de radio, d'un périodique etc.) ? Non que ce type d'"appartenance" détermine forcément une position individuelle dans une affaire de ce genre, mais la fréquence de certains badges intéressera le spécialiste des réseaux d'influence dont la sociologie et la politologie modernes commencent à mieux jauger l'importance et l'efficacité dans l'économie de la communication. »

Pour parler simplement, les badges qui reviennent le plus souvent dans l'exposé qui suit sont « Grasset », maison longtemps considérée comme rivale de Fayard, et *Le Monde*. Claude Durand raconte l'hallucinant « débat » sur la question Camus organisé par Edwy Plenel (*Le Monde*, Stock) dans son émission quotidienne sur LCI. Dans le rôle du procureur, Philippe Sollers (Gallimard, *Le Monde*, *Le Journal du dimanche*, etc.), favorable à l'interdiction du livre et, dans celui de l'avocat, Bernard-Henri Lévy (Grasset, *Le Point*, etc.). Un avocat qui réclame sa publication... pour mieux juger de son abjection. Avec un tribunal composé d'un trio de ce type, nul doute que Renaud Camus ait bénéficié d'un procès équitable !

Au-delà des connivences et arrière-pensées qui ont pu alimenter cette grande catharsis autour d'un livre qui n'aurait pas rencontré, sans ces gesticulations, une telle attention, Claude Durand insiste à juste titre sur la manière dont les puissants médiatiques allument des bûchers au nom de la bonne conscience pour mieux flinguer ceux qui ne font pas partie de la famille. Cette préface – rageuse ou courageuse selon le point de vue – a-t-elle constitué une thérapie suffisante pour l'ombrageux éditeur ?

Quand paraît *La Face cachée du Monde*, Claude Durand nie que le moindre esprit de revanche ait pu augmenter son courage pour publier un livre aussi risqué et refusé par la plupart des éditeurs approchés par Pierre Péan. Puisqu'il le dit...

Mais publier n'est pas tout. Encore faut-il que l'ouvrage ne sombre pas dans l'oubli prématuré, parce que aucun média ne jugerait opportun d'en signaler la parution. Une autre « victime » du *Monde* apporte alors son concours à l'opération.

C'est là qu'intervient Denis Jeambar, président du directoire de *L'Express*. Ce journaliste sourcilleux connaît bien, pour l'observer depuis plus de vingt ans, le monde politique, ses coups bas et ses traquenards. Cette expérience ne lui sera pas inutile quand, en 1997, Jean-Marie Messier envisage de mettre en vente deux des propriétés de son empire, *L'Express* et *Le Point*. J6M n'en tire aucun bénéfice financier, mais collectionne les coups de fil indignés de tous ceux qui se sentent maltraités par l'un des deux hebdos. Vu l'extrême sensibilité de nos élites, cela équivaut à plusieurs complaintes chaque semaine. Sans compter les occasions de se faire mal voir de Matignon (à gauche) ou de l'Élysée (à droite), ce qui est toujours fâcheux pour une entreprise qui vit largement des commandes de l'État.

Jean-Marie, qui aime faire plaisir à tout le monde, compte vendre *L'Express* au *Monde* (à gauche) et *Le Point* à François Pinault (à droite). Alors que les discussions ne font que commencer entre Colombani et Jeambar, le patron du *Monde* se croit déjà en pays conquis. « Des réunions étaient organisées par des hiérarques du *Monde* soi-disant pour faire connaissance, raconte un journaliste de *L'Express*. Très vite, les propos glissaient dangereusement. De questions neutres sur notre façon de travailler, on en venait au fait qu'il allait falloir changer nos méthodes, pour arriver au cœur du sujet : la rédaction y gagnerait sûrement à se passer de Jeambar. Le fait d'en dire du mal était encouragé de manière à peine voilée. »

Jean-Marie Colombani considère que Denis Jeambar

est doublement un gêneur. D'une part, son indépendance d'esprit déplaît à l'Élysée, dont il convient de se ménager les bonnes grâces pour hisser le « groupe Le Monde » au niveau qu'il mérite. D'autre part, le directeur de *L'Express* n'obéit pas au doigt et à l'œil, ce qui exaspère celui qui se considère déjà comme le propriétaire de l'hebdomadaire.

Ce que Colombani n'avait pas prévu, c'est que Jeambar n'allait pas se laisser gentiment égorger. Le jeu politique, la manipulation d'une collectivité, fût-elle composée de journalistes, il connaît aussi. Serge Dassault rêve de posséder un grand hebdomadaire. Il voit dans la mise sur le marché de deux d'entre eux une occasion historique. Mais Claude Imbert, directeur-fondateur du *Point*, premier objet de sa convoitise, n'a même pas voulu écouter ses propositions. Il est, en cela, fidèle à ses engagements de toujours : jamais il ne laissera son journal aux mains de marchands de canons. S'il a quitté le giron d'Hachette, au début des années quatre-vingt, parce que Jean-Luc Lagardère et Matra en avaient pris le contrôle, ce n'est pas pour se « pacser » tardivement avec un autre fabricant d'armes !

Les Dassault tentent donc leur chance à *L'Express*... où ils sont reçus à bras ouverts. Ils font une offre financièrement très supérieure à celle du *Monde*. Celui-ci réagit à sa façon : il fait intervenir Dominique Strauss-Kahn, alors ministre des Finances, pour dissuader Dassault de maintenir sa candidature [1]. Malgré tout, Denis Jeambar parvient à obtenir un vote de sa rédaction en faveur du candicat le mieux disant. Face à cette vive humiliation, Jean-Marie Colombani écume de rage dans les colonnes de son journal. Pour calmer le jeu, Jean-Marie Messier décide de conserver *L'Express*. Mais les deux patrons de

---

1. Sur le détail de ces interventions, voir *La Face cachée du Monde*, *op. cit.*

presse Colombani et Jeambar, hier encore plutôt copains, sont désormais ennemis. Pour la vie ?

Quatre ans plus tard, *Le Monde* rachète *Le Midi libre.* Depuis dix-huit ans, Denis Jeambar y fait régulièrement un éditorial politique sous le pseudonyme de Jérôme Collet. Las ! À peine *Le Monde* débarqué dans les bureaux de Montpellier, il semble urgent de rompre avec cette tradition au nom de la nécessaire rationalisation des coûts. Denis Jeambar vit très mal cette éviction en forme de représailles. Au point qu'il intente un procès au *Midi libre,* auquel il réclame de substantiels dommages et intérêts, procès qu'il gagnera d'ailleurs.

Autant dire que Claude Durand, bien informé des allergies qui électrisent le Paris médiatique, n'a pas eu à chercher bien loin pour trouver le journal qui l'aiderait à lancer *La Face cachée du Monde.* Les « bonnes feuilles » du livre font la une de *L'Express*[1] qui avance même sa parution d'une journée pour l'occasion. Denis Jeambar y précise, non sans habileté, qu'il n'a pas choisi les extraits les plus accablants du livre. Le décor est campé : dans la petite guerre qui s'annonce, chacun est sommé de choisir son camp.

Paris devait un peu ressembler à cela fin 1943. La plupart des commentateurs en vue sont terrés, dans l'attente de voir quel clan va l'emporter. Le trio de tête du *Monde* est attaqué très violemment par le livre sur la probité tant professionnelle que personnelle de chacun de ses membres. Mais dans un premier temps, il ne réplique pas sur les faits. Il se contente d'ironiser, de botter en touche pour la galerie. Et sert une fois encore, comme il se doit, la thèse de la « campagne », du « complot » contre le grand quotidien. Un ballon d'essai est même lancé : la manœuvre est téléguidée par l'Élysée pour discréditer *Le Monde,* lequel n'a jamais épargné Chirac ;

---

1. *L'Express,* 19 février 2003.

d'ailleurs, *L'Express* publie les bonnes feuilles parce qu'il est entre-temps entré dans l'orbite du *Figaro*. CQFD. L'argumentaire est si indigent qu'il ne convainc personne. Le trio dirigeant est contraint de s'expliquer mais il ne répondra que très partiellement, suscitant l'ironie chez beaucoup de journalistes et l'incompréhension d'une partie des lecteurs.

À l'intérieur du journal, pendant ce temps, l'ambiance se dégrade : la chasse aux sorcières est ouverte. Certains chefs ou sous-chefs de service proches de Plenel sillonnent les couloirs en invitant les traîtres à se désigner eux-mêmes. Ceux qui ont le malheur de connaître personnellement l'un des auteurs sont regardés de travers. Deux femmes journalistes, membres du bureau de la société des rédacteurs du quotidien, se sont rendues chez Fayard, le lundi suivant la parution de *L'Express* et précédant celle du livre, pour prendre connaissance de son contenu. Cette démarche bien naturelle est vécue par la direction comme un acte de haute trahison.

Mais le grand quotidien a bien du mal à trouver des soutiens extérieurs. Péan et Cohen sont interviewés dans tous les journaux, invités sur toutes les chaînes de télévision. Commercialement, ils « cartonnent » comme jamais. Pour les contredire, c'est un quasi-désert. Seul le duo Philippe Sollers-Bernard-Henri Lévy hurle au lynchage, le premier dans *Le Journal du dimanche*, le second dans *Le Point*, un des seuls médias à prendre le parti du *Monde*. L'ex-nouveau philosophe sort l'artillerie lourde . « Un parfum de chasse à l'homme qui n'est pas supportable », « Un véritable torrent de boue », « Vite fait, bâclé, une erreur par page ou presque »...

Et les autres, tous les autres ? Laurent Joffrin, directeur de la rédaction du *Nouvel Observateur*, donne dans un premier temps son accord pour porter la contradiction au duo d'auteurs à *Ripostes*, une émission de débat animée par Serge Moati sur France 5. Mais le climat est bien incertain dans le village sicilien. Il doit se sentir un peu seul et se rétracte.

Pour plaider la thèse du complot, de la persécution, la direction du journal en est réduite à publier en « une » une tribune d'Alain Bauer, grand-maître du Grand Orient de France, sur le thème : « Je compatis, les francs-maçons savent ce que c'est qu'être persécutés ». Il fut un temps où des personnalités plus lancées se portaient spontanément volontaires pour une gentille contribution pro-*Monde* !

Rapidement, Jean-Marie Colombani doit se rendre compte que ces maigres ripostes sont mises en échec par le succès foudroyant du livre. Il doit se résoudre à un geste qu'il jugerait d'ordinaire fort humiliant. Il décroche son téléphone pour appeler au secours Anne Méaux, patronne de l'agence de communication Image 7 et grande spécialiste de la « persuasion » des journalistes récalcitrants. Faut-il qu'il soit mal, Jean-Marie Colombani, pour gratter à la porte de la pythie des grands patrons comme un vulgaire néophyte du monde des médias ! Mais dans un sursaut de dignité, il convoque la conseillère de Giscard, de Pinault et de la Banque Lazard dans son bureau du *Monde*. Une petite boulette supplémentaire puisque plusieurs journalistes reconnaissent Anne Méaux et croient comprendre les raisons de sa présence dans leurs murs. Mais le calvaire colombanien n'est pas terminé : sa visiteuse refuse de s'occuper de son cas ! Celui-ci sera finalement confié à une agence moins prestigieuse.

Les « gros calibres » sont − momentanément − bien timorés. Le député PS Arnaud Montebourg, grand ami d'Hervé Gattegno, chef-adjoint du service France, est convié à plusieurs émissions, dont *Mots croisés* sur France 2, pour porter la contradiction à Péan et Cohen. Lui, d'ordinaire peu effarouché par les caméras, décline l'invitation. Il préfère téléphoner à Éric Halphen, invité lui aussi sur le plateau d'Arlette Chabot. Le magistrat est membre de la C6R, la Convention pour la VIe République fondée par Montebourg. Lequel demande à Éric Halphen, qui s'est fait traîner dans la boue par *Le Monde* pour avoir refusé de collaborer[1], de ne pas attaquer le journal. Il insiste : Halphen représentera son mouvement politique à cette émission, il est important qu'il n'accable pas le quotidien du soir. Devant le mutisme médusé de son interlocuteur, Montebourg s'enhardit : le magistrat s'honorerait, en fait, à défendre *Le Monde* et sa direction. Éric Halphen ne suivra pas, finalement, les curieux conseils de ce bon ami. Pour le reste, la plupart des habitués des médias se terrent : en attendant de sentir le vent, autant rester à couvert. Il fallait choisir son camp, avaient prévenu les principaux protagonistes. Ceux qui ont déjà connu la douleur des représailles en ont inventé un troisième : les abonnés absents.

Le plus étonnant, c'est qu'un tel livre n'ait pas paru plus tôt. Car les victimes de « fatwas » lancées par le quotidien pour violation du « politiquement correct » ou pour d'autres raisons moins avouables (fâcheries, appartenance à un réseau considéré comme « ennemi »...) sont innombrables. Durant l'été 1993, soit peu de temps avant la prise de pouvoir officielle de Plenel et Colombani, le philosophe et historien Pierre-André Taguieff est pris à partie par Roger-Pol Droit dans les colonnes du *Monde*. Cet universitaire de gauche, excellent connaisseur de l'extrême droite, n'a jamais sacrifié au politiquement correct : Taguieff a toujours critiqué l'antiracisme pratiqué et prôné par SOS Racisme, fondé sur l'éloge de la différence, la mise à l'index des mal-pensants et l'entre-soi mondanisant.

---

1. Sur cette question, voir l'interview d'Éric Halphen dans *Le Rapport Omertà 2003*, Albin Michel.

Il fallait qu'il s'attende à payer pour sa liberté d'esprit. D'autant que l'impudent a, à en croire les « vigilants » qui le conspuent, pactisé avec l'ennemi. Il a, comme beaucoup d'autres journalistes et intellectuels peu suspects de sympathies pour les extrêmes, publié un texte dans la revue *Krisis* dirigée par le philosophe Alain de Benoist, gourou de la nouvelle droite autrefois portée sur le racisme différentialiste et l'éloge de l'homme indo-européen.

Le passage à tabac médiatique dont il est la victime se veut particulièrement musclé : une pleine page dans *Le Monde*[1], composée de deux morceaux de choix : un article pour dénoncer les « concessions » qu'il fait à l'ennemi avec lequel il accepte de « dialoguer » jouxte un « appel à la vigilance » contre la résurgence des thèses d'extrême droite dans la vie des idées en Europe, texte signé par quarante intellectuels, dont trois prix Nobel et treize membres du Collège de France. C'est Edwy Plenel en personne qui a sollicité la signature de certains d'entre eux.

Dans une vie antérieure, Taguieff et lui habitaient le même quartier, se fréquentaient et s'appréciaient. Mais le journaliste a donné une information erronée au philosophe pour nourrir un de ses livres, publié en 1984. Il lui a indiqué que Xavier Raufer, un universitaire spécialiste de la sécurité venu de l'extrême droite, travaillait pour la cellule de l'Élysée dirigée par le commandant Prouteau. À l'époque, Edwy Plenel commence sa croisade contre la garde noire mitterrandienne, dont il veut démontrer les méfaits dans l'affaire dites des « Irlandais de Vincennes ». Mais lorsque Taguieff dut répondre à un procès intenté par le commandant Prouteau, la preuve promise par son ami journaliste ne vint jamais. Et l'auteur fut condamné. Cette mésaventure provoqua

---

1. *Le Monde*, 13 juillet 1993.

une brouille entre les deux hommes. Brouille qui mit quelques années à ce transformer en vendetta.

Nous sommes là en présence de la très perverse technique de l'amalgame qui permet de discréditer un « mal-pensant ». L'appel à la vigilance semble naturellement suscité par les « errements » de l'intellectuel Taguieff. A-t-il dû fauter, se dit le lecteur anonyme, pour amener tant d'éminents personnages à pétitionner. La plupart des signataires ignoraient en fait l'usage personnalisé qui allait être fait de leur prestigieuse signature. Mais le mal était fait.

Pierre-André Taguieff accorde plusieurs interviews dans la presse pour s'expliquer et se défendre et publie même un livre dans lequel il décortique sa mésaventure et décrit les ravages du sophisme de la contagion : X est raciste car il a parlé à Y que l'on soupçonne de l'être[1]. Après cette thérapie littéraire, l'intellectuel turbulent se transforme en élève sage, désireux d'éviter les coups. Il sera pourtant banni des colonnes du *Monde* jusqu'en 2002. Et tant pis si la suite de l'histoire a donné raison au philosophe, comme le montre l'évolution de SOS Racisme sous la houlette de son président Malek Boutih, qui a eu le courage de sortir l'association du carcan de l'antiracisme soupçonneux. Dix ans de boycott pour délit d'opinion... Cela fait cher payé pour un manquement au « code de l'honneur ».

La vendetta dans l'univers intello-médiatique a tous les charmes de l'informel. Pas besoin de redressement fiscal ni de mise en garde à vue pour mener un bon petit lynchage. Les mots, les tribunes et une bonne dose de

---

1. Pierre-André Taguieff, *Sur la nouvelle droite*, Descartes et Cie, 1994.

mauvaise foi suffisent à mener l'offensive. Anne-Marie Casteret en sait quelque chose. Médecin de formation, cette journaliste a toujours mis ses compétences au service de ses investigations. Sans elle, la vérité sur la contamination des hémophiles par le virus du sida n'aurait peut-être jamais éclaté. Cette formidable enquêtrice a payé très cher, au sens propre comme au sens figuré, ses années de recherche sur le sujet. Ses pires ennemis n'ont pas été les médecins, ni les policiers, ni même les politiques. Ce furent une poignée de journalistes et d'intellectuels... Elle a commis, il est vrai, deux péchés : fracasser quelques jolis mythes bien entretenus, comme la pureté du don du sang, un acte gratuit et bénévole, et attaquer sans complexe une nomenklatura politico-médicale habituée jusqu'alors à un traitement beaucoup plus complaisant. C'était plus qu'une erreur, une faute lourde au pays du consensus mou.

Tout commence en avril 1991. Anne-Marie Casteret publie dans *L'Événement du jeudi*[1] un article décisif qui révèle, documents à l'appui, qu'au printemps 1985, Michel Garretta, le directeur du Centre national de transfusion sanguine (CNTS), savait que tous ses lots de concentrés coagulants destinés à soigner les hémophiles étaient infectés par le virus, qu'il a sciemment pris la décision de les écouler et qu'il en a informé le ministère. Le compte rendu de la réunion ainsi que le courrier au ministère étaient bien sûr classés « confidentiels ».

La bombe que lance cette journaliste inconnue du grand public est le point de départ de la longue histoire judiciaire du sang contaminé. Elle change véritablement le cours de l'histoire. Pour les médecins impliqués, pour les hauts fonctionnaires incriminés et aussi pour quelques responsables politiques, au premier rang desquels Laurent Fabius.

---

1. *L'Événement du jeudi*, 25 avril 1991.

Acquitté en 1999 par la Cour de justice de la République, l'ancien Premier ministre de François Mitterrand a vécu sa mise en cause comme une injustice, lui qui considérait avoir pris, contre l'avis de son entourage, des mesures courageuses en matière de dépistage et qui voyait, sans ce regrettable accroc, une carrière royale s'offrir à lui. Dans son dépit, il a pu apprécier le soutien opiniâtre de quelques intellectuels, monopolisant les colonnes des journaux réservés aux libres opinions pour dire leur effroi devant « le mouvement de criminalisation de la responsabilité politique ».

Pour les remercier, Laurent Fabius, une fois blanchi par la justice de son pays, invita d'ailleurs les deux cents personnes qui l'avaient aidé et soutenu dans cette épreuve à une petite réception à l'hôtel de Lassay, la somptueuse demeure du président de l'Assemblée nationale qu'il était alors. Au risque de se voir traiter de poujadiste, comment ne pas souligner que l'argent du contribuable a servi à payer une fête destinée à célébrer l'acquittement d'un haut personnage dans une affaire pénale de la plus grande gravité, qui a entraîné la mort de plusieurs personnes. Même à Palerme, il n'est pas écrit que les grandes familles festoient ainsi, les jours de chance judiciaire, aux frais de la collectivité nationale.

Ce mélange des genres n'est pas anecdotique. Contrairement à ce que disent les intellectuels « convenables », le souligner n'est pas une preuve de mauvais goût. Le mauvais goût consiste au contraire à organiser de telles manifestations et, accessoirement, à y participer. C'est une manière très inoffensive, mais très parlante, de cautionner l'instrumentalisation de l'État à des fins personnelles, le dévoiement de ses moyens au service d'un clan ou d'un homme. Et en toute bonne conscience.

Parmi les invités, une autorité en matière de philosophie politique, Blandine Kriegel. À la ville, elle est l'épouse de l'historien Alexandre Adler, l'homme qui vient défendre l'honneur de l'homme d'affaires Arcadi Gaydamak devant les tribunaux et se fait remettre les insignes de la Légion d'honneur par Jack Lang. En politique, elle goûte désormais les charmes d'un autre palais, puisqu'elle a rejoint, à l'été 2002, l'Élysée de Jacques Chirac. Un homme qui, lui non plus, n'aime pas trop que les juges viennent causer des ennuis aux hommes politiques.

Au début de 1999, Blandine Kriegel ne ménage pas sa peine pour défendre l'ancien Premier ministre qui va bientôt comparaître devant la Cour de justice de la République. Elle écrit des tribunes dans les journaux. Elle publie même un livre plaidoyer, *Le Sang, la justice, la politique*[1]. C'est son droit. C'est le débat d'idées. Mais pour le nourrir à son profit, Blandine Kriegel tente d'exécuter Anne-Marie Casteret. Discréditer celle par qui le scandale est arrivé revient à prouver que le scandale n'est pas si grand que cela, qu'il y avait de la manipulation dans l'air. Ainsi revisitée, l'histoire change de victimes : ce ne sont plus les hémophiles, mais Laurent Fabius et les siens qui méritent respect et compassion.

Pour bien comprendre la mécanique de ce procès en sorcellerie, il est impossible de ne pas citer longuement Blandine Kriegel :

« Un hémophile contaminé a créé l'Association des polytransfusés, pour obtenir réparation par voie judiciaire. Après avoir plaidé, sans succès, auprès des journalistes de la grande presse, la possibilité de la dénonciation d'un "scandale monstre", Jean Péron-Garvanoff s'est tourné vers *Minute*, l'hebdomadaire d'extrême droite, qui lui a réservé un accueil en fanfare. Plus d'une dizaine d'articles sont sortis, fin 1988, et le 25 janvier 1989 l'hebdomadaire a titré sur la non-assistance des hémophiles en

---

1. Blandine Kriegel, *Le Sang, la justice, la politique*, Plon, 1999.

244

danger [1], soulignant qu'on n'avait pas fini de découvrir de nouveaux scandales liés au sida. Dans son numéro de fin mai 1989, *Minute* a été la première publication à titrer à la une sur le scandale des hémophiles, sans mettre de guillemets au mot "scandale" [...]. Or, peu de temps après, prêtant attention à Jean Péron-Garvanoff, c'est Anne-Marie Casteret qui, dans *L'Événement du jeudi*, a relayé "le scandale". Celui-ci est bientôt devenu le pain quotidien de la grande presse et de la télévision [...]. C'est le déchaînement médiatique qui, désormais, ne cessera plus, qui est au départ de la mise en accusation des responsables politiques. Et c'est *Minute*, oui *Minute*, qui est à l'origine de ce déchaînement. »

Produit par une grande intellectuelle devenue en 2002 conseillère à l'Élysée pour les questions d'éthique, vaste programme, ce texte est, il faut bien le dire, un tissu de mensonges et d'inexactitudes :

1. *Minute* n'a pas publié une « dizaine d'articles » mais un seul.

2. Il n'est pas daté du 25 janvier mais du 24 mai 1989.

3. *Minute* n'est pas le premier à titrer sur le scandale, « sans guillemets », comme dit Mme Kriegel. *Le Monde* l'a devancé le 26 avril, dans un article de Jean-Yves Nau intitulé « Sida : le scandale des hémophiles ».

4. Anne-Marie Casteret connaît Jean Péron-Garvanoff depuis 1987. C'est Éric Conan, alors journaliste santé à *Libération*, qui le lui présente. Avant *Minute*, elle publie, en le citant, deux articles dans *L'Express* : « La tragédie des hémophiles » (4 décembre 1987), « Hémophiles : doublement victimes » (4 novembre 1988).

5. Le premier témoignage de Jean Péron-Garvanoff n'est pas publié dans *Minute* mais dans *Libération*. « Je suis le premier à qui il racontera son histoire et c'est

---

1. Nous reprenons là, sans la corriger, la formulation étrange de Blandine Kriegel.

dans *Libération* que je publie, en 1985, son premier témoignage public », confirme Éric Conan.

6. Anne-Marie Casteret n'utilise pas le mot « scandale » « peu de temps après » *Minute*, comme l'écrit Blandine Kriegel, mais en avril 1991, soit deux ans après, quand elle révèle le document qui prouve que les lots contaminés ont été sciemment distribués.

7. *Le Canard enchaîné* du 12 avril 1989, soit avant *Minute*, publie un article intitulé « Quand les centres de transfusion distribuaient le sida » qui fait explicitement référence au travail d'Anne-Marie Casteret.

8. Blandine Kriegel n'est pas assez mal informée sur la presse pour ignorer que *Minute* n'a jamais donné le *la* en matière journalistique, bien au contraire. La plupart des rares journalistes de la « grande presse », pour reprendre son expression, qui lisent cette publication le font avec les plus grandes réticences. Et une information parue dans *Minute* est en général frappée d'infamie, donc reprise par les autres titres avec répugnance et parcimonie.

Indignée par ces allégations mensongères, qui la font passer pour un relais de l'extrême droite, Anne-Marie Casteret commet l'erreur de porter plainte contre Blandine Kriegel. Celle-ci l'a déjà mise en cause dans *Libération*[1], elle a publié un droit de réponse dans le quotidien. Mais elle considère que cette récidive par livre interposé confine à de l'acharnement.

En mars 2000, la XVIIe chambre civile du tribunal de Paris, présidée par Jean-Yves Monfort, déboute Anne-Marie Casteret. Mal conseillée, la journaliste a attaqué selon un article de loi contestable. Elle a néanmoins constitué un dossier considérable, tandis que Blandine Kriegel, pourtant chargée de faire la preuve de ce qu'elle avance, refuse (et pour cause !) de produire « la dizaine » d'articles soi-disant parus dans *Minute*, sous prétexte qu'ils

---

1. *Libération*, 25 janvier 1999.

appartiennent au domaine public. Quiconque a, une fois dans sa vie, dû comparaître devant la XVIIe chambre sait combien une telle désinvolture est généralement appréciée par les juges. Mais cette fois, ça passe.

Anne-Marie Casteret fait appel. Blandine Kriegel a changé d'avocat. C'est l'ancienne ministre Corinne Lepage qui vient la défendre. De sa plaidoirie, il semble ressortir que sa cliente ne se situe pas au niveau des faits comme une misérable journaliste est tenue de le faire mais évolue dans cet univers merveilleux du débat d'idées. Que cette pauvre Anne-Marie Casteret ne l'intéresse pas du tout et cherche vainement à se rendre intéressante. Et ça marche. Par un arrêt du 17 mai 2001, la Ire chambre, section B, de la cour d'appel de Paris, présidée par Claude Grellier, éconduit la journaliste. Mais il fait beaucoup, beaucoup plus fort. Soulignant que Blandine Kriegel n'est pas journaliste et a écrit un essai, ce qui semble la dispenser de s'approcher de la vérité, il considère qu'Anne-Marie Casteret l'a poursuivie abusivement. La journaliste n'est donc plus seulement un relais de l'extrême droite, elle est devenue, par la grâce du président Grellier et de ses assesseurs, une abominable procédurière d'extrême droite.

Il convient donc de la punir. Elle est condamnée à payer 30 000 francs à Blandine Kriegel pour procédure abusive, plus 15 000 francs au titre de l'article 700, plus les frais d'avocat de son adversaire. Au total, 70 000 francs.

Dans la plupart des pays civilisés, un journaliste qui aurait révélé un scandale de l'ampleur du sang contaminé serait devenu un héros, une personnalité respectée que s'arracheraient toutes les rédactions. En France, c'est le contraire. Le poids des élites et des idées reçues est si fort que celui qui révèle un scandale, dont la suite prouve qu'il a eu raison et au-delà, celui-là devra pendant toute sa carrière future porter le poids d'une sorte de péché. Anne-Marie Casteret travaille à *L'Express,* qui lui a fait confiance malgré le costume d'hystérique que certains ont tenté de lui tailler. Mais cette affaire l'a beaucoup tourmentée. Là est le vrai scandale.

Car à la fin des fins, qui a été condamné par la justice française, en dehors de Michel Garretta et de son adjoint, qui ont fait un séjour en prison ? Condamnés, les médecins qui ont transfusé, états d'âme ou pas, du sang à risque à leurs patients ? Non. Condamnés les hiérarques de la DGS (Direction générale de la Santé) ? Non, à l'exception du professeur Roux. Condamnés, les conseillers ministériels ? Ils sont blanchis par le mémorable arrêt de la Cour de cassation du 18 juin 2003. Et les ministres ? Relaxés, eux aussi, par la Cour de justice de la République. Pas tout à fait : Edmond Hervé, ex-ministre de la Santé, a été condamné. Mais dispensé de peine.

Anne-Marie Casteret, elle, n'a pas eu cette chance. Elle a payé.

Les sciences humaines hébergent, en apparence, des disciplines paisibles, austères parfois, qui semblent laisser peu de place à une telle violence. Le débat n'y règne-t-il pas en maître ? Derrière cette image d'Épinal, qui met en scène des universitaires un peu ennuyeux, pétris de références et barbotant dans un jargon inaccessible au commun des mortels, l'*homo academicus* n'est en réalité pas beaucoup plus civilisé. L'histoire récente de la sociologie est jalonnée de batailles de chapelles. À l'origine étaient deux gourous : Pierre Bourdieu et Alain Touraine. Tous deux de gauche. Tous deux à l'École des hautes études en sciences sociales (EHESS). Leur rivalité dura toute leur vie et se poursuit aujourd'hui encore par disciples interposés.

Les premières victimes de leur petite guerre furent les

autres sociologues, dits « aroniens » ou libéraux ; bref, de droite. Raymond Boudon et François Bourricaud, « les deux plus brillants universitaires représentant cette école de pensée, ont survécu, c'est tout, raconte un observateur neutre de ces batailles rangées. Après la mort de Raymond Aron, leur dernière ceinture de sécurité a sauté, les autres se sont déchaînés ». Là encore, pas de milices armées ni de « nuits bleues » animées. Simplement, un doctorant en sociologie qui n'appartenait ni au clan Bourdieu ni au clan Touraine avait peu de chance de trouver sa place au soleil dans l'université française. La force de Touraine, c'était de diriger le plus gros labo de France en sociologie, celle de Bourdieu, d'avoir un clan de supporters, souvent d'anciens communistes, dans chaque université de province.

L'intrigue, dira-t-on, pourrait tenir place dans n'importe quel milieu universitaire du monde, comme dans un roman de David Lodge. Pas tout à fait : la petite guérilla correspond à deux traits spécifiques de l'université française, que nous décrit notre interlocuteur anonyme : « La lutte des places est très forte dans le secteur des sciences humaines où, contrairement aux sciences dures, il y a un poste pour dix candidats, ce qui n'est pas le cas dans les autres pays européens. Surtout, en France, on laisse se développer un système d'autocooptation : plus de la moitié des chercheurs et des enseignants en sciences humaines sont recrutés par l'institution dans laquelle ils ont fait leur thèse de doctorat. Ce qui favorise évidemment la formation de chapelles et de clans directement issus de cette consanguinité. » Voilà comment s'agglomèrent clans et chapelles, prêts à dégainer au moindre incident.

Une guérilla insensée mais typique de ces mœurs concerne un personnage brillant et controversé, un polytechnicien et démographe nommé Hervé Le Bras.

En 1990, il prend l'initiative des hostilités qui provoquent un séisme au sein de l'Institut national d'études démographiques (Ined), avant d'être, douze ans plus tard, lui-même victime de méthodes qu'il a contribué à propager.

Mai 1990 : Hervé Le Bras, chef de département à l'Ined, commente dans le journal d'Europe 1 un article scientifique signé par son directeur, Gérard Calot, polytechnicien comme lui, qui se montre alarmiste sur la natalité en France. « On a raconté des craques pendant quinze ans sur la baisse de la natalité, s'enflamme Le Bras. On a tenté de faire peur aux Français en parlant de déclin. Il n'y a pas de basse pression de la natalité en France. »

À l'époque, défendre la thèse d'un maintien de la natalité est plus qu'audacieux. Le Bras, que ses collègues accusent de vouloir devenir « le gourou de gauche de la démographie », est un peu seul pour défendre son point de vue : on s'intéresse au mauvais indice, celui qui photographie une situation à un instant précis ; or, assure-t-il, ce qui compte, c'est le taux de descendance finale, celui qui mesure le nombre d'enfants qu'aura eus chaque femme au cours de sa vie ; comme les grossesses sont de plus en plus tardives, l'indice conjoncturel baisse, pas le taux de descendance finale. Sur un sujet qui peut paraître hermétique mais qui est en fait très sensible car teinté de patriotisme et de défense de l'identité française, Le Bras devient l'homme à abattre pour tous les conservateurs, tous les professionnels de la récrimination sur la France qui fout le camp et l'affaissement national.

Ce coup d'éclat radiophonique solde un conflit plus ancien : écarté de la rédaction en chef de *Population*, la revue de l'Ined, Hervé Le Bras affirme que l'Ined accepte en son sein des lepénistes, dont l'un est même membre du comité scientifique du FN. Soutenu par quelques icônes du Tout-Paris, comme la philosophe Élisabeth Badinter, le chercheur turbulent doit quitter l'Ined. Il est déchargé de la responsabilité de son département et, plus burlesque, interdit de bibliothèque. Treize ans plus tard, cette mise à l'index est toujours en vigueur !

D'un naturel débrouillard, Hervé Le Bras trouve refuge à la prestigieuse École des hautes études en sciences sociales. Il disparaît donc de l'Ined, qui continue néanmoins à le payer au titre du détachement. Au moment des affaires d'emplois fictifs, ses vieux ennemis tenteront d'ailleurs de lui attirer quelques ennuis médiatiques et judiciaires, en le désignant lui aussi comme « emploi fictif » de l'Ined, payé à ne rien faire !

Il est vrai qu'à l'Ined, Hervé Le Bras ne se fait pas oublier. En tout cas, pas longtemps. Toujours à l'affût de la faute de goût idéologique, surtout si elle vient de son ancienne maison, cet universitaire fantasque trouve une victime de tout premier choix en la personne de Michèle Tribalat, chercheur à l'Ined. Spécialiste de l'intégration de la deuxième génération issue de l'immigration, cette femme est une travailleuse acharnée mais une communicante médiocre. Un handicap majeur pour qui publie sur des sujets aussi sensibles. Dans une de ses études, Michèle Tribalat démontre ainsi que le chômage des jeunes issus de l'immigration atteint 40 %, contre 11 % chez les Français de souche.

« Français de souche » ! Hervé Le Bras se jette avec gourmandise sur cette expression qu'il diabolise avec volupté. Il accuse sa consœur de diviser les Français selon leur origine ethnique, de les figer dans cette appartenance en les rendant comptables de ce qui s'est passé avant leur naissance. Il ne prononce pas le mot « racisme », mais le cœur y est. Michèle Tribalat, bien moins à l'aise que son accusateur avec les médias, se justifie en bougonnant. L'Ined trouve là une occasion de faire à son volubile dissident un procès en diffamation. Mais Michèle Tribalat ne dispose plus des ressources nécessaires pour mener à bien ses études démographiques. Elle est victime de ce que Pierre-André Taguieff appelle une IVR : une interruption volontaire de recherche. Le scénario se réalise toujours en trois temps. D'abord, on rend suspects un chercheur et ses travaux. Conséquence : l'argent afflue de plus en plus difficilement pour financer ces études. Résultat : le sujet même des recherches se trouve effacé de la planète universitaire, par manque de moyens. Michèle Tribalat a dû se réorienter vers des enquêtes qualitatives, moins coûteuses.

Ses deux faits d'armes valent à Hervé Le Bras d'obtenir quelques galons dans la police de la pensée qui tétanise alors une partie de l'intelligentsia. « Attention. En se laissant intimider par le terrorisme intellectuel, les sciences sociales peuvent se saborder en douceur [1] », prévient à l'époque le philosophe et politologue Pierre-André Taguieff. Il parle d'expérience.

Mais voilà qu'on passe de l'ère du soupçon au théâtre de boulevard. En février 2002, Hervé Le Bras a les honneurs de la presse. Motif : harcèlement sexuel. Sandrine Bertaux, fille d'un professeur à l'EHESS, était plus qu'une étudiante du démographe. Depuis 1996, cette doctorante, aujourd'hui âgée de trente-cinq ans, était devenue sa principale collaboratrice, jusqu'à cosigner un livre avec lui. En 2000, elle quitte l'EHESS pour poursuivre ses travaux à l'Institut universitaire de Florence. En juin 2001, ils se retrouvent à l'occasion d'un colloque dans la capitale toscane. Selon elle, Le Bras lui fait des avances et même du chantage : si leur complicité intellectuelle ne trouve pas un prolongement sexuel, il se retirera de son jury de thèse. Lui récuse formellement ces accusations : il assure que Sandrine Bertaux fait référence à des mails tronqués pour mieux le confondre.

Au même moment, un Collectif de lutte anti-sexiste

---

1. *Le Point*, 14 novembre 1998.

et contre le harcèlement dans l'enseignement supérieur (Clasches) voit le jour. Parmi ses signataires se trouve Éric Fassin, un sociologue exégète du « politiquement correct » qui travaille à l'École normale supérieure. Entre Sandrine Bertaux et Éric Fassin, des mails sont échangés. Elle lui demande conseil. Il la guide. Lui indique que la riposte peut être juridique, mais aussi médiatique. Elle sera les deux à la fois, puisqu'une main anonyme expédie à de nombreux journalistes (dont l'auteur de ces lignes) une copie de la plainte que la doctorante adresse au tribunal de grande instance de Paris. Hervé Le Bras a trouvé plus « politiquement correct » que lui. Le directeur de l'EHESS, contre lequel il s'était présenté aux dernières élections, ne lui porte pas vraiment une main secourable. Et le Clasches doit être bien content : il tient le cas concret qui lui manquait. Rien ne vaut un bon harceleur, internationalement renommé, pour montrer que l'université est en péril. Au fait, un détail : il fallait tout de même trouver un média qui relaie la campagne.

Le Monde va juger ce petit contentieux privé bien intéressant. Et lui donner une place qu'Edwy Plenel lui-même considérera après coup comme exagérée. « Une plainte pour harcèlement sexuel vise Hervé Le Bras[1] », titre le quotidien de référence. Rien de mensonger dans cette phrase : il existe bien une plainte contre le démographe. Celui-ci est néanmoins très choqué par la manière dont la journaliste, Pascale Kremer, conduit l'entretien, on n'ose dire l'interrogatoire, sur cette affaire. Il nie, indique que Sandrine Bertaux n'est plus son étudiante et précise que certains mails échangés entre elle et lui au temps de leur relation professionnelle ont été falsifiés. Sa version est reprise dans l'article, mais l'effet est garanti. Tellement garanti que toutes les

---

1. *Le Monde*, 3 février 2002.

radios, toutes les chaînes de télévision, l'après-midi même de la parution du journal, assaillent Hervé Le Bras de coups de téléphone. Elles ne font, après tout, que leur métier. Mais le but recherché est atteint. Comment transformer un universitaire médiatique en obsédé sexuel notoire ? Grâce à une pétition, une plainte largement diffusée dans les médias et un petit coup de main de tous les rédacteurs en chef bénévoles du politiquement correct.

Hervé Le Bras fut longtemps en première ligne pour dénoncer les « déviants » dans la recherche et dans l'université. Il avait juste omis un détail d'importance : dans le système d'équilibre de la terreur intellectuelle qui prévaut encore trop souvent en France, il a fini par tomber sur plus exercé que lui dans le maniement du politiquement correct. La vendetta intellectuelle, en France, a cela de charmant : elle laisse à chaque tueur en puissance une chance de trouver plus pervers que lui

Chapitre 9

Les postes d'abord, les malades après !

Le malade repose sur son lit, dans une chambre ultra-moderne, très confortable. Dehors, il fait noir. Tout irait bien si le patient n'entendait, tout près de lui, un bruit régulier : plic ploc, plic ploc. Agaçant, à la longue. Mais le patient ne sait pas encore que dans sa chambre, il pleut des gouttes de sang.

La scène se passe à l'Hôpital européen Georges-Pompidou (HEGP), présenté lors de son inauguration, en décembre 2000, comme la merveille futuriste du troisième millénaire. Pourquoi, entre ses patios de verre et ses robots surdoués, des scènes dignes d'un mauvais Frankenstein ? Parce que cette réalisation à la française, qui a mis plus de vingt-cinq ans à émerger, au gré des volte-face politiques, a réduit au maximum le recours à l'espèce humaine pour gérer les malades. Au-dessus des faux plafonds, un véritable réseau ferroviaire véhicule des valisettes contenant les flacons des prélèvements sanguins. Une illustration incontestable du progrès en marche. S'il n'arrivait de temps en temps que le petit train du sang déraille et que le contenu des flacons se mette à goutter.

Cette histoire – vraie –, qui date de l'année 2001, plusieurs médecins de l'hôpital, et non des moindres, sont prêts à la raconter. Entre eux, les dysfonctionnements multiples de l'hôpital Pompidou figurent parmi les sujets de plaisanterie les plus courants. Ils veulent bien, à l'occasion, glisser une ou deux perles à un journaliste. Mais à une condition, non négociable : qu'ils ne soient pas cités. On aurait pu rêver que les disciples d'Hippocrate échappent à l'ambiance de règlements de comptes qui prévaut dans une partie de la société française. Pourtant, même les mandarins couverts d'honneurs ont peur.

Ces grands garçons, bardés de diplômes, niveau bac + 15, seraient-ils exagérément craintifs ? « La première chose que l'on enseigne aux futurs ténors de la médecine, ce n'est pas l'art de soigner une bronchite ou d'opérer une vésicule, mais la manière de courber l'échine avec élégance. L'idée est simple : chacun prendra son tour, à condition de savoir attendre en silence. C'est un laminoir. » L'homme qui parle ainsi n'est pas un recalé de la lutte des places, mais un des mandarins les plus titrés de l'Hexagone.

Ancien doyen de l'hôpital Necker, président de l'Institut Necker, le professeur Philippe Even a eu tous les honneurs et tous les succès. À l'automne 2001, il décide toutefois de lever le voile sur la vraie nature de la puissante AP-HP, sigle désignant l'Assistance publique-Hôpitaux de Paris, premier employeur d'Île-de-France qui gère tous les grands hôpitaux parisiens, de Cochin à Saint-Antoine en passant par La Salpêtrière. Dans un livre carabiné [1], il dénonce la gestion de cette bureaucratie, dont il assure qu'elle jette par les fenêtres plus d'un demi-milliard d'euros par an, alors que certains médecins doivent acheter eux-mêmes une table lumineuse pour lire les radios. Personne, jusqu'alors, n'avait osé se payer aussi violemment une institution réputée irréfor-

---

1. Philippe Even, *Les Scandales des hôpitaux de Paris*, Le Cherche-Midi éditeur, 2001.

mable, sous le double patronage de la bureaucratie syndiquée et du caïdat mandarinal.

Après cette charge terrible et inédite, Philippe Even a pourtant gardé son scalp sur la tête. Pas de sanction disciplinaire, pas de révocation, pas d'amis zélés qui lui offrent leur protection, ni d'expertise psychiatrique forcée. Depuis qu'il a quitté son poste de chef de service à l'AP-HP, il est vrai, on ne peut plus rien contre lui. « Début 2000, au moment où je quittais mon service, un directeur de l'AP, M. Diébold, m'a dit : "Ce qui est terrible, c'est que vous allez partir..." J'aurais pu croire qu'ils allaient regretter le médecin que j'étais mais il ne m'en a pas laissé le temps, en enchaînant dans un souffle : "... et que nous n'aurons plus de moyens de représailles contre vous." »

Félicitations à ce directeur si subtil pour son sens de la franchise. Sans sa contribution décisive, il eût été plus délicat d'oser proférer cette vérité cachée : la science et plus spécialement la médecine sont un théâtre d'ombre et de lâcheté dont les héros, médecins ou chercheurs, sont tenus à la docilité et contraints, parfois, à la désinformation, s'ils veulent rester en vie professionnellement.

« Il y a trente ans, j'avais fait un article critique sur l'AP dans un petit journal professionnel, poursuit Philippe Even. J'avais été convoqué par le directeur général de l'époque, qui m'avait dit très gentiment : "Ça ne me gêne pas que vous écriviez cela (sous-entendu : vous n'êtes qu'un moustique dont l'agitation ne compte pour rien). Mais tous les jeunes énarques qui m'entourent, vous les retrouverez sur votre route pendant toute votre carrière." » Ces prédictions se sont révélées exactes. Les mines de sel, pour Philippe Even, ont duré une décennie. Ce n'était pas l'enfer, juste une série illimitée de petites humiliations : un rendez-vous avec l'administration que l'on met quatre mois à obtenir et qui est reporté la veille pour quatre mois supplémentaires, des courriers auxquels personne ne répond malgré les relances, des demandes budgétaires jamais satisfaites... En 1984, le mandarin récalcitrant sort du placard : on vient d'apprendre avec effroi qu'il est au mieux avec Georgina Dufoix, nouveau ministre des Affaires sociales. Du jour au lendemain, il n'a plus à demander des rendez-vous, on sollicite obséquieusement ses avis.

Comme tout le monde ne peut pas parier sur la bienveillance d'un ami ministre pour revenir en grâce, la plupart des mandarins vivent à l'heure allemande pour l'éternité. « Ils se comportent comme pendant l'Occupation, et préfèrent faire leur petit marché noir pour survivre que résister », se désole Philippe Even. Le marché noir, ce sont les fameux « lits privés » qu'un tiers environ des chefs de service et de leurs adjoints remplissent dans des proportions bien supérieures à ce que tolère la loi, ou encore les petits compromis passés dans les commissions, clé de voûte de l'immobilisme maison. « Réussir une réforme à l'AP-HP, c'est comme détenir simultanément dix clés pour ouvrir un coffre-fort, raconte un hiérarque du ministère de la Santé. Pour regrouper deux services, il faut déjà éliminer physiquement un des deux patrons. Puis avoir l'accord de la Commission consultative médicale de chacun des établissements. Or, celui qui perd un service sera toujours contre. Puis il faut recueillir l'accord de la Commission médicale de l'AP-HP, où toutes les spécialités sont représentées. Et là, que se passe-t-il ? Quand une spécialité est visée, les quarante-neuf autres la soutiennent. À charge de revanche. Il suffit que le représentant des pharmaciens, ou des biologistes, ou des gastroentérologues, vote "bien" pour que les autres lui renvoient l'ascenseur quand son secteur sera menacé. » Une version corporatiste du « un pour tous, tous pour un ».

« Si on s'écarte de ce mode de fonctionnement, on sent le système se refermer et l'agité comprend très vite qu'il est en train de creuser la tombe de son avenir », confirme un des participants à la Commission médicale de l'Assistance publique. Le maintien de l'ordre est donc assuré par l'administration, dont tout est fait pour qu'elle aspire au statu quo, puisqu'elle doit rendre des comptes à la fois à la mairie de Paris et au gouvernement. Les syndicats, eux, jouent le rôle d'auxiliaires de police. Avec 5 à 8 % de représentativité selon les spécialités médicales, ils présentent une liste unique à toutes les élections dans les commissions dont raffole l'AP-HP. Méprisés par leurs semblables pour leur collaboration à la bureaucratie locale, ces mandarins-syndicalistes, qui ont mis dix ans à pénétrer au cœur de la forteresse, se réjouissent des courbettes que leur dispensent leurs collègues.

Ceux que la rébellion tenterait malgré tout voient peut-être, dans un réflexe de survie, défiler mentalement les portraits de quelques chers disparus, esprits frondeurs et trop brillants décapités en pleine ascension. Car le deuxième pilier du système, comme en prison, c'est le caïdat : celui qui n'est ni protégé ni affilié doit se montrer très fort. « À trente-cinq ans, dit Philippe Even, les plus conformes sont nommés professeurs. Chacun fréquentera le même hôpital, les mêmes gens pendant des décennies. Très vite, on distingue les squales et les autres, qui ont besoin d'être parrainés pour obtenir la moindre chose : des travaux, une ligne de crédit, un nouvel équipement. »

Jean Hamburger, néphrologue de grand renom, supportait mal que son adjoint, Bernard Antoine, se permette de critiquer l'organisation du service sur lequel il régnait. Bernard Antoine a eu tout le reste de sa carrière pour réfléchir au traitement que l'on doit réserver à un patron de droit divin, depuis le petit bureau du septième étage où il s'est trouvé relégué jusqu'à la fin de sa carrière. Un de ses confrères, chirurgien de l'hôpital Necker, doué, avait un défaut majeur : il disait ce qu'il pensait. Comme il était un peu fantasque, quelques sommités ont fait courir le bruit qu'il était fou, puis l'ont interdit de salle d'opération. La manipulation a parfaitement réussi : cet homme privé de pouvoir exercer son art est devenu un authentique paranoïaque.

Le professeur Jean-Marie Andrieu s'en est mieux sorti. Il avait eu le mauvais goût de déplaire à la cour du professeur Jean Bernard, icône de la bien-pensance médicale. Aujourd'hui, il est le cancérologue le plus écouté à l'étranger. Mais en France, la reconnaissance tarde à venir. Sur le papier, rien à dire : il est chef du service oncologie à l'hôpital Georges-Pompidou. Sur le terrain, c'est moins glorieux : un modeste service de dix lits...

Dans cet univers, les messages amicaux prennent parfois une tournure déplaisante. Au printemps 2002, Philippe Even, le mandarin qui parle, réunit deux cent cinquante de ses semblables au sein d'une association, Action pour la santé. Objectif : prendre la majorité à la commission médicale de l'Assistance publique de Paris, contrôlée depuis toujours par les syndicats et, plus largement, bousculer l'administration des hôpitaux. Il ranime là une vieille guerre qui oppose les directeurs d'hôpitaux et les patrons de services. Les premiers accusent les seconds d'arrogance et de suffisance. Ce qui n'est pas faux. Mais les mandarins n'ont pas tort non plus quand ils dénoncent quelques aberrations bureaucratiques. Le professeur Jean-Yves Neveux, chirurgien cardiaque, racontait ainsi à qui voulait l'entendre qu'il ne pouvait pas opérer à partir du 15 novembre (le 30 les bonnes années) car ses budgets étaient épuisés. Il conseillait à ses patients de revenir... en janvier suivant, quand les caisses seraient pleines.

Les directeurs d'hôpitaux, en tout cas, n'ont pas apprécié le livre de Philippe Even. Les présidents de conseils d'administration qui les chapeautent encore moins. Ceux-ci sont, par tradition, les maires des communes. Leur syndicat, la puissante Fédération hospitalière de

France (FHF), présidée par le sénateur Jacques Larcher, entend défendre l'hôpital public devant les gouvernements et la presse. Très critique contre le livre de Philippe Even, la FHF publie un communiqué où il est question d'« un certain élitisme médical ». C'est son droit.

Mais Philippe Even est convaincu que ce puissant lobby est allé plus loin. Trop loin. « Au printemps 2002, raconte Philippe Even, je reçois un coup de téléphone d'un copain, leader syndical des hôpitaux privés : "Tu sais, j'ai des échos de la FHF qui a fait une enquête sur ta vie privée et sur ton père pour savoir comment il s'était comporté entre 1940 et 1944." Je précise que ma santé mentale est parfaitement intacte avant d'expliquer pourquoi j'ai accordé foi à cette mise en garde. Mon père, médecin, a accepté de prendre la place d'un chef de service juif, Étienne Bernard, quand, en juin 1942, les juifs ont été écartés des emplois de chef de service à l'hôpital. Je me souviens très bien de cette période terrible à la maison. Mon père ne voulait pas accepter, sauf si son prédécesseur lui demandait par écrit. Ce qu'Étienne Bernard a fait. Mais personne ne connaît cette histoire, surtout pas mon interlocuteur téléphonique. Voilà pourquoi je ne peux pas croire qu'il ait tout inventé. » On ne saura jamais si cette enquête a réellement existé – la FHF dément formellement – mais l'ambiance, en tout cas, est bien là et elle n'est pas fameuse !

L'ennui, avec l'hôpital, c'est que la politique n'est jamais loin. Au ras des pâquerettes, quand les maires, présidents du conseil d'administration de « leur » hôpital, veulent reprendre en main un univers que les médecins entendent régenter seuls. Au sommet, quand c'est « la présidente » qui se met à jouer au docteur.

Les « pièces jaunes » sont la bénédiction de Bernadette Chirac, sa verroterie magique. Grâce à cette sympathique collecte destinée à améliorer le sort des enfants
et des personnes âgées hospitalisés, la présidente passe
au 20 heures de TF1, sillonne la France d'en bas et se
montre aux côtés des plus faibles, généreuse et compas-
sionnelle. Depuis plusieurs années, elle nourrit un projet qui lui tient à cœur : construire une « Maison des
adolescents ». Quatre mille mètres carrés, six étages avec
terrasse au cœur de Paris, pour traiter les troubles ali-
mentaires et psychologiques, la toxicomanie, les patholo-
gies de la puberté. Dix millions d'euros d'investissement
entièrement pris en charge par la Fondation Hôpitaux
de France, autrement dit les pièces jaunes.

Personne ne conteste la nécessité de créer des structures d'accueil pour les adolescents en matière de santé.
Alors, bravo la présidente ? Pas tout à fait. Car la première dame de France ne se contente pas de financer,
elle a aussi des idées. Elle considère, par exemple, que
les enfants anorexiques ne doivent pas être séparés de
leur famille, comme le pratiquent la plupart des services
spécialisés. Que la Maison des adolescents devra aussi
être celle des parents, des familles. À ce stade, il est difficile de ne pas voir dans ces prises de position péremptoi-
res celles d'une mère qui, comme elle le raconte elle-
même[1], voit depuis près de trente ans sa fille aînée
déchirée par l'adolescence et jamais guérie.

« Bernadette et les ados », en tout cas, devient un sit-
com tour à tour amusant, déprimant et scandaleux à
l'AP-HP et au ministère de la Santé.

Excitant au début, intéressant sur le fond, ce projet
doit trouver des parrains et un nid. Les parrains ne manquent pas, tout comme les sympathisants RPR, parmi les

---

1. Bernadette Chirac, *Conversations*, avec Patrick de Carolis, Plon,
2001.

mandarins franciliens. Le professeur Claude Griscelli, secrétaire général de la Fondation, veut quelque chose de beau, avec jets d'eau et jardins. Le professeur Lasfargue, pédiatre à Trousseau, est nommé président d'une commission sur la prise en charge de l'adolescence à Paris. Le professeur Bernard Debré de l'hôpital Cochin, ancien ministre, joue les agents immobiliers. Mais voilà, Bernadette la verrait bien à l'Hôtel-Dieu, cette Maison des adolescents. C'est central, c'est ancien, c'est dans un joli quartier, tout près de la mairie de Paris. Panique à l'Hôtel-Dieu, où les chefs de service commencent à jouer virtuellement aux chaises musicales. Et adressent déjà leurs condoléances au plus visé, le professeur Poitou, patron de la gynécologie. Il est sauvé in extremis par la découverte d'un morceau de terrain dans l'enceinte de l'hôpital Cochin, en bordure du boulevard de Port-Royal. Mais la malchance poursuit le grand projet. À l'été 2001, sa marraine s'impatiente, lors d'un conseil d'administration de la Fondation. Parmi les présents, Antoine Durrleman, directeur général de l'AP-HP et ancien collaborateur de Jacques Chirac à la mairie de Paris.

Bernadette (sévère). – Écoutez, Antoine, depuis le temps, j'aimerais bien voir des engins sur le terrain.

Antoine (soumis). – D'ici une quinzaine de jours, je pense que ce sera bon...

Bernadette (agacée). – ...

Antoine (penaud). – Madame, on a un petit problème : on a trouvé de l'amiante.

Finalement, comme le révèle *Le Canard enchaîné*[1], Jacques Chirac doit harceler téléphoniquement Catherine Tasca, ministre de la Culture, pour qu'en janvier 2002 elle arrache le dossier des mains de l'architecte des Bâti-

---

1. *Le Canard enchaîné*, 30 janvier 2002.

ments de France, qui s'opposait à la délivrance du permis de construire.

Déprimant, « Bernadette et les ados » le devient quand il s'agit de parler médecine. Bernadette s'entiche en effet d'un pédopsychiatre marseillais, Marcel Rufo, qui décline la proposition. Isabelle Ferrand, psychiatre parisienne, prend le relais.

Ce projet qui avait tout pour plaire sombre dans le scandaleux quand, pour lui laisser tout le champ qu'il mérite, on condamne des expériences qui ont fait leurs preuves. Dinah Vernant a créé, en 1998, un Espace-santé-jeunes à l'Hôtel-Dieu de Paris. Elle y reçoit, d'abord seule puis aidée de trois médecins vacataires, des seize-vingt-cinq ans dont beaucoup sont défavorisés, voire désocialisés. Elle s'occupe de questions psychologiques, mais aussi de lunettes et de caries dentaires. Deux mille d'entre eux se sentent suffisamment en confiance pour revenir. Une performance dans une population on ne peut plus volatile.

Depuis le début, Dinah Vernant boucle son budget grâce à des subventions régionales qu'il faut quémander tous les ans. Au siège de l'AP, on lui répète qu'un jour, elle aura droit à son budget propre. Mais, dès l'automne 2000, Dinah Vernant voit se multiplier les signaux négatifs. Elle n'est invitée à aucune manifestation organisée par l'AP sur l'adolescence tandis que la précarité financière de son service est toujours aussi grande.

Un an plus tard, elle comprend. La gauche et la droite, Bernard (Kouchner) et Bernadette (Chirac), sont en train de s'entendre sur son dos, pour le plus grand bonheur d'Élisabeth (Guigou). Le ministère de la Santé doit valider le plan stratégique de l'AP-HP pour les cinq ans à venir. Parmi les priorités énoncées : les adolescents. Plusieurs projets sont présentés par l'AP, la Maison des adolescents, bien entendu, mais aussi l'Espace-santé-jeunes, seul sur la liste à avoir une réelle existence. C'est au ministère que l'expérience de Dinah Vernant est écartée des priorités. Elle a fait ses preuves ? Peut-être, mais cela fait deux projets ados à quelques stations de métro. Place donc à la Maison des adolescents, dont la première pierre n'est pas encore posée. Et puis, il est temps de favoriser un peu la Seine-Saint-Denis. Qui serait contre ? Ce département socialement défavorisé bénéficie de structures sanitaires nettement moins bien pourvues que Paris la nantie.

Mais le hasard fait bien les choses. Longtemps délaissée, la Seine-Saint-Denis voit deux projets primés. L'un à Bobigny, l'autre à Bondy. Bondy comme... la circonscription où Élisabeth Guigou a décidé de tenter sa chance, après avoir pleuré en Avignon, où ces rustres d'électeurs n'ont pas voulu d'elle.

Tout semble en place pour enchanter à la fois Bernadette et Élisabeth sur un air de cohabitation finissante. Mais Dinah Vernant est une teigneuse. Elle apprécie d'autant moins la plaisanterie qu'elle a été très proche de Bernard Kouchner quand elle appartenait à son cabinet ministériel, au début des années quatre-vingt-dix. Et aujourd'hui, impossible de lui parler au téléphone. Françoise Monard, autre vieille amie de cabinet, qui s'occupe de la communication d'Élisabeth Guigou aux Affaires sociales ? Injoignable elle aussi. Celui qui s'y colle, Éric Chevalier, est le Jiminy Cricket de Kouchner. Il le suit partout, jusqu'au Kosovo, et le conseille sur tout.

Avec Dinah Vernant, qu'il connaît bien, sa tactique est simple : la calmer à tout prix. Il lui explique patiemment que non, ce n'est pas une bonne idée d'ameuter la presse. C'est idiot, ces journalistes qui vont s'en mêler, et après on ne pourra plus rien faire. Qu'il faut être patiente, que Bernard est au courant et que, oui, il trouve que ce qu'elle fait est formidable... Dinah Vernant connaît trop bien Corleone pour suivre un seul de

265

ces conseils et croire une seule de ces paroles. Elle va donc faire tout le contraire.

Dinah Vernant et son service ont jusqu'à présent résisté. Ce médecin opiniâtre a même obtenu, grâce à ses menaces, une ligne budgétaire de l'Assistance publique. La Maison des adolescents n'a toujours pas vu le jour. Pour rester en vie, ce médecin remuant a dû faire preuve d'imagination et montrer combien elle pouvait être nuisible. Un jour, exaspérée que Kouchner l'ignore, elle l'appelle en se faisant passer pour l'assistante de Claude Bartolone, le ministre de la Ville. Elle demande que le ministre de la Santé rappelle d'urgence celui de la Ville. Et laisse son propre numéro de téléphone mobile. Bernard Kouchner rappelle dans l'heure, tombe sur Dinah Vernant et lui dit, halluciné : « Mais qu'est-ce que tu fous avec le portable de Bartolone ? »

Celui qui s'en est moins bien sorti, c'est le directeur général de l'AP-HP, Antoine Durrleman, remercié fin 2002. Ses collaborateurs racontent qu'il est parti soulagé de n'avoir plus à diriger cette maison irréformable... Son départ, en tout cas, doit beaucoup à la passivité de l'Élysée. Si l'entourage du président avait décidé de défendre ce fidèle jusqu'au bout, il y serait parvenu.

La vérité, c'est que depuis toujours, la médecine parisienne, dans les cimes, est parasitée par les accointances politiques. Les méthodes en usage pour décrocher l'Élysée ou un beau ministère trouvent tout naturellement leur débouché à l'hôpital. Comme tous les grands féodaux, les sommités médicales de l'AP-HP les plus en cour ne se contentent pas de régner sur les esprits faibles qu'elles ont pu circonvenir. Pour montrer leur magnificence, donc leur capacité de faire et défaire les carrières, il leur faut un « palais ». Pas pour y habiter, non. Pour y exercer et y rayonner. Pas d'enrichissement personnel, mais de la gratification en perfusion. Tant pis si c'est au détriment de leurs collègues et parfois, même, des malades.

À lui seul, l'hôpital Necker ne compte pas moins de deux palais. Le premier fut accordé au professeur Deny-Pellerin, chef du service de chirurgie pédiatrique et conseiller technique de Michel Poniatowski, ministre de la Santé du gouvernement Messmer. Le second, dit « palais du rein », fut arraché au président Giscard d'Estaing par le professeur Jean Hamburger, néphrologue de renom, grâce à l'entremise d'une amie commune.

Necker se sépare de son service de cardiologie ? C'est dommage, car il a été rénové il y a peu. Son ancien chef de service, le professeur Vacheron, était le cardiologue de Jean Tiberi. Ce n'est pas inutile. Mais il vient de partir à la retraite en même temps que son célèbre patient quittait l'Hôtel de Ville. Exit donc la cardiologie, car il est urgent de remplir un autre palais, celui que le professeur Cabrol, chiraquien, puis tibériste, a réussi à faire construire à la Pitié-Salpêtrière : il s'agit d'un immense complexe de cardiologie, au moment même où cette discipline a besoin de moins de lits. Toujours à la Pitié, un bâtiment « tête et cou » est à moitié vide. Il a été construit pour satisfaire un professeur d'ORL qui avait quelques sympathies RPR.

Ces millions dépensés par la collectivité pour satisfaire un caprice, un ego, une volonté de revanche, ont aussi pour effet d'accroître l'acrimonie des médecins hospitaliers de province, coincés dans des services sans moyens, engoncés par une notoriété locale toute relative. Les victoires que ces gaspillages quotidiens viennent couronner interrompent de petites guerres de tranchées qui peuvent durer toute une vie professionnelle et mélangent avec des dosages variables deux ingrédients explosifs : le narcissisme professionnel et l'entregent politique.

Ces conflits tournent à la vendetta quand des intérêts financiers apparaissent et que sont menacées les positions de grandes entreprises disposant de vrais réseaux d'influence. Quelques chercheurs en santé publique ont payé cher pour le savoir.

En 1971, l'ingénieur chimiste André Cicolella entre à l'Institut national de recherche et de sécurité (INRS). Un drôle d'organisme que celui-là. Il est le fruit d'une exception française dont les partenaires sociaux et la classe politique sont très fiers : le pa-ri-ta-ris-me. Traduction : mettez des syndicalistes et des patrons, en nombre égal, à la tête d'un organisme et laissez-les le cogérer. Patientez et voyez le résultat : en général une série de petits arrangements entre ennemis et, conséquence inévitable, quelques accrocs dans les budgets. Ce système s'applique à la sécurité sociale ou à l'assurance chômage, mais aussi à d'autres organismes moins connus.

À l'INRS, donc, on cherche ce qui pourrait représenter un danger public pour les travailleurs et, accessoirement, les consommateurs. Enfin, c'est ce qu'on est censé y faire. La réalité, on s'en doute, est un peu plus compliquée.

Après treize ans de recherches sans histoires, Andre Cicolella est un jour confronté à un nouveau problème : il s'agit de trouver l'origine d'une intoxication au benzène survenue dans une entreprise de vernissage lorraine. Étrange : le chercheur ne trouve nulle trace de benzène dans l'environnement professionnel de la victime. C'est en faisant analyser tous les produits utilisés dans l'atelier qu'André Cicolella pointe du doigt ce qui va lui coûter cher : les éthers de glycol.

Inventés dans les années trente, ces dérivés du pétrole sont des solvants extrêmement efficaces, utilisés pendant longtemps sans retenue dans les peintures et les produits ménagers. Leur fluidité et leur volatilité, qui fait leur charme pour l'utilisateur, les rendent terriblement nocifs, car prompts à pénétrer l'organisme humain, notamment au moment du développement de l'embryon. « L'un d'entre eux, le premier de la série E des éthylènes, est aussi dangereux que la fameuse thalidomide sur le développement embryo-fœtal », explique le chercheur.

En 1984, il ne le sait pas encore. Mais ces produits qu'il vient de découvrir à l'occasion d'une recherche de routine vont marquer toute la suite de sa carrière. Il commence par tenter d'évaluer le risque pour chaque profession : imprimerie (très fort), vitrification de parquets (fort), coiffure (nul, malgré l'emploi de laque et autres bombes aérosols). Pendant des années, l'INRS le laisse travailler en paix et lui alloue même des budgets importants.

Fin 1993, André Cicolella se sent moins seul. Aux États-Unis, le National Institute for Occupational Safety and Health (Niosh), sous la houlette du chercheur Brian Hardin, sort les premières études sur les éthers de glycol. Elles évoquent les anomalies dans les formules sanguines que connaissent ceux qui sont en contact avec ces substances. Le chercheur veut se rendre à Cincinnati, convaincu qu'il a beaucoup à apprendre de ses confrères américains. Refus de l'INRS. Il finance personnellement son voyage et y va quand même.

Quand il revient en France, en février 1994, ses dossiers ont beaucoup progressé. Avec quinze équipes dans le monde entier, il a lancé une vaste recherche sur dix produits. Il commence à accumuler des résultats « positifs » : des preuves scientifiques que certains de ces produits peuvent entraîner des malformations dues à des défauts dans la spermatogenèse ou le développement de l'embryon. Une mauvaise nouvelle pour les grands groupes chimiques mondiaux, qui produisent les éthers de glycol, et leurs clients, qui emploient pour les manipuler des hommes et des femmes majoritairement en âge de procréer.

Un colloque est prévu pour le 16 avril 1994 à Pont-à-Mousson. On y attend les présentations des quinze équipes ainsi que deux cents participants venus de dix-sept pays.

Las ! quelques jours auparavant, un envoyé spécial de l'Inserm, l'équivalent du CNRS pour la recherche médicale, découvre qu'il existe un problème d'impureté sur un des produits étudiés par André Cicolella pour sa présentation. « Cela posait un problème pour interpréter avec certitude mon résultat sur ce produit précis, explique André Cicolella. Mais ce n'était qu'un produit sur dix d'une des équipes sur quinze. J'ai proposé qu'on écarte ce résultat. »

Le ton monte, à un degré que le chercheur n'aurait jamais imaginé. Le 1er avril, il apprend qu'il est viré. Tout simplement. Sans préavis, sans indemnités. Le motif officiel ? « Insubordination ». Le chercheur, soupe au lait, a refusé de se rendre à une réunion dont il estimait, à tort ou à raison, qu'elle n'obéissait pas aux règles d'usage.

Le 6 avril, Brian Hardin, dans son bureau de Cincinnati, reçoit le premier fax d'annulation du colloque. Mais les Américains et les Suédois font savoir à l'INRS que leurs règles d'éthique les obligent à rendre publiques les données scientifiques qui résultent de leurs travaux. De quoi se demander, à l'INRS, si le remède (l'étouffement qui risque de faire scandale) n'est pas pire que le mal (le colloque qui embarrasse). Finalement, un compromis est trouvé : Brian Hardin anime le colloque à la place d'André Cicolella, remercié. Celui-ci prend alors une initiative originale : il demande, par voie de justice, à pouvoir participer au symposium. Le tribunal lui accorde le droit d'y assister, à condition de ne pas prendre la parole. Ambiance garantie.

À partir de là, les relations entre le chercheur et l'organisme cogéré par le patronat et les syndicats vont se caractériser par une incessante guérilla juridique.

Le 10 octobre 2000, soit plus de six ans après, la Cour de cassation a définitivement donné raison à André Cicolella en jugeant son licenciement « abusif » et en reconnaissant que l'indépendance nécessaire au chercheur avait été piétinée. C'est la première fois, en France, qu'un scientifique est ainsi officiellement protégé par la justice, au nom de l'indépendance. Aux États-Unis, en revanche, une affaire comparable n'aurait pas pu se produire sans déclencher une vive polémique, et une condamnation sans appel de l'employeur.

Ce que l'histoire ne permet pas de démontrer, c'est le motif de la vendetta. Il se trouve simplement que l'INRS est gérée par des représentants du Medef, qui compte parmi ses adhérents producteurs et utilisateurs d'éthers de glycol. Que le président de l'INRS, dans les années quatre-vingt-dix, était un des dirigeants de Pechiney, une entreprise qui ne produit pas d'éthers de glycol, mais qui redoute les polémiques sur les produits toxiques, après avoir dû répondre aux interrogations et aux premières suspicions sur le rôle de l'aluminium dans le développement de certaines affections comme la maladie d'Alzheimer.

La main providentielle qui repêche André Cicolella, en 1994, est celle de Gérard Longuet. Le très libéral président de la région Lorraine et ancien ministre de l'Industrie n'est pas, en l'espèce, sensible aux pressions des grands groupes, puisqu'il octroie au chercheur déchu un contrat qui permet la publication des actes du colloque, qui paraissent en 1996.

Depuis, André Cicolella a rejoint l'Ineris (Institut national de l'environnement et des risques industriels). Un havre d'indépendance ? « Pas vraiment. Là aussi, l'industrie sponsorise les travaux de recherche pour mieux les contrôler », déplore l'ingénieur chimiste. Au moins,

271

ses amis de l'INRS n'auront pas réussi l'enterrement de seconde classe qu'ils lui réservaient. Depuis l'automne 2000, les éthers de glycol les plus nocifs sont interdits. Plusieurs cas de malformations dramatiques ont eu raison d'un lobbying jusqu'alors très efficace. Un manque à gagner funeste pour plusieurs groupes, comme Total ou BP, gros producteurs de ce type de produits. Un inconvénient mineur pour d'autres, comme Union Carbide, qui ont su anticiper les risques sanitaires qui apparaissaient et qu'il était difficile d'ignorer.

Quel rapport avec André Cicolella ? Une rumeur aussi persistante qu'infondée assure que le chercheur est payé par Union Carbide pour disqualifier les produits de la concurrence ! C'est là une méthode de discrédit souvent utilisée : quand un gêneur n'est pas fou, paranoïaque ou « très fatigué », il peut se révéler un mauvais Français, vendu aux intérêts étrangers.

Pierre Méneton, lui, n'a jamais eu d'ennuis avec l'industrie pétrolière. Ses ennemis se recrutent dans un univers apparemment plus souriant, celui des yaourts, des eaux minérales, des petits pots pour bébé et des plats cuisinés.

Ce docteur en biochimie travaille depuis dix ans sur les gènes et les facteurs d'environnement qui interviennent dans les maladies cardio-vasculaires. Après plusieurs années passées au National Institute of Health (NIH) de Cincinnati, il est devenu l'un des scientifiques les plus reconnus à l'échelon international. En 1997, ce trentenaire préfère la recherche publique française au secteur privé plus lucratif, au nom d'une valeur bien surannée : l'intérêt général.

Tout va bien jusqu'au 7 janvier 1998. Ce jour-là, Pierre Méneton découvre dans *Libération* un article qui souligne les disparités entre les conseils nutritionnels officiels qui sont donnés dans différents pays européens. « En France, il est convenu que le sel n'a que peu ou pas d'effets sur les maladies cardio-vasculaires. » La journaliste qui signe ce papier, Catherine Coroller, puise ses informations aux meilleures sources : les *Conseils nutritionnels 1992*, édités conjointement par le CNRS et le CNAM (Conservatoire national des Arts et Métiers). « C'est fou d'affirmer un truc pareil, explique Pierre Méneton. Tous les spécialistes sérieux connaissent le lien entre excès de sodium et hypertension artérielle. Dans les pays scandinaves, aux États-Unis, en Australie, les journaux grand public en font état régulièrement. Mais en France, la désinformation est telle que même les médecins généralistes n'ont aucune idée, pour la plupart, de la consommation de sel quotidienne. Ce jour-là, je me demande vraiment à quoi je sers. Je suis payé par la collectivité pour créer une souris transgénique dont le gène muté est soupçonné de jouer un rôle dans l'hypertension. Cela prend beaucoup de temps, coûte cher au contribuable, mais pour quoi faire ? Pourquoi tenter de découvrir un vingt et unième gène impliqué dans l'hypertension si les bases les plus élémentaires ne sont pas connues ? »

Le chercheur se révolte. Il quitte le confort des publications de prestige lues par deux cents personnes et décide de se lancer dans la vulgarisation pour alerter l'opinion. En septembre 1998, il cosigne avec le directeur général de la Santé, le professeur Joël Ménard, spécialiste de l'hypertension, un article dans la revue *La Recherche*, dont les informations sont timidement reprises par quelques médias.

Quelque temps plus tard, les producteurs contre-attaquent. Fort. « Le sel n'est plus l'ennemi » : c'est le titre d'une plaquette envoyée à tous les services hospitaliers de cardiologie. Commanditaire : les eaux de Vichy, du

273

groupe Saint-Yorre. Principal auteur : un certain Tilman Drueke, auteur des fameux *Conseils nutritionnels* de 1992 qui ne trouvent rien à redire à la consommation excessive de sel. Ce chercheur à l'hôpital Necker de Paris est aussi l'expert attitré (et rémunéré) du Comité des salines, autrement dit le lobby du sel. Fin 1999, la nouvelle mouture des *Conseils nutritionnels* officiels est prête. Le chapitre sel est, une fois encore, confié à Tilman Drueke, qui écrit encore et toujours que le sel n'est pour rien dans le développement de l'hypertension. Pierre Méneton parvient in extremis à faire ajouter une petite phrase évoquant le fait qu'une minorité de scientifiques considèrent qu'il existe une relation entre sel et hypertension. Cette présentation est déjà très en retrait par rapport à la réalité : tous les chercheurs sérieux savent en effet que ce lien de causalité existe bel et bien.

En cette année 2000, Pierre Méneton continue de s'agiter sans compter, alerte les journalistes, contacte ses confrères. Une question le taraude : à qui profite cette curieuse philosophie ? Il trouve une réponse sans trop de difficulté : à l'industrie agro-alimentaire. Manger salé donne soif. Or, les groupes qui mitonnent les plats cuisinés salés à l'excès commercialisent aussi des eaux minérales et des sodas. De plus, le sel favorise la rétention d'eau et permet donc de maximiser le poids des aliments, qui de surcroît se conservent mieux. Que des avantages !

Le scientifique va alors plus loin, et chiffre à près de 10 millions d'euros le manque à gagner que devrait encaisser l'industrie agro-alimentaire si les normes internationales concernant le sel étaient respectées. L'Afssa (Agence française de sécurité sanitaire des aliments) lui demande un rapport qu'il remet en février 2000. Il le commente devant une assemblée où sont présents en nombre des représentants des industries agro-alimentaires. Ceux-ci écoutent avec le plus grand intérêt et prennent des notes.

La première riposte ne tarde pas : le directeur général de l'Inserm ainsi que trois autres responsables dont dépend la carrière scientifique de Pierre Méneton reçoivent des coups de téléphone. De qui ? « De Tilman Drueke qui a essayé de briefer tout le monde sur mon compte, raconte Pierre Méneton. Heureusement que Joël Ménard m'avait apporté sa caution, sinon, j'étais très mal. » Drueke s'est défendu en petit comité d'en vouloir au chercheur anti-sel. Mais il est indéniable que celui-ci a eu affaire à forte partie.

En janvier 2001, la réprobation ne vient d'ailleurs plus seulement de certains de ses collègues, qui désapprouvent son esprit de croisade. Pierre Méneton apprend par une indiscrétion venue d'un cabinet ministériel qu'il serait placé sur écoutes et même suivi. Au départ, il n'y croit pas. On lui précise que le feu vert à cette surveillance policière aurait été donné par le ministère de l'Économie. Pour quelle raison ? Atteinte aux intérêts de l'économie française, pas moins. Un gag ? Mais dans ce cas, les efforts déployés par les joyeux farceurs de la place Beauvau méritent d'être salués. Le directeur général de l'Inserm, Christian Bréchot, fait partie des destinataires d'un brûlot du Comité des salines de France destiné à affaiblir le chercheur. En novembre 2001, il écrit à Pierre Méneton : « J'ai eu l'occasion de lire les interviews que vous avez récemment données concernant le problème important du régime alimentaire et de la teneur en sel de ce régime. » Bon, il s'agit d'un problème « important », c'est déjà ça. « Je pense qu'il est important d'attendre les conclusions du comité des 11 et 12 janvier pour faire de nouvelles déclarations. » Discrétion, donc, demandée par la hiérarchie pour les trois mois à venir sur ce « problème important ». « Par contre, je serais bien entendu ravi d'en discuter directement avec vous si vous le jugez approprié. » Petit signe amical de la haute hiérarchie : cette condamnation au silence n'exclut pas la convivialité, voire le débat, mais entre soi.

À l'automne 2001 toujours, le Sénat organise des Journées prospectives sur l'alimentation durant lesquelles Pierre Méneton est invité à intervenir. Il bénéficie d'un auditoire d'une qualité inespérée. Un des hauts fonctionnaires les plus occupés de la République, le directeur de cabinet de Laurent Fabius au ministère des Finances, trouve le temps, entre deux comités interministériels et trois arbitrages budgétaires, de se rendre en personne à ce colloque.

Danone est représenté par plusieurs personnes, un peu nerveuses. Pourquoi disent-elles, avant même l'ouverture des débats, à l'animateur, le journaliste de France Inter Philippe Lefebvre : « Si Méneton s'exprime, on veut lui répondre » ? Pourquoi tant de méfiance à l'égard d'un chercheur qui n'a jamais publiquement mis en cause une marque alimentaire plutôt qu'une autre ?

Le 10 janvier 2002, la bombe éclate dans *Le Point*. Deux journalistes qui connaissent bien le dossier, Christophe Labbé et Olivia Recasens, accusent, document à l'appui, les Renseignements généraux, ces si sympathiques RG, d'avoir écouté et filé Pierre Méneton. Radios et télévisions ouvrent leurs éditions sur cette information saisissante : en France, on emploierait donc des moyens de basse police pour déstabiliser un chercheur qui dérange.

On ne saurait si bien dire, en effet. Car le document des RG se révèle être un faux. Remis aux journalistes... par un fonctionnaire des RG. Une manipulation parfaite. Presque parfaite. Dans son empressement, le ministère a daté la plainte pour faux et usage de faux de... la veille de la parution du *Point*. Une célérité qui ferait presque regretter le départ du ministre – socialiste – Daniel Vaillant qui a donné son feu vert et qu'on a connu moins ferme, quand il s'agissait, par exemple, de se séparer du directeur des RG, Yves Bertrand !

Morale de l'histoire : Pierre Méneton, qui était passé dans de nombreuses émissions de télévision pour raconter sa consternation devant les méthodes employées à son encontre, a vu son message momentanément amoindri. Les deux journalistes qui suivaient ses travaux et connaissaient bien ce dossier complexe sont mis en examen pour faux et usage de faux. L'instruction n'est pas terminée, mais le coup a porté.

Désagréables pour les intéressés, ces déboires jettent une lumière crue sur cet État « impartial » dont on nous vante les mérites, toujours occupé à faire prévaloir l'intérêt général sur les intérêts privés, paraît-il. Drapé dans sa dignité de régulateur suprême, ses représentants se contentent en réalité de dissimuler les conflits d'intérêts trop choquants, les complaisances coupables et les petites lâchetés qui infléchissent trop souvent son fonctionnement.

Le docteur Marc Girard croyait encore, il y a quelques années, à ces jolis discours sur l'équité et la justice, le service public et la citoyenneté. Il voulait apporter sa pierre à l'édifice. Alors, ce spécialiste de pharmacovigilance, au double profil original de mathématicien et médecin, décide de mettre ses compétences au service de la justice lorsqu'il constate, au milieu des années quatre-vingt-dix, que les litiges médicamenteux ne cessent d'augmenter. Il devient expert auprès des tribunaux, spécialisé en toxicologie et pharmacologie. Dans le même temps, il est consultant pour plusieurs grandes entreprises pharmaceutiques. Et tout se passe bien.

L'orage se rapproche de lui en décembre 1999. Il est désigné comme expert dans un, puis dans plusieurs dossiers judiciaires sur le vaccin contre l'hépatite B. La France entière, en effet, a été appelée en 1994 à se faire vacciner contre ce virus aussi dangereux que le sida par le ministre de la Santé de l'époque, Philippe Douste-Blazy. Vingt-cinq millions de citoyens ont répondu à l'appel. La maladie se transmet pourtant seulement par le sang et les relations sexuelles. Mais cela, on ne le dit pas : elle pourrait aussi, assurent aux médecins les représentants des fabricants du vaccin, SmithKline-Beecham et Pasteur-Mérieux, se transmettre par la salive. Pasteur-Mérieux conçoit des publicités au thème accrocheur comme : « Fais pas le malin, pense au vaccin ». Smith-Kline-Beecham dépose dans les salles d'attente des généralistes un petit dépliant où l'on peut lire que « le virus de l'hépatite B est cent fois plus contagieux que le sida. Il tue plus de personnes en un jour que le sida en un an [1] ». C'est grâce à ce petit détail effrayant qu'on a pu vacciner des maisons de retraite entières contre une maladie sexuellement transmissible.

Cette histoire aurait pu rester seulement celle d'un consternant gâchis qui a contribué à creuser le trou de la sécurité sociale si, parmi les personnes vaccinées, certaines n'avaient pas développé des troubles neurologiques, notamment des scléroses en plaque (SEP). Plusieurs procédures judiciaires ont été engagées par des victimes présumées. À chaque fois, c'est le docteur Marc Girard qui est nommé expert. Au début, rien ne se passe. Les fabricants doivent se dire qu'un expert qui travaille pour l'industrie pharmaceutique saura de quel côté est son intérêt. Et puis ces données de pharmacovigilance sont si difficiles à interpréter. Il ne s'agit pas de falsifier, non, juste de porter un regard confiant sur les documents fournis par les fabricants.

---

1. Cité par Éric Giacometti, *La Santé publique en otage*, Albin Michel, 2001.

Ceux-ci vont être bien déçus. Marc Girard fait son travail correctement. Et constate avec effarement que les autres n'en ont pas fait autant. Qu'un neurologue écrit dans un rapport qu'il n'existe « aucun lien de causalité » entre la sclérose en plaque d'un malade et sa vaccination contre l'hépatite B, alors qu'il n'a même pas examiné le patient ! Marc Girard réclame aux deux fabricants des données qu'ils répugnent à lui transmettre : de quoi se mêle-t-il, après tout ?

Beecham, qui est un de ses clients, lui suggère de se « déporter » : il a travaillé pour le groupe et n'est donc pas impartial. D'ordinaire, la suspicion va plutôt en sens inverse : un expert qui est en contact avec une des parties est supposé lui être trop favorable. Le laboratoire pharmaceutique, lui, redoute au contraire les conclusions de cet expert trop curieux dont il se passerait bien. Marc Girard a écrit au tribunal pour signaler ce conflit d'intérêts potentiel comme il le fait toujours. Sa nomination est confirmée.

Alors, les deux producteurs de vaccin vont jouer plus fin. Ce n'est plus Beecham, pour qui il travaille, mais Pasteur-Mérieux, avec qui il n'a aucun lien, qui va partir à l'attaque et demander la récusation de l'expert. À l'appui de sa demande, Pasteur-Mérieux fournit la facture et la preuve du règlement par Beecham de 250 000 francs d'honoraires, soit une faible part du chiffre d'affaires de Marc Girard. Les deux concurrents ont donc décidé de coopérer pour se débarrasser de lui. L'un fournit la matière, l'autre l'exploite.

Le docteur Marc Girard mène depuis trois ans une guérilla judiciaire incessante contre ces deux groupes, qui ont demandé sa récusation dans cinq affaires distinctes et l'ont obtenue trois fois. Entre les expertises impayées et les frais judiciaires, son entêtement à vouloir comprendre et documenter le lien de causalité entre vaccin contre l'hépatite B et troubles neurologiques lui

279

a déjà coûté plus de 100 000 euros. Les juges hésitent désormais à faire appel à lui comme expert, car il est connu qu'il risque d'être l'objet d'un pilonnage procédurier de l'industrie pharmaceutique, pilonnage qui retarde d'autant le délai d'instruction d'une affaire. Pour une fois, ce secteur qui rémunère depuis des années tous les experts siégeant dans les commissions importantes pour le médicament soulève un conflit d'intérêts. Et personne ne semble trouver cela bizarre...

Les représailles vont parfois plus loin. Quand les lobbies de la santé se heurtent à un expert, ils espèrent tomber sur un juge compréhensif. Et si ce magistrat ne respecte pas l'omertà ambiante, s'engage une vendetta qui fait appel à la fois au corporatisme, au conformisme intellectuel et aux réseaux disponibles...

Marie-Odile Bertella-Geffroy est premier juge d'instruction au tribunal de Paris. Elle instruit la plupart des dossiers explosifs qui ont trait à la santé publique. C'est elle qui a été chargée de mener à bien, malgré les multiples obstructions dont elle est la victime, le volet « empoisonnement » du sang contaminé. Une longue marche qui lui a réservé quelques surprises désagréables. En 1994, quand elle décide de mettre une nouvelle fois en examen Michel Garretta, l'ancien directeur du Centre national de transfusion sanguine, déjà condamné et incarcéré dans une autre procédure, l'un de ses avocats tempête : « Vous n'allez pas le mettre en examen. Sinon, lisez *Le Monde*. Vous verrez... »

Puis vient le tour du docteur Jean-Baptiste Brunet, haut fonctionnaire au ministère de la Santé. Son avocat confie à la juge qu'il connaît beaucoup de journalistes et qu'il est même l'avocat du *Monde*. Il se vante un peu. Il est le conseil d'Edwy Plenel, directeur de la rédaction du quotidien du soir. Mais il dit vrai sur les représailles rédactionnelles, qui émanent de plusieurs titres.

Lors d'une perquisition, au ministère de la Santé, la magistrate tombe un jour sur un courrier interne qui en dit long en peu de phrases. Il est question de la remise de la Légion d'honneur à Michel Garretta, destinée à... impressionner les juges !

L'une des personnalités les plus virulentes à l'égard de Marie-Odile Bertella-Geffroy est un poids lourd de l'intelligentsia parisienne. Alain Finkielkraut a dit à plusieurs reprises tout le mal qu'il pense d'elle et du système qu'elle représente : « Mme Bertella-Geffroy prend fait et cause pour les victimes. [...] Le zèle compatissant de cette juge fait fi de l'indemnisation des victimes et des deux procès qui ont déjà eu lieu. [...] Elle mène un combat et ne supporte pas, étant donné l'ampleur du scandale et l'urgence de sa mission, que le droit lui mette des bâtons procéduraux dans les roues. [...] [1] »

Est-ce le philosophe qui parle ? On ose l'espérer. Mais ce farouche défenseur de la protection de la vie privée va devoir souffrir que l'on s'intéresse, l'espace d'un instant, à la sienne. À la ville, Alain Finkielkraut est l'époux de Me Sylvie Topaloff, avocate. Et Me Sylvie Topaloff a pour cliente le docteur Yvette Sultan, médecin transfuseur, qui était mise en examen dans le dossier du sang contaminé quand il existait encore. Mise en examen par qui ? Par la juge Marie-Odile Bertella-Geffroy.

---

1. *Le Point,* mars 2002.

Chapitre 10

Le dossier magique

« On serait content de se débarrasser de moi, je parle sur le plan politique [...]. Je regrette que de Villiers se soit associé à cette manœuvre. Je le regrette pour lui, mais aussi pour sa famille... ».

Ce jeudi 11 janvier 2001, Philippe de Villiers regarde la télévision en « famille », justement, dans sa propriété des Herbiers, en Vendée. La veille, il a passé quatre heures dans le cabinet du juge d'instruction Philippe Courroye, en charge de l'affaire des ventes d'armes en Angola. Il lui a raconté ses quelques mois aux côtés de Charles Pasqua et de ses amis, après le succès obtenu par leur liste commune aux élections européennes de 1999. Les financements bizarres venus d'Afrique, les échanges épistolaires acides avec ce cher « Charles »[1], où il n'est question que d'argent... tout y est passé. Philippe de Villiers a même laissé quelques documents au juge, comme aide-mémoire.

Depuis qu'il est sorti, la veille au soir, du pôle financier où se situe le bureau du juge Courroye, Philippe de Villiers n'est pas très rassuré. Il redoute les réactions sanguines de certains proches de son ancien associé dont il semble découvrir tardivement la vraie nature. Ses

---

1. Voir le chapitre 6 « L'État colonisé ».

collaborateurs lui ont raconté des déjeuners ahurissants au Parlement européen, où certains élus de la liste se mettent à parler en patois insulaire au milieu du repas, dès que l'on aborde les sujets sensibles.

Depuis quelques secondes, c'est une phrase prononcée lors d'un de ces déjeuners qu'il se remémore : « En Corse, se vantait alors un connaisseur, quand on veut menacer quelqu'un sans que les étrangers comprennent, on utilise un mot de passe que tout le monde comprend : on parle de sa famille. » Du genre : « Faudrait pas que sa famille en pâtisse », « C'est dommage pour sa famille », ou encore : « Une si belle famille ! »

Philippe de Villiers téléphone aussitôt au ministère de l'Intérieur. Il demande à parler à Patrice Bergougnoux, le directeur général de la Police nationale :

– Bonjour, Philippe de Villiers à l'appareil. Est-ce que vous avez entendu Pasqua sur TF1 ?

– Oui, tout à fait.

– Je considère qu'il a proféré des menaces contre ma famille et contre moi. Je demande à bénéficier d'une protection.

– Ne vous inquiétez pas. Quatre hommes du GIPN (Groupe d'intervention de la Police nationale) ont déjà été alertés. Ils seront chez vous dans la nuit.

Ce dialogue requiert quelques instants de grande attention. D'abord pour s'assurer qu'on ne rêve pas. Ensuite pour bien en savourer toute la portée. Alerté par un personnage politique qui redoute les représailles d'un ancien ministre de l'Intérieur, le patron de la police se veut rassurant. Oui, il a entendu les propos de l'ancien ministre à la télévision. Oui, il pense qu'il faut prendre ces propos au sérieux. D'ailleurs, il a décidé de faire protéger le personnage politique concerné. Ce très haut fonctionnaire a donc parfaitement intériorisé les règles de la vendetta. Il sait reconnaître les mots clés qui changent la nature d'une phrase. Et il en tire tranquillement les conséquences : protéger, un temps, la victime potentielle. Enfin, il n'envoie pas deux officiers de sécurité comme c'est la règle lorsqu'une personnalité se sent menacée. Cette fois, M. Bergougnoux envoie le GIPN, composé de troupes d'élite qui interviennent normalement en cas d'événements très risqués comme les prises d'otages. Le chef de la police du district de Corleone agit sûrement à peu près de la même façon. À un détail près : il n'a pas exactement les moyens de la République française. Décidément, en matière de vendetta, l'exemple vient de haut.

Philippe de Villiers tremblera tout de même un peu en voyant débarquer quatre flics spectaculaires armés de pistolets-mitrailleurs, qui veulent l'habiller sans délai d'un gilet pare-balles. « Nous avons fait une entrée remarquée à la cathédrale de Luçon, où j'assistais à la messe d'adieu de l'évêque », raconte le président du conseil général de Vendée. Mais les escortes, c'est comme tout : on finit par s'en lasser. Au bout de deux semaines, Philippe de Villiers est pris d'un doute : ses anges gardiens sont-ils là seulement pour le protéger, ou aussi pour le surveiller ? Il se demande même si Charles Pasqua, qui a laissé beaucoup d'amis derrière lui place Beauvau quand il a quitté le ministère de l'Intérieur, ne profite pas ainsi de quelques infos sur son ancien partenaire. La vie est compliquée.

C'est sûrement ce que se dit, aussi, le député socialiste Arnaud Montebourg quand, au printemps 2001, il reçoit coup sur coup par la poste cinq petits cercueils dans des paquets provenant de Nice, Angers et Tours. Peut-être ont-ils été confectionnés par des militants de la « France d'en bas » un peu excessifs, qui n'apprécient pas son initiative. Arnaud Montebourg veut, en effet, organiser la mise en accusation du président de la République par les parlementaires (il en faut cinquante-sept), afin de pallier le vide constitutionnel qui évite au citoyen Chirac d'être entendu par un juge, même si son nom est évoqué avec insistance dans plusieurs affaires politico-financières comme les emplois fictifs du RPR ou les HLM de Paris.

Une escorte policière est, là aussi, dépêchée pour rassurer le remuant élu de la Saône-et-Loire. Las, très vite, Arnaud Montebourg préfère renoncer à cette sollicitude qu'il juge un peu ambiguë. Pour le « protéger », il faut en effet le suivre, savoir qui il rencontre, qui il appelle... Il se sent épié par des hommes qui rendent compte à une hiérarchie où le député qui veut faire destituer le président ne compte peut-être pas que des amis.

Guy Benhamou, lui, a vécu de longs mois avec une escorte de quatre gorilles armés. Son péché ? Avoir décrit, au fil de ses nombreux articles parus dans les colonnes de *Libération*, la Corse telle qu'elle est. Un week-end, le pavillon où il vivait avec sa famille a été mitraillé, tout simplement. C'était avant l'assassinat du préfet Erignac, en 1998. Le public, désinformé par des médias d'une complaisance souvent ahurissante à l'égard des clans nationalistes, voyait encore le côté folklorique des hommes en cagoule qui font régner leur loi sur ce morceau de France.

Pour Guy Benhamou, les charmes de ces traditions locales un peu datées sont depuis longtemps épuisés. Après quelques années de liberté, il se retrouve un jour interdit d'écriture sur la Corse à *Libération* : ses papiers ennuyaient beaucoup « Lionel », comme le lui a reproché un jour un ancien directeur de la rédaction. Le journaliste a choisi, après des temps difficiles sur le plan professionnel, d'écrire un livre avec ceux qui le désignaient, quelques années auparavant, comme l'homme à abattre, les indépendantistes Jean-Michel Rossi et François Santoni [1]. Cet itinéraire compliqué, mais respecta-

---

1. Guy Benhamou, Jean-Michel Rossi, François Santoni, *Pour solde de tout compte*, Denoël, 2000.

ble, d'un journaliste qui s'interroge sans a priori ni esprit de revanche semble beaucoup déplaire.

À qui ? À Jean-Guy Talamoni et à ses amis, nationalistes intransigeants, par exemple, qui ont décidé de négocier les accords de Matignon avec le pouvoir. À Lionel Jospin et à ses proches aussi, qui sont prêts à tout pour que la paix semble revenue sur l'île avant la présidentielle.

Alors ? Eh bien, l'escorte policière dont bénéficie le journaliste depuis plusieurs années lui est en tout cas retirée sans préavis lors de la parution du livre qui dérange. Quelques mois plus tard, François Santoni est assassiné. Le ministère de l'Intérieur appelle immédiatement Denoël, son éditeur, pour lui proposer une protection. Il n'envoie personne au coauteur du nationaliste, pourtant en première ligne.

Si, quelques policiers, tout de même. Quatre exactement. Mais à 6 heures du matin, pour perquisitionner chez Guy Benhamou, arme au poing, devant son jeune enfant affolé. Ne serait-il pas devenu un dangereux terroriste menaçant l'État puisqu'il fréquentait professionnellement Santoni ? Qui peut assurer le contraire ? Donc enquête et perquisition au cas où.

Faire confiance à la police de son pays est donc bien compliqué, quand elle est elle-même traversée par des hiérarchies parallèles. Ce qui précède montre en tout cas combien la vendetta est un phénomène reconnu comme tel par la haute hiérarchie de l'administration qui a intégré ses règles et ses dangers. Le patron de la police, par exemple, ne s'en offusque pas, mais gère simplement le sujet comme s'il s'agissait d'une inondation ou d'une pollution aux hydrocarbures. Bref, une petite catastrophe naturelle qui relève de la fatalité.

Pour les cibles de représailles potentielles, une telle

réaction n'est guère rassurante. Ceux qui sont confrontés à la vendetta mettent souvent du temps à comprendre ce qui leur arrive. Une fois les menaces décryptées, ils doivent réaliser que l'État de droit existe surtout dans les manuels de Sciences-Po. Un cheminement plus ou moins long les conduit enfin à découvrir qu'ils ne peuvent compter que sur eux-mêmes. Instruits par l'expérience ou aidés par leur entourage, ils organisent alors leur autodéfense qui, dans le microcosme politico-médiatique, porte un nom. La précaution la plus classique, qui a depuis longtemps prouvé son efficacité, c'est le dossier. Quel dossier ? L'élément compromettant que l'on a confié à des amis, à son notaire, à son avocat, à tous ces gens-là, et qu'ils devront livrer à la curiosité de tous en cas de malheur. Celui qui protège et dissuade les esprits chagrins de menacer ou de se venger.

Laurent Beccaria est éditeur. Sous le label Les Arènes, il a publié plusieurs livres d'investigation très documentés, comme ceux de Denis Robert sur l'étrange société financière luxembourgeoise Clearstram, spécialiste de la compensation entre banques[1], ou de Dominique Lorentz sur les affaires atomiques françaises[2]. Avant la publication du premier livre de Dominique Lorentz, ouvrage très controversé mais qui éclaire d'un jour nouveau les affaires d'otages, les grands contrats d'armement de la France et ses liens avec les États « voyous », Laurent Beccaria sentait une pression constante. Dans un dîner en ville, l'un des directeurs d'une grande société d'armement, qu'il n'avait jamais rencontré auparavant, le regarde fixement en sifflotant la chanson de

---

1. Denis Robert, *Révélation$*, Les Arènes, 2001 ; *La Boîte noire*, Les Arènes, 2002.
2. Dominique Lorentz, *Une guerre*, Les Arènes, 1997 ; *Affaires atomiques*, Les Arènes, 2001 ; *Secrets atomiques*, Les Arènes, 2002.

Guy Béart : « Celui qui a dit la vérité... devra être exécuté. » Paranoïa ? C'est ce que disent en général les spécialistes de la psychiatrisation des sujets sensibles. En tout cas, les coups de fil de conseils amicaux succèdent aux menaces voilées. L'éditeur dépose le dossier de l'enquête. Que contient-il ? Où est-il caché ? Il ne le dit pas. C'est le b a ba. Le seul message à faire passer, c'est qu'un « dossier » existe. C'est le mot magique. Qui vaut toutes les protections policières.

Cette allusion au « dossier », terme quasi générique, est devenue au fil du temps un gage de tranquillité. Une précaution d'usage. Le gendarme Michel Roussel est inconnu des Français. Il est pourtant à l'origine d'une des enquêtes les plus stupéfiantes de notre histoire récente. La cellule Homicides 31, qui a patiemment repris tous les décès inexpliqués dans la région de Toulouse, pour voir ceux qui pourraient être attribués au tueur Patrice Alègre, c'est ce gendarme qui l'a montée, animée, motivée. Quand des noms de policiers, de magistrats puis de responsables politiques commencent à être évoqués, début 2003, puis que l'on procède, à son insu, à une « réorganisation » de son équipe, le gendarme ne hurle pas au complot. Il ne fait pas de conférence de presse. Il ne passe pas au 20 heures de TF1. Il fait savoir qu'il n'a aucune intention de se suicider et qu'il a mis en lieu sûr des écrits qui éclairent son enquête et confirment son envie de vivre. Encore un paranoïaque ?

Fabienne Burgeat n'est ni éditeur ni gendarme. Cette jolie femme élève ses enfants. Celui qui ne connaît pas son passé ni son nom de jeune fille ne peut soupçonner le chagrin puis l'angoisse qui ont accompagné sa jeunesse. Elle est la fille de Robert Boulin, mort le 30 octobre 1979 dans des conditions jamais élucidées. À l'époque, ce poids lourd du RPR, ministre du Travail, était pressenti pour remplacer Raymond Barre à l'hôtel

Matignon. Mais le voilà, tout à coup, mis en cause dans une affaire immobilière à Ramatuelle, près de Saint-Tropez. La thèse officielle, c'est qu'il s'est suicidé, par crainte du déshonneur. Tout cela se passe avant que l'implication dans les « affaires » ne devienne un élément banal du paysage politique français. Dans les mois qui suivent le drame, Fabienne et son frère acceptent la thèse du suicide. Seule Colette Boulin, l'épouse, l'a toujours récusée. Ses enfants vont la rejoindre dans sa conviction, tant les éléments troublants se succèdent.

Robert Boulin s'est donc, officiellement, suicidé dans une mare peu profonde, même si son visage, sur les photos que la famille a découvertes des mois plus tard grâce à son avocat Robert Badinter, est tuméfié et son nez cassé, même s'il s'est noyé sur le dos, position originale mais dont attestent les constatations médicales concernant les rigidités cadavériques.

À l'Institut médico-légal, les échantillons de son sang, qui auraient pu indiquer une prise de médicaments, ont mystérieusement disparu, de même que les bocaux contenant ses viscères. Quant aux médecins légistes qui mettaient en doute la thèse du suicide, comme le docteur Juliette Garat, ils ont été simplement chassés de l'institution.

Fabienne Burgeat pense aujourd'hui qu'elle et sa famille, après le décès de son père, ont été protégées par un mystérieux « dossier », que tout le monde cherchait et que personne ne trouvait. « Cela commence le 30 au matin, juste après la découverte du corps, raconte-t-elle. Quand j'arrive de Suresnes, où je vivais, à l'appartement de mes parents, à Neuilly, des policiers sont enfermés dans le bureau de mon père. Ils restent longtemps dans cette pièce sans que nous y ayons accès. Le commissaire ne m'interroge même pas, alors que j'avais passé avec mon père ce qui devait être sa dernière soirée. En revanche, ma mère se souvient de son interrogatoire. » Alors qu'elle assurait qu'on avait tué Robert

Boulin, le policier lui dit : « Bien sûr que votre mari a été assassiné. Vous ne voudriez pas qu'il arrive la même chose à vos enfants ? » De vraies paroles de réconfort !

Il y a aussi cette visite d'Achille Peretti, alors maire de Neuilly et féal du parti gaulliste, à Mme Boulin. Ce qu'ignore ce grand rusé, c'est qu'un témoin se cache derrière la tenture et enregistre la conversation. Alain Morlot, le kinésithérapeute qui traitait le couple, a été appelé à la rescousse par Colette Boulin, peu rassurée par une telle confrontation. Il y a plusieurs années, la famille a confié la cassette à un journaliste de TF1 qui, ce n'est vraiment pas de chance, l'a égarée. Il reste quand même quelques vestiges de la conversation. Achille Peretti propose de l'argent à Colette Boulin. Le prix de la douleur... et du silence. Celle-ci refuse, blessée : « Je sais tout. – Alors, faites sauter l'État », réplique Achille Peretti, exaspéré.

En attendant, les maisons de toute la famille sont visitées, cambriolées à plusieurs reprises. Les voleurs n'emportent jamais la télévision ou le magnétoscope. Non, ils s'intéressent toujours aux papiers. Une camionnette EDF reste garée un temps fou devant chez les Burgeat. Mais à EDF, à qui l'on finit par téléphoner, on ne connaît pas de véhicule posté à cet endroit. Bizarre. Des employés des PTT viennent et reviennent : le téléphone ne marche pas bien, semble-t-il. Sauf que ces réparateurs empressés sont inconnus à l'agence PTT.

Fabienne Burgeat ne comprendra que bien plus tard ce mélange de tension et de bienveillance qui caractérise les années suivant la mort de Robert Boulin. On menace et on ménage à la fois parce qu'on cherche « le dossier ». Quel dossier ? Mystère. Mais il n'a pas l'air anodin. Existe-t-il seulement ? On ne sait pas. Mais il suscite la convoitise. Peu à peu, Fabienne Burgeat s'en convainc : ce mystère est la meilleure protection de sa famille. « Un jour, bien après le décès de mon père, un "journaliste" s'est présenté chez moi. Avec les années, j'avais appris à me méfier, je le laisse donc venir. Il me donne son nom, me dit travailler pour *VSD* et RMC. Il mène la conversation sur le mode : "Il y a beaucoup de morts dans cette affaire." Au bout d'une heure, on y arrive, il vient me parler du "dossier". »

Fabienne Burgeat reste et restera bien énigmatique sur le sujet. Elle a essuyé trop de menaces, subi trop de pressions pour en dire davantage sur ce petit trésor auquel elle estime devoir une relative quiétude : un document que cherchaient avec frénésie policiers et « amis » politiques et qu'ils n'ont à l'évidence jamais trouvé.

Mais le document le plus explosif sur l'affaire Boulin, c'est le journaliste Philippe Alexandre qui l'a eu entre les mains. Et qui l'a géré d'une manière amusante. Un matin de l'été 1979, le chroniqueur politique de RTL reçoit un coup de téléphone d'un dignitaire du RPR. L'affaire Boulin n'a pas encore éclaté. Son correspondant lui dit que Robert Boulin est mêlé à une sale histoire et lui donne le nom d'un certain Henri Tournet, le promoteur qui est à l'origine de l'affaire immobilière de Ramatuelle qui accréditera la thèse du suicide et sera condamné pour complicité de faux en écriture publique par le tribunal de Coutances. Philippe Alexandre, intrigué, appelle Henri Tournet, qui lui raconte ce qui sera publié quelques jours plus tard dans *Le Monde* et *Le Canard enchaîné* : l'affaire dite « des terrains de Ramatuelle ».

Le vendredi qui suit ces révélations, Philippe Alexandre doit déjeuner au ministère du Travail en compagnie de quelques confrères. Malgré la tempête, Robert Boulin maintient l'invitation. Après le repas, le journaliste l'accompagne à sa demande dans son bureau pour un entretien en tête à tête. « Il semble très affecté, me dit de me méfier de toute cette manipulation, et m'assure que tout cela est très dangereux, se souvient Philippe Alexandre.

De retour à RTL, je raconte à tous ceux que je rencontre dans la rédaction que Robert Boulin est au bord du suicide. Aussi ne suis-je guère étonné quand, quelque temps plus tard, j'apprends la nouvelle de sa mort. »

Philippe Alexandre consacre sa chronique à ce décès. Il ne remet pas en cause la thèse du suicide mais évoque le coup de téléphone du baron gaulliste, sans citer son nom, ainsi que sa conversation avec Henri Tournet...

L'UDR, ancêtre du RPR, lui fait un procès, tandis que des correspondants, anonymes cette fois, profèrent par téléphone des menaces concernant ses enfants. Le genre de mésaventure désagréable dont tout journaliste se passerait bien.

Au procès, six témoins viennent défendre l'honneur du parti gaulliste. Parmi eux se trouve évidemment le mystérieux correspondant de Philippe Alexandre. Mais le journaliste tient bon. Même dans cette circonstance extrême, il refuse de citer sa source. Pour l'Histoire, il préfère coucher son nom sur le papier, glisser ce document dans une enveloppe et remettre celle-ci aux Archives nationales : à ouvrir dans cinquante ans. L'identité de ce correspondant est essentielle pour percer le mystère de l'affaire Boulin : c'est lui qui a « vendu » clé en main aux journalistes l'affaire des terrains de Ramatuelle.

Depuis qu'il a remis ce mince mais important dossier aux Archives nationales, Philippe Alexandre est tranquille : la révélation programmée de cette information ne dépend plus de lui.

Ce qu'il y a de formidable – ou de navrant – dans ce système pervers, c'est que les mauvais coups ne visent pas seulement les victimes d'un complot ou les chevaliers de la transparence. Ils finissent aussi par toucher tous ceux qui l'approchent et même qui le servent. Lorsqu'ils sont, pour une raison ou une autre, marginalisés, les plus terrorisés sortent l'arme nucléaire. L'idée tient en général dans ce simple message : « Chers amis d'hier, ne me faites pas trop d'ennuis. En cas de malheur, tout ce que je sais serait dévoilé ». Avec le temps, la notion de dossier elle-même a d'ailleurs évolué. Les nouvelles technologies ont sur ce plan joué un rôle non négligeable. À la trace écrite, quelques-uns ont préféré l'image et le son.

En septembre 2000, *Le Monde*[1] publie l'intégralité du témoignage vidéo laissé par le promoteur Jean-Claude Méry. Ce personnage clé dans le financement occulte du RPR est mort d'un cancer en juin 1999. En mars 1995, il sortait de prison après avoir purgé six mois de détention préventive pour son rôle dans l'affaire des HLM de Paris. Quelques mois plus tard, il confiait son désir à son conseil, l'avocat Alain Belot : tourner un témoignage vidéo, qui resterait secret mais qui le protégerait et pourrait être dévoilé après sa mort. « C'était une assurance vie[2] », explique a posteriori Alain Belot. La vie de son client était-elle menacée à ce point ? En tout cas, en France, ce genre de propos peut être énoncé sur le ton de l'évidence, puis rapporté par les médias comme s'il s'agissait de banalités.

Le journaliste-producteur Arnaud Hamelin est client de ce même cabinet d'avocats. C'est lui qui se charge d'immortaliser cet étrange monologue. Jean-Claude Méry y affirme que, pendant le passage de Jacques Chirac à Matignon, en 1986, il est venu remettre, en présence du Premier ministre, dans le bureau de son chef de cabinet Michel Roussin, 5 ou 6 millions de francs en liquide – ce que celui-ci contestera formellement – et explique en détail le mécanisme des détournements d'argent sur les marchés de l'Office HLM de Paris. Il

1. *Le Monde*, 22 et 23 septembre 2000.
2. Laurent Valdiguié, *Notre honorable président*, *op. cit.*

raconte aussi les pressions dont il aurait été l'objet avant, pendant et après son incarcération. « Je fais part de ma peine, de mon souci, de mon désir de sortir de prison et on insiste en me disant : "On vous en supplie, Jean-Claude, l'élection de Chirac dépend de votre silence." Je vais donc me taire. Et je me tais tout novembre, tout décembre... [...] On va insister en me disant : "Vous voyez, votre silence, c'est en train de payer : Chirac remonte." Début mars, je suis libéré. On me dit : "Ah, Méry, grâce à vous, Chirac va être élu, vous allez voir." Et on me fait toutes les promesses du monde [...]. »

Déçu, ruiné, amer – on le serait à moins –, Méry réalise alors l'impensable : un document susceptible de faire sauter le président s'il lui arrive malheur. Il précise bien à Arnaud Hamelin qu'il ne pourra l'exploiter qu'après sa mort, à moins qu'il ne lui fasse signe d'accélérer le processus. La cassette se retrouvera sur la place publique en 2000, plus d'un an après son décès. Mais le président ne sautera pas. De quoi faire réfléchir tous ceux qui sont persuadés, comme Alfred Sirven, d'avoir entre les mains de quoi faire « exploser la République ».

Didier Schuller, lui, semble très serein. Depuis son retour de Saint-Domingue, en mars 2002, il se promène tranquillement les mains dans les poches. Voilà un homme qui sait beaucoup de choses, mais qui a l'air tranquille de celui qui ne risque rien.

Au début, l'Élysée n'est pas enchanté à la perspective de voir ce « repenti » parler aux juges de Méry et d'autres anciennes connaissances que tout le monde a décidé d'oublier. Dès le lendemain de son retour, les amis du président lui font passer de petits messages dissuasifs, comme le raconte *Le Canard enchaîné* : « "Puisque Schuller le prend sur ce ton, des corbeaux pourraient bien se manifester très prochainement auprès des juges..." Pour être bien certains que cet avertissement sera transmis à l'intéressé, des proches de Chirac se font un plaisir d'en parler ouvertement, y compris en présence de journalistes. Avec cette précision supplémentaire : "Si Schuller continue de bavarder à tort et à travers, certains numéros de comptes en Suisse, inconnus aujourd'hui des magistrats, risquent fort d'atterrir dans leurs bureaux." Info ou intox ? L'Élysée cherche à intimider cet ancien compagnon devenu trop causant[1]. »

Comment les grands et petits parrains feraient-ils chez nous sans elle ? Dans les opérations de menace et de dissuasion, la presse sert en effet souvent de médiateur – involontaire ? – pour faire passer par-dessus la tête des lecteurs (et quelquefois des rédacteurs) des messages plus ou moins musclés. Cette approche par médias interposés permet de sauver les apparences. Ainsi, deux semaines après cette mise en garde rapportée par *Le Canard enchaîné*, Didier Schuller répond à ses anciens amis dans les colonnes du *Point* : « Je ne suis pas une balance. Je chasse depuis l'âge de seize ans. Je suis un chasseur d'approche. Pour l'instant, je n'ai pas tiré. Szpiner [son ancien avocat, devenu "conseil" de Jacques Chirac pour ses affaires juridiques privées], ce n'est pas un gibier, en tout cas, pas un gibier royal. À la chasse au grand gibier, il y a des règles. Je suis victime du non-respect de ces règles[2]. » Est-il besoin de traduire pour les non-chasseurs ? Le « gibier royal », on l'imagine, se sera reconnu sans difficulté. Et finalement, tout s'est bien terminé. Schuller a publié un livre tout gentil en échange d'un gros à-valoir, il a alimenté la chronique pendant quelques semaines en parlant pour ne rien dire et s'est fait oublier.

Dans le bestiaire du RPR, que les magistrats ont eu l'occasion d'étudier d'assez près ces dernières années, Michel Roussin appartient à une autre catégorie : l'espèce mutique. Sa force, c'est ce visage fermé de dur à

---

1. *Le Canard enchaîné*, 13 mars 2002.
2. *Le Point*, 5 avril 2002.

cuire, de militaire aguerri qui ne parlera pas, même sous la torture. Ancien chef de cabinet de Chirac à Matignon – période 1986-1988 –, puis directeur de cabinet du même à l'Hôtel de Ville de Paris, il a supporté sans broncher toutes les avanies. Sa démission obligée du gouvernement Balladur, en novembre 1994, pour cause de mise en examen dans l'affaire des HLM (il a depuis bénéficié d'un non-lieu). Sa détention provisoire dans le dossier des lycées d'Île-de-France à la fin de l'année 2000. Et aussi, peut-être surtout, le mépris dans lequel le couple Chirac le tient depuis longtemps. Au début des années quatre-vingt-dix, Chirac avait l'habitude de lui rendre une petite visite estivale dans sa maison de La Croix-Valmer, sur la Côte d'Azur. Pour un échange de vues sur la situation nationale et internationale ? Non. Pour lui demander s'il pourrait garder Ducon pendant une dizaine de jours. Ducon, c'est le nom que Chirac donnait à son labrador, qu'il ne voulait pas traîner avec lui dans les palaces de l'île Maurice et d'ailleurs. Parfois, l'aide de camp se permet un petit signe de rébellion. L'un des participants à une réception à l'Élysée a ainsi entendu un jour, stupéfait, ce dialogue bonhomme entre le président et son ancien lieutenant, reconverti dans le groupe Bolloré :

Chirac. – Bonjour ! Alors, comment vont vos affaires ?

Roussin. – Vous voulez dire *nos* affaires, monsieur le Président.

Le 9 mai 2002, *L'Express* affirme que Michel Roussin a enregistré « des confessions à charge contre son ancien employeur[1] », avec son ami Charles Villeneuve, le producteur de l'émission *Le Droit de savoir*, sur TF1. Bref, quelque chose qui ressemble à nouveau à un « dossier » sous forme audiovisuelle. Méry a fait des émules. Démenti de Michel Roussin. Démenti de Charles Villeneuve. Voilà pour la

---

1. *L'Express*, 9 mai 2002.

version officielle. Mais ses amis journalistes n'ont pas à questionner beaucoup Charles Villeneuve pour qu'il confirme que cet enregistrement existe bel et bien[1].

Roland Dumas, aussi mirobolant que Michel Roussin est discret, est dans une situation plus compliquée. Acteur flamboyant de la vendetta, il en a expérimenté, au fil des ans, tous les rôles. Un jour, il se fait menaçant, dans le rôle du nuisible qui en sait long. Le lendemain, il est une pauvre victime lynchée par les jaloux, un vieil homme incompris qui a parcouru le monde pour contribuer au rayonnement de la France.

Roland le menaçant apparaît dans les moments difficiles. C'est dans cet emploi où il excelle qu'il révèle la vraie nature du système dans lequel vivent les Français, même moins connus et moins riches que lui. Deux semaines après sa condamnation à six mois de prison ferme et deux ans avec sursis pour son rôle dans l'affaire Elf (dans laquelle il sera finalement relaxé en appel), l'ancien ami de François Mitterrand accuse ainsi la justice de ne pas aller jusqu'au bout, lors d'un long entretien accordé au *Figaro*[2]. Sans donner de détails – dommage ! –, il affirme que les énormes commissions (500 millions de dollars dont 70 % ne sont pas restés chez l'acheteur) issues des ventes de frégates par Thomson à Taïwan « étaient destinées à quelques personnalités – politiques ou autres, en France et peut-être ailleurs – qui n'ont pas du tout intérêt à ce qu'on lève le voile ». Jusque-là, on s'en serait douté : les corrompus se dispensent généralement de publicité. Mais où l'ex-ministre des Affaires étrangères veut-il en venir ? Au « dossier » qu'il détient bien sûr, et dont il rappelle

---

1. Contacté, Charles Villeneuve n'a pas souhaité répondre à nos questions.
2. *Le Figaro*, 18 juin 2001.

l'existence : « J'ai quelques idées sur les circuits et les personnes. Les intéressés savent que je sais. »

Il est nécessaire de marquer un temps pour reprendre son souffle. L'ancien président du Conseil constitutionnel ose dans une interview une phrase qu'un dialoguiste de films de second choix sur la mafia se ferait jeter au visage : « Les intéressés savent que je sais » !

Lorsque les journalistes qui l'interrogent lui demandent pourquoi il ne révèle pas les noms, l'ancien gardien de la Constitution explique qu'il pratique ce qu'en escrime on appelle l'« attaque sur la marche ». Fort bien. Et de quoi s'agit-il ? D'une figure qu'on omet sûrement d'enseigner dans les facultés de droit. « L'adversaire avance, vous le laissez avancer et c'est lui qui s'embroche », explique-t-il.

Roland la victime, seconde facette de cette personnalité complexe, fait un retour remarqué début 2003. Il vient d'être relaxé par la cour d'appel de Paris, devant laquelle il comparaissait en compagnie de Christine Deviers-Joncour, de Loïk Le Floch-Prigent et d'Alfred Sirven. Le président de l'Institut François Mitterrand écrit alors un livre d'auto-justification tout à fait burlesque. Le message : il est in-nocent. Christine Deviers-Joncour ? Elle l'a quasiment harcelé sexuellement, lorsqu'en visite dans sa circonscription de Dordogne, il logeait chez la mère de celle-ci : « Une nuit d'été, je m'étais endormi la fenêtre ouverte. J'avais respiré à pleins poumons cet air si pur. Je pris le large grâce à un sommeil bien mérité. Je fus réveillé par la sensation d'un corps qui se glissait dans mon lit, contre moi. Christine avait franchi le pas [1]... » L'argent d'Elf qui coulait à flots ? Roland Dumas était préoccupé par la marche du monde, pas par les valises et les comptes en Suisse : « Durant les années 1989-1990, en effet, les échéances furent lourdes, les loisirs rares. Jugez-en plutôt. Commémoration du bicen-

---

1. Roland Dumas, *L'Épreuve et les preuves*, Michel Lafon, 2003.

tenaire de la Révolution, présidence française de la Communauté européenne, présidence du G7 à Paris, fin de la guerre froide, début de l'unification allemande, effondrement du Mur de Berlin, nombreuses et fréquentes rencontres avec Gorbatchev et Bush. » On rougirait presque de notre petitesse face à ce géant de la diplomatie planétaire. Les investigations des juges le concernant ? Elles lui rappellent Roger Salengro. L'auteur, au fil de son livre, aime à se comparer à cet homme politique, ministre de Léon Blum avant guerre, que la calomnie – il fut accusé, à tort, de désertion – conduira au suicide. Cette référence appuyée au culte de la victime finit par intimider ceux qui voudraient poser quelques questions laissées en suspens : et cet argent liquide (près de 10 millions de francs quand même que l'intéressé a en partie versés discrètement et progressivement sur son compte en banque) que Roland Dumas conservait par-devers lui ? Il faut, paraît-il, n'avoir pas connu la guerre et ses privations pour s'interroger de la sorte. L'ami de Mitterrand a trouvé là une technique de défense extravagante mais finalement très adaptée au fonctionnement des médias. D'ailleurs, plus personne n'ose s'en prendre à lui...

Il est un homme que Roland Dumas a bien connu autrefois et qui a eu tout le temps de méditer sur les difficultés de se protéger de la vendetta politique. Il s'est pourtant montré, à l'époque de ses exploits, plus inventif que tous les Méry, Roussin et autres bombes humaines en liberté. Mais cela n'a pas suffi. Qui se souvient encore de Robert Pesquet ? C'était il y a plus de quarante ans, autant dire un siècle. François Mitterrand, sénateur de gauche en perte de vitesse après le retour de De Gaulle aux affaires, un an et demi auparavant, rentre à son domicile, près du jardin du Luxembourg, quand sept coups de feu atteignent sa voiture. Ils sont tirés par Abel Dahuron, homme à tout faire de Robert

Pesquet, un ancien député au profil d'aventurier ayant longtemps hésité entre le poujadisme et le gaullisme.

Au plus fort de la guerre d'Algérie, alors que grossissent les rumeurs de putsch, la nouvelle fait du bruit. L'attentat, c'est sûr, doit être imputé à l'extrême droite en liaison, bien sûr, avec le nouveau pouvoir gaulliste. Une semaine après les coups de feu, le 22 octobre 1959, Robert Pesquet sème une belle pagaille. Il assure que François Mitterrand a été victime d'un « attentat bidon » dont il est sinon l'organisateur principal du moins le complice. À l'appui de ses dires, Robert Pesquet s'est constitué un petit dossier sur mesure : il produit des lettres qu'il s'est adressées à lui-même, en poste restante, avant l'« attentat » et qui racontent dans le détail la manière dont les choses vont se passer !

L'affaire de l'Observatoire a commencé. Elle durera plusieurs années avant de tomber dans l'oubli. Le scandale a contribué à forger l'image d'un Mitterrand magouilleur, duplice et opportuniste. Pas au point, toutefois, de l'empêcher de devenir président de la République et de le rester. Elle a aussi bouleversé la vie de son principal acteur, Robert Pesquet.

Quelques jours après ses tonitruantes révélations, cet ex-député qui vient d'être battu aux législatives comprend que sa présence n'est plus vraiment désirée alors qu'il se croyait revenu en grâce pour avoir discrédité l'homme qui se pose en farouche opposant du Général. Cruelle déception. Un « ami » vient lui proposer de l'argent pour quitter la France et disparaître : « On vous a utilisé parce que vous étiez disponible. Vous ou un autre, cela n'avait pas d'importance. Si vous faites l'imbécile, vous risquez gros [1]. » Pesquet refuse. Grave erreur d'appréciation. À sa grande surprise, le pouvoir gaulliste se retourne contre lui. Le voilà inculpé et

---

1. *L'Aurore*, 24 décembre 1974.

écroué, le 29 novembre 1959, pour un attentat à la bombe commis dans les toilettes du Palais-Bourbon, un an et demi plus tôt. L'affaire, jusque-là, semblait n'intéresser personne, mais voici que toutes les forces de police et de justice se mobilisent brusquement. Apprenant l'arrestation de Pesquet, Mitterrand bat des mains publiquement : « La lumière commence à se faire autour de ce "patriote". Au milieu des pires difficultés, je n'ai cessé et ne cesse de penser que la vérité sera toujours la plus forte[1]. » La plus forte, mais pas forcément la plus favorable à l'intéressé. Car dans ce petit jeu, gaullistes et mitterrandistes rivalisent de vilaines pensées.

Après une terrible période de pressions et de menaces et un étrange accident de la route, Pesquet se décide à fuir la France. Il se réfugie en Espagne puis en Suisse, où d'anciens amis viennent régulièrement le menacer de mort en cas de bavardage. « J'ai eu droit à toute la gamme : les coups de fil anonymes, les menaces de Jacques Foccart, l'homme de l'ombre de De Gaulle, une invraisemblable inculpation pour avoir fait sauter les toilettes de l'Assemblée, un curieux accident en Normandie... et, finalement, l'exil forcé avec une condamnation par contumace pour conspiration avec l'OAS. Il fallait absolument me faire taire[2] », racontera-t-il bien plus tard.

Pourquoi poursuivre avec un tel acharnement le scénariste d'une fusillade d'opérette ? Parce que cet aventurier, dont les versions varient d'ailleurs à la marge au fil du temps, se trouve au cœur d'une vendetta à plusieurs étages, qui jette une lumière crue sur la tradition politique qui prévaut en France depuis cinquante ans.

Car ce ne sont pas de lugubres barbouzes mais, selon Pesquet, Michel Debré lui-même, alors Premier ministre du Général, et un de ses fidèles, Christian de La Malène,

---

1. *Le Figaro*, 30 novembre 1959.
2. Interview au *Parisien*, 24 mars 1995.

qui lui ont soufflé l'idée du faux attentat. En suggérant que ce petit coup de main se révélerait utile pour obtenir à nouveau l'investiture gaulliste aux prochaines législatives. Si le père de la Constitution de la Ve République est traversé par une idée aussi farfelue, c'est qu'il se souvient d'un autre attentat, un vrai, celui-là.

Le 16 janvier 1957, à Alger, le commandant Rodier est tué par un tir de bazooka qui visait le général Salan, alors vilipendé par les partisans de l'Algérie française. L'activiste rapidement arrêté dénonce son commanditaire : un « comité des six », dont il assure que Michel Debré fait partie. Le garde des Sceaux de l'époque étouffe l'affaire. Il s'appelle François Mitterrand.

Mais voilà. L'ancien ministre de la Justice de la IVe trépigne désormais dans l'opposition, et les gaullistes le suspectent de vouloir ressortir cette vieille affaire pour faire l'intéressant. D'où l'idée de le neutraliser définitivement en le ridiculisant avec cet attentat de l'Observatoire. D'ailleurs, Mitterrand ne révélera cet épisode navrant que contraint et forcé. Il le fera après la levée de son immunité parlementaire, le 25 novembre 1959. À la tribune du Sénat, il se venge. En 1957, accuse-t-il devant une assemblée pétrifiée, lorsqu'il était garde des Sceaux, un homme est venu dans son bureau pour lui demander de retarder l'action de la justice dans l'affaire du bazooka. « Cet homme, s'exclame-t-il d'une façon théâtrale mais efficace, c'est le Premier ministre, Michel Debré. » Stupeur dans la presse et polémiques assurées pendant plusieurs semaines.

François Mitterrand va se relever péniblement de la pitoyable ruse de l'Observatoire. Pourquoi ? Parce qu'il ne pourra pas cacher très longtemps qu'il connaît son . « assassin ».

Son attitude a de quoi désespérer ses amis de gauche, toujours prêts à lutter contre le fascisme qui, croient-ils à l'époque, s'annonce. Aux lendemains de l'attentat, ils pensent sauver la démocratie en défendant Mitterrand.

Ils découvrent vite que la vie est un peu plus compliquée. « Nous avions salué mercredi dernier l'attitude courageuse dont, à nos yeux, François Mitterrand venait de faire preuve à l'occasion de l'attentat dirigé contre lui dans la nuit du 15 au 16 octobre [1] », écrit Gilles Martinet dans un éditorial de *France Observateur* – dont il est l'un des fondateurs – intitulé « Le secret de l'affaire Mitterrand ». L'hebdomadaire de gauche aurait donc percé le mystère de cette ténébreuse affaire ? Il est simplement obligé de tenir compte des faits nouveaux. « Cependant, la nouvelle se répandait peu après que cet attentat n'avait été qu'un faux attentat, que François Mitterrand n'y avait pas couru de véritables risques. » Alors, que faire ? « Devant une telle situation, nous avons estimé que notre premier devoir était de chercher la vérité et de la dire à nos lecteurs, quelles que puissent en être les conséquences. » Voilà un programme original pour un journal ! « La conclusion à laquelle nous sommes parvenus est la suivante : il y a eu provocation, un "chef-d'œuvre de provocation", en vérité [...]. Si l'opération a, dans une large mesure, réussi, c'est non seulement parce qu'elle était très sérieusement montée, mais aussi parce que l'homme qui était visé par elle, c'est-à-dire François Mitterrand, a commis plusieurs erreurs ; la principale de ces erreurs a été de ne pas réunir, dès le 16 octobre, quelques personnes sûres pour leur confier tous les détails de l'affaire à laquelle il venait d'être mêlé. » Si l'on suit bien le raisonnement, Mitterrand est doublement victime. D'une machination et de lui-même. Les méchants ont voulu le piéger, et le pauvre n'a pas bien réagi.

Mais *France Observateur* ne veut pas la mort du pêcheur : « Dire qu'un homme a commis une erreur n'est pas l'accabler et encore moins l'abandonner [...]. N'exagérons point l'importance de l'incident... » Ce qui était, initiale-

---

1. *France Observateur*, 30 octobre 1959.

ment, un attentat fasciste contre la démocratie devient un « incident » lorsqu'on découvre que la victime, un homme estimable que l'on connaît bien, est en réalité complice.

« J'ai cru qu'on voulait me tuer, déclarera Mitterrand dans le même numéro de *France Observateur,* qui deviendra plus tard *Le Nouvel Observateur,* et puis je me suis dit que Pesquet avait sans doute réussi à me sauver la vie. » Brave Pesquet ! C'est donc par reconnaissance que Mitterrand s'est tu ? « Parfaitement. Je pensais que Pesquet m'avait sauvé la vie et que de terribles représailles s'abattraient sur lui si ses "mandants" venaient à l'apprendre. »

Pour résumer cette affaire relativement compliquée, le futur président trouve donc normal et vraisemblable, c'est du moins ce qu'il a toujours dit :

1. Que le pouvoir gaulliste ait envisagé sérieusement de le tuer.

2. Que le tueur présumé ait été en grave danger de mort s'il n'accomplissait pas la mission qu'on lui avait confiée.

3. De participer en toute connaissance de cause à ce qu'il faut bien appeler une désolante mascarade consistant à arrêter sa Peugeot 403 noire le long d'un trottoir du VIe arrondissement pour aller se terrer à quatre pattes dans les buissons des jardins dits de l'Observatoire en attendant gentiment que le tueur présumé ait criblé de balles son véhicule.

4. Accessoirement, des générations de journalistes politiques ont pris pour argent comptant les contre-vérités qu'il a distillées pendant quarante ans, sur le sujet.

Cette affaire aujourd'hui bien oubliée a laissé des traces pendant des années. En témoigne cette phrase terrible, connue des seuls initiés, prononcée par Marc Heurgon, le prédécesseur de Michel Rocard à la tête du PSU, quand il apprend que Mitterrand vient de s'autodésigner comme candidat de la gauche à l'élection présidentielle de 1965 : « La droite ne présente pas Pesquet. Pourquoi présenterait-on Mitterrand ? »

Conclusion

Du sacrifice humain
à l'élimination sociale

Chez les Aztèques, les sacrifices humains tenaient une place prépondérante dans l'organisation sociale. Ils y étaient considérés comme une condition de survie de l'espèce : le sang humain, selon les bâtisseurs de pyramides, devait couler pour que le soleil continue de se lever chaque matin. Sinon, la colère de dieux terribles, parmi lesquels Quetzalcoatl, le fameux « serpent à plumes » était le plus vénéré, plongerait l'humanité dans les ténèbres.

Le rituel était toujours le même : au petit matin, les prêtres arrachaient le cœur des sacrifiés encore vivants, puis revêtaient leur peau.

Ces croyances eurent progressivement une conséquence inattendue sur les orientations politiques et stratégiques de cette société. Car peu à peu, étriper ses semblables ne fut plus seulement un moyen d'obtenir la clémence divine mais devint une fin en soi. On ne faisait plus la guerre pour accroître son territoire ou pour affronter une menace, mais pour « recruter » de nouveaux prisonniers, accessoires indispensables aux sacrifices à la chaîne.

Du haut de notre modernité, nous contemplons les civilisations précolombiennes englouties avec admiration mais aussi une certaine condescendance. Fallait-il être naïf et irrationnel pour piloter ainsi une nation ! La France, elle, a inventé le service public, l'ENA, les grands corps de l'État, la grille des traitements dans l'administration et tant d'autres manifestations du génie national. On se sent loin, dans un tel bain de rationalité apparente, du « serpent à plumes » et de ses adorateurs !

Et pourtant. Il est permis de se demander, aujourd'hui, si les grands prêtres hexagonaux font appel plus fréquemment à la raison que ceux qui arrachaient le cœur des prisonniers à l'ombre des pyramides. N'a-t-on pas, en France, atteint un degré de simulacre dans l'exercice du politique qui n'a rien à envier aux « civilisations premières » si chères au cœur du président de la République ? L'appareil d'État, on l'a vu, n'a plus toujours pour vocation de servir l'intérêt général. Trop souvent dévoyé au service de quelques-uns, il est occupé du haut en bas de la hiérarchie par des bandes soudées par des intérêts particuliers et qui pratiquent, par décrets et circulaires interposés, un genre de sacrifice humain : l'élimination sociale.

L'affaiblissement de la légitimité accordée par l'opinion au pouvoir politique, en vérité, se conjugue à la désintégration de l'État, corps fatigué qui pourrit de l'intérieur. La puissance publique, en effet, est doublement décrédibilisée. D'une part, la majorité des ministres, quel que soit leur portefeuille, n'ont plus qu'une prise souvent très limitée sur leur administration. D'autre part, l'administration ne tient plus son rang devant la place grandissante que prennent, en son sein même, réseaux et lobbies. Les hiérarchies parallèles qui en résultent contribuent à la multiplication des rivalités et des conflits. Il est impossible de comprendre le développement des vendettas individuelles et collectives si l'on ne dresse pas un constat lucide de l'impuissance publique

Comment s'étonner, dans ces conditions, que la mise en œuvre d'un projet politique relève désormais de la mission quasi impossible ? Il est un sujet que les gouvernants, quelle que soit leur sensibilité politique, détestent aborder : les résultats, tout simplement. Chômeurs, combien de divisions ? Efficacité de l'administration, quelle productivité ? Entreprises publiques, quelles sanctions pour les recordmen de la faillite virtuelle ? Sécurité sociale, combien d'abus couverts voire encouragés par le pouvoir ? Et l'Éducation ? Et la Défense nationale ?

Alors qu'il prenait son virage très à gauche à l'occasion du congrès du PS de Dijon, en mai 2003, Laurent Fabius disait tranquillement, comme s'il s'agissait là d'une maladie chronique et incurable des sociétés contemporaines : « Nous passons un temps considérable à préparer nos décisions, un temps faible pour les prendre et un temps nul pour les appliquer. » C'est un ancien Premier ministre, un candidat potentiel à la présidence de la République qui s'exprime ainsi.

Certains ministres, surtout lorsqu'ils ne sont pas encore blasés par des années de pouvoir en trompe l'œil, tentent pourtant l'aventure de la lucidité et de la réforme. Francis Mer, qui a passé sa vie professionnelle dans le monde de l'entreprise avant d'être appelé à diriger les finances du pays, a voulu mesurer l'efficacité de Bercy. Une gageure. Il a donc commandé des rapports d'audit. Mais pas à la mode traditionnelle des inspections administratives. Ce que voulait le ministre, c'était du « réengineering », comme on dit dans les cabinets de consultants anglo-saxons. Connaître l'étendue des maux, et trouver simultanément le remède. Quand les enquêteurs sont venus lui présenter les résultats, le ministre a levé les bras au ciel et lorsqu'on a cité devant lui un exemple particulièrement caricatural il a piqué une colère : 2 % des amendes infligées dans les transports en commun et non réglées tout de suite sont

307

ensuite recouvrées par l'État. 2 % ! C'est à la fois un déni d'autorité et une gabegie tolérée. L'énergie de centaines de fonctionnaires est donc employée à obtenir ce résultat calamiteux. D'autres perles émaillent ces rapports, de la gestion des timbres fiscaux à la garantie des métaux précieux.

Mais Francis Mer et ses collaborateurs n'ébruitent pas trop ce diagnostic. Cela pourrait fâcher les syndicats. Et les syndicats, à Bercy aussi, c'est quelque chose. Il y a d'abord le Syndicat national unifié des Impôts (SNUI), toujours consulté, officiellement ou en coulisse, au moindre projet. Et puis il y a la machine de Blondel, FO, le plus fort et aussi le plus radical dans l'allergie qu'il manifeste à la moindre tentative de réforme. Au début de l'année 2003, se propageait dans les couloirs du ministère une information incroyable : des agents de FO Finances se seraient approprié des codes informatiques de logiciels importants. En cas de mécontentement, ils pourraient bloquer le fonctionnement de tout le ministère sans avoir à mobiliser des armées de grévistes. Vrai ou faux ? C'est d'autant plus difficile à vérifier que FO qualifie d'« absurde » la rumeur tandis que la direction concernée se refuse à tout commentaire sur ce délicat sujet. Mais ce qui importe, au fond, c'est que tout le monde, du ministre à l'agent de base, trouve cette rumeur plausible. Nous aurons encore à connaître de belles vendettas.

Un spectre plane, il est vrai, sur le ministère de l'Économie et des Finances : celui de la déroute essuyée en l'an 2000, presque sans bataille, par le gouvernement Jospin saisi tout à coup d'une vaste ambition réformatrice. Cette année-là, le ministre de l'Économie et des Finances socialiste, Christian Sautter, a voulu réformer. Oh ! Rien de révolutionnaire. Juste une rationalisation de bon sens. Annoncé le 26 janvier 2000, ce projet entendait simplifier la vie de l'usager notamment en fusionnant la Direction générale des Impôts (DGI, chargée du calcul des taxes), et la Direction générale de la Comptabilité publique (DGCP) chargée de leur collecte. Il était abandonné par le gouvernement, dans un climat de débâcle générale, le 20 mars. Quelques jours plus tard, le ministre démissionnait. Il avait fallu moins de deux mois aux disciples du « serpent à plumes » qui règnent sur la grande pyramide de Bercy pour réussir le sacrifice humain d'un ministre, et pas n'importe lequel, l'un des plus importants du gouvernement, un polytechnicien apprécié du Premier ministre et qui connaissait bien l'État pour avoir été secrétaire général adjoint de l'Élysée sous Mitterrand.

Dans l'ouvrage collectif *Notre État*[1], Thierry Bert, chef du service de l'inspection des Finances et coauteur du rapport préalable à cette réforme avortée, raconte avec une liberté de ton très rare dans ce milieu les quelques jours qui firent reculer de plusieurs décennies l'esprit de réforme aux Finances. Intitulé de manière explicite « La réforme de Bercy : paralysie ou suicide collectif ? », son récit rappelle le contexte en quelques mots : « Une presse nationale très favorable au projet ; une presse quotidienne régionale vent debout contre ; un trésorier-payeur général convoquant ses organisations syndicales pour leur conseiller de s'opposer à mes vues, assimilées pour l'occasion à celles d'un "dangereux terroriste". »

On voit déjà, dans ces quelques lignes, souffler de toutes parts l'esprit de l'intérêt général. La plupart des quotidiens régionaux sont opposés par principe à une réforme qui déplaît aux notables locaux, parce que leur petit fief va voir réunis le centre des Impôts (DGI) et la Trésorerie principale (DGCP), ce qui nuira à leur standing. Mais le meilleur n'est pas là. Le plus ahurissant en

---

1. Thierry Bert, « La réforme de Bercy : paralysie ou suicide collectif ? », in *Notre État*, Robert Laffont, 2000.

l'occurrence, c'est ce dont parle à cette occasion Thierry Bert, à savoir l'alliance objective entre un trésorier-payeur général (TPG), sorte de nanti absolu de la fonction publique qui gagne souvent plus de 10 000 euros par mois, et les syndicats pour faire capoter une réforme que les usagers auraient aimé pouvoir expérimenter. TPG et syndicats s'étaient concocté un petit programme commun qui tient en deux articles très brefs : 1. Tenir en respect le contribuable grâce à la complexité administrative. 2. Humilier le politique. Programme réalisé, une fois n'est pas coutume, à 100 %, et dans un délai bien inférieur à celui que prend généralement Bercy pour répondre à la moindre doléance d'un usager. On aimerait en outre savoir ce qu'est devenu ce TPG, ce haut fonctionnaire d'autorité à l'évidence pétri du sens de l'État, et si sa carrière a dû souffrir de ses petites manœuvres dignes d'un Machiavel de banlieue.

Que se passe-t-il encore lorsqu'un ministre souhaite rationaliser son administration et fusionner deux directions qui s'occupent de la même chose ? Thierry Bert poursuit son récit : « On vit certains agents des Impôts occuper leurs locaux, séquestrer des directeurs départementaux, détruire des dossiers de contrôle fiscal, et se comporter en fait comme les "sauvageons" fréquemment dénoncés par leurs collègues de la RATP ou de la SNCF [...]. On vit des agents du Trésor public expliquer calmement à la presse qu'ils allaient prendre en otage les recettes de l'État, et peut-être refuser de faire la paye des autres fonctionnaires [...]. On vit le président de l'association des trésoriers-payeurs généraux se plaindre devant le ministre du Budget tout à la fois de l'inspection générale des Finances et de la Cour des comptes, coupables toutes deux de demander une évolution des fonctions de ces agents supérieurs, et une remise en ordre de leurs rémunérations, qui sont actuellement illégales et pour partie, ce qui est un comble, défiscalisées[1]. »

Le chef de l'inspection des Finances pose enfin la question qui n'a manifestement embarrassé aucun des protagonistes de cette affaire : « Et le public dans tout cela ? Force est de constater qu'il n'a pas dit grand-chose. En réalité, on ne lui a rien demandé lorsqu'il s'est agi d'abandonner la réforme. » Il ne manquerait plus que les « usagers » empêchent les vendettas corporatistes de se dérouler selon des rituels dont eux, misérables administrés, ignorent tout !

De Michel Crozier[2] à Alain Peyrefitte[3], les intellectuels qui se sont intéressés à la sociologie de l'État ont émis depuis longtemps des diagnostics pertinents et d'ailleurs largement acceptés aujourd'hui par la classe politique, droite et gauche confondues. Trois décennies après la parution de *La Société bloquée* ou du *Mal français*, le monde a changé, les équilibres géopolitiques ont été bouleversés, mais leurs analyses demeurent, à quelques détails près, d'une cruelle actualité.

Les archaïsmes qu'ils dénonçaient provenaient, imaginait-on alors, d'un « trop d'État ». Mais le secteur public s'est allégé de presque toutes les entreprises qui étaient dans son périmètre. En amont, l'Europe récupère nombre de ses prérogatives.

La nomenklatura française, que nous décrivions il y a plus de quinze ans[4] comme inamovible, a dépassé toutes

---

1. *Thierry Bert, op. cit.*
2. Michel Crozier, *La Société bloquée*, Le Seuil, 1970.
3. Alain Peyrefitte, *Le Mal français*, Plon, 1976.
4. Alexandre Wickham, Sophie Coignard, *La Nomenklatura française*, Belfond, 1986.

les espérances. Elle est toujours là, avec ses grands corps, ses réseaux parallèles, ses petits et grands privilèges. Sa terre d'élection, le Tout État, n'a cessé de se déliter et sa légitimité de se détériorer ? Pour mieux défendre leurs prérogatives, ses membres se livrent à des guerres de territoire, à des « luttes de places » toujours plus impitoyables. Et comme l'exemple vient d'en haut, c'est toute la société française qui se trouve secouée, à épisodes réguliers, par cet esprit de vendetta si répandu et qui anéantit si souvent les modestes tentatives d'adapter l'État à son temps. Il nourrit les jalousies entre corps, entre services, entre individus, chacun croyant y trouver le moyen de sa propre survie. Si une partie, même modeste, de l'énergie déployée dans ces batailles d'egos, de carrières et de frontières était consacrée à l'application de réformes toujours évoquées, rarement adoptées dans les faits, le « mal français » aurait depuis longtemps été éradiqué.

L'instrumentalisation de l'État par les clans, dans ses fonctions les plus régaliennes (police, justice), s'exerce aujourd'hui de manière presque routinière. Est-ce un hasard si les gouvernements, comme par un effet de mimétisme inconscient, donnent le sentiment d'organiser en leur sein même des rivalités ingérables ? C'est sous le règne de François Mitterrand que la maladie s'est déclarée. Une sorte de dédoublement non pas de personnalité, mais de portefeuille. En multipliant les ministres d'État aux larges champs d'action, l'ancien président a créé de fait des binômes, ou des trinômes. Chaque ministre d'État avait un, deux ou trois ministres délégués ou secrétaires d'État sous ses ordres. Ces doubles commandes créent de fait les conditions d'une vendetta politique et médiatique sournoise au sein du gouvernement : chaque cabinet s'emploie à confier – sur son autorité de tutelle par exemple – des horreurs aux journalistes qui n'écrivent pas le dixième de ce qu'on

312

leur raconte. Mais cela crée, tout de même, une mauvaise ambiance.

Il y eut, sous l'ère Jospin, le duo de choc Aubry-Kouchner. Elle voulait tout régenter. Lui bénéficiait de son aura médiatique. Raison de plus pour mettre ce ministre de la Santé trop populaire sous haute surveillance. Les dossiers avançaient au rythme des humeurs et des rancœurs, sur un thème qui apparaît de manière constante parmi les priorités des Français.

Sous le patronage de Jean-Pierre Raffarin, ce sont Luc Ferry et son ministre délégué Xavier Darcos qui ont cru bon de s'entre-déchirer de manière à peine voilée. Avec, comme enjeu des fâcheries, rien de moins que l'Éducation nationale. Ce ne sont pas les idées qui opposent ces deux personnages, mais plutôt leur ego. Car au choc des caractères s'est ajoutée une bataille permanente pour exister politiquement. Elle s'est livrée sur tous les terrains, dans les médias et même à l'occasion des négociations avec les syndicats, ce qui n'a pas amélioré une situation déjà délicate. Xavier Darcos était un haut fonctionnaire de la maison avant de devenir sénateur-maire de Périgueux. Cet agrégé de lettres s'imaginait ministre de plein droit avant la formation du gouvernement. Il avait même demandé des conseils à Luc Ferry. Las ! l'ouverture à la « société civile » chère à Jean-Pierre Raffarin a douché ses espérances. Voilà l'intellectuel consulté avec bienveillance qui devient ministre en titre ! Ce numéro deux bien malgré lui a voulu tout de suite se démarquer des errements médiatiques de son flamboyant patron. Mais sans espoir immédiat : la déroute de l'un, l'a-t-on prévenu en haut lieu, entraînerait la chute de l'autre.

313

Au terme de ce court voyage au pays de la vendetta, on peut une fois de plus s'interroger sur l'absence de bon sens, et souvent de courage, qui semble perdurer d'une alternance à l'autre. Quel intérêt trouvent donc les cerveaux politiques qui règnent sur l'Élysée et Matignon à créer ainsi des rivalités fratricides ? En vérité, l'explication ne dépend peut-être pas d'eux, au moins consciemment. Les psychanalystes appellent cela le « retour du refoulé ». Puisqu'on ne peut pas parler ouvertement de cette violence qui traverse la société du sommet à la base, puisque c'est un non-sujet, puisque nos dirigeants gouvernent par la voie du consensus, eh bien ils expriment la réalité autrement. Par des nominations gouvernementales qui à elles seules vont naturellement susciter des conflits qui paralyseront tout changement éventuel. Ou encore par l'affichage d'une volonté de réforme que tout dément par ailleurs.

L'absence de vision et de cohérence politique laisse finalement au Prince un pouvoir, le seul, le dernier peut-être, qu'il continue à exercer de plein droit : celui de nommer. Les postes continuent à être distribués comme si. Comme si les compétences étaient récompensées. Comme si l'intérêt général présidait aux critères de choix.

Le « tour extérieur », inventé pour ouvrir les grands corps de l'État à la société civile, ouvre plus que jamais la porte à des promotions où le fantaisiste le dispute au scandaleux.

François Léotard en sait quelque chose. Quand il veut se retirer de la vie politique pour échapper à la versatilité des électeurs, l'État colonisé vient immédiatement à son secours. Cet homme qui a longtemps combattu Chirac en apparence l'a aussi en réalité beaucoup aidé en sous-main, comme en 1988, lorsqu'il soutenait la candidature de Raymond Barre comme la corde soutient le pendu. Alors, l'Élysée offre un emploi à ce jeune sexagénaire juste avant les fêtes de Noël. Le 19 décembre 2001 devrait donc rester une grande date dans l'histoire des corps de contrôle de l'administration française. Pour la première fois, un homme mis en examen pour blanchiment – pour blanchiment ! – a été nommé inspecteur général des Finances.

Le substitut Albert Lévy est lui aussi mis en examen. Pas pour blanchiment. Pour violation du secret de l'instruction. Ce magistrat, qui s'est battu contre la corruption dans le Var, le département de François Léotard, a demandé, en 2003, un poste de juge au tribunal d'instance de Villeurbanne. Pas inspecteur général des Finances, pas même administrateur civil dans un petit ministère, pas même chef d'un parquet dans une province reculée. Non : juge d'instance, chargé de régler les petits litiges et les délits microscopiques. Mais le cabinet du garde des Sceaux, Dominique Perben, qui a apparemment assez de loisirs pour suivre de près le destin d'un magistrat situé au bas de la hiérarchie, le retirait du tableau d'avancement. Parce qu'il était mis en examen. Pour violation du secret de l'instruction.

Les règles de la vendetta, jamais dites, jamais écrites, sont finalement assez claires. Au fond, elles n'incitent qu'à une chose : résister, s'exposer et parler s'il le faut.

Table

DU MÊME AUTEUR

Aux Éditions Albin Michel

L'OMERTÀ FRANÇAISE, en collaboration avec Alexandre Wickham,
    1999.
LE RAPPORT OMERTÀ 2002.
LE RAPPORT OMERTÀ 2003.

Chez d'autres éditeurs

LA NOMENKLATURA FRANÇAISE (en coll. avec Alexandre Wick-
    ham), Belfond, 1986.
LA RÉPUBLIQUE BANANIÈRE (en coll. avec Jean-François Lacan),
    Belfond, 1989.
LE JOUR OÙ LA FRANCE A BASCULÉ, Robert Laffont, 1991.
LE NOUVEAU DICTIONNAIRE DES GIROUETTES (en coll. avec
    Michel Richard), Robert Laffont, 1993.
LES BONNES FRÉQUENTATIONS : HISTOIRE SECRÈTE DES RÉSEAUX
    (en coll. avec Marie-Thérèse Guichard), Grasset, 1997.

*La composition de cet ouvrage
a été réalisée par Nord Compo
à Villeneuve-d'Ascq,
l'impression et le brochage ont été effectués
sur presse Cameron dans les ateliers
de **Bussière Camedan Imprimeries**
à Saint-Amand-Montrond (Cher),
pour le compte des Éditions Albin Michel.*

*Achevé d'imprimer en septembre 2003.
N° d'édition : 21910. N° d'impression : 034591/4.
Dépôt légal : octobre 2003.
Imprimé en France*